KB272714

八陣圖

공적은 셋으로 나뉜 나라를 뒤덮고

명성은 팔진도에서 이루어졌도다

강물은 흘러도 돌은 구르지 않거늘

오나라를 평정하지 못한 것을 한으로 남겼네

功蓋三分國 名成八陣圖 江流石不轉 遺恨失吞吳

천끼 4

한성수 新무협 판타지 소설

초판 1쇄 찍은 날 § 2004년 10월 16일
초판 1쇄 펴낸 날 § 2004년 10월 26일

지은이 § 한성수
펴낸이 § 서경석

편집장 § 문혜영
편집 § 장상수 · 김민정 · 최하나
마케팅 § 정필 · 강양원 · 이선구 · 김규진 · 홍현경

펴낸곳 § 도서출판 청어람
등록번호 § 제1081-1-89호
등록일자 § 1999. 5. 31
어람번호 § 제2-0445호

주소 § 경기도 부천시 원미구 심곡1동 350-1 남성B/D 3F (우) 420-011
전화 § 032-656-4452 팩스 § 032-656-4453
http://www.chungeoram.com
E-mail § eoram99@chollian.net

ⓒ 한성수, 2004

ISBN 89-5831-278-5 04810
ISBN 89-5831-133-9 (SET)

FANTASTIC ORIENTAL HEROES
한성수 新무협 판타지소설
천괴
天魁
4
패왕회(覇王會)
도서출판
청어람

제30장

동녘이 밝아올 때

　사월의 늦봄, 춘계쟁투지회의 중심이 된 용문산의 정상을 휘몰아치는 새벽바람은 아직 차디찼다. 입춘이 이미 지났는데도 이곳은 아직 겨울의 입김이 남은 채 그 영향력을 잃지 않고 있었다.

　부르르!

　단천엽은 뼛속까지 파고드는 한풍에 어깨를 가볍게 떨었다. 아직 어둠이 채 가시지 않은 정상 주변을 둘러보는 그의 눈살이 가볍게 찌푸려져 있었다. 밤새 흘렸던 땀이 한풍과 만나 그의 체온을 급격히 뺏고 있었다.

　그도 그럴 것이 그는 밤새 어둠의 정령에 포획당한 산속을 헤집고 수없이 많은 격전을 벌여야만 했다. 하루 전까지만 해도 같이 웃고 떠들었으며, 땀을 흘렸던 동료와 헤어져 수없이 많은 기관과 매복을 뚫었다.

벌써 오래전에 바닥난 체력과 함께 그가 지금 평소보다 더욱 심한 한기를 느끼는 건 당연했다.

'손이 곱았다.'

단천엽은 바람에 얼어붙은 양손을 번갈아가며 주물럭거렸다. 악전고투 끝에 용문산의 정상을 차지했다곤 하나 아직 안심할 단계는 아니었다.

용문산의 곳곳에서 부딪쳤던 강적들이 정상을 노리고 언제 달려들지 알 수 없는 상황이다. 한시라도 빨리 얼어붙은 손의 감각을 되찾아야만 했다.

일순, 용문산 정상에 꽂힌 황색 깃발 부근에 엉덩이를 붙이고 앉아 있던 단천엽이 여태까지 하던 동작을 멈췄다. 양손을 번갈아 주물럭거리길 멈췄고, 나른하게 풀어져 있던 그의 전신에 힘이 들어갔다.

'정상 부근에는 소천 일행과 안환 형이 잠복해 있는데, 설마 그들이 벌써 뚫렸단 말인가?'

현재 용문산의 정상을 에워싼 진형은 이번 춘계쟁투지회에 맞춰 단천엽이 짠 것이었다. 조를 짜서 서로 연계할 수 있다는 대회 규정을 그는 최대한 이용했다.

그렇기에 그는 현재 자신이 지키고 있는 대회 우승자의 상징인 '투왕(鬪王)의 깃발'을 정오가 될 때까지 다른 경쟁자들로부터 지킬 자신이 충분히 있었다. 지자조 최강의 고수들과 그의 연합은 그만큼 강했다. 어떤 상대라 해도 쉽게 깨질 만한 조합이 아닌 것이다.

그런데 단천엽은 예민한 오감으로 새로운 경쟁자의 출현을 눈치 챘고, 재빨리 신형을 일으켜 세웠다. 이미 진형이 깨졌다는 판단이었다.

그렇다면 이제 투왕의 깃발을 사수할 임무는 모두 그의 양 어깨에 짊어져 있다고 봐도 무방했다.

"설마 사람을 다치게 한 건 아니겠지요?"

단천엽의 질문은 제대로 된 대답을 듣지 못했다. 대신 그가 서 있던 정상으로 벼락같은 금빛 화살이 쏟아져 내렸다.

피피피피핑!

단천엽은 육감이 발동한 것과 동시에 신형을 좌우로 움직였다. 일시 그의 신형이 몇 개나 되는 잔영을 만들었다. 어느새 그의 손에 잡힌 황색 깃발과 동일한 숫자였다.

거기에 다시 잔영 한 개가 더 늘어났다.

단천엽이었다.

그렇게 그가 바람처럼 정상에서 물러섰을 때다. 천 년의 세월을 견뎠을 단단한 암벽을 절반이나 파고들어 간 황금봉황시의 주인인 봉황 구전 연아상이 새벽바람을 타고 모습을 드러냈다.

"여전히 믿을 수 없을 정도로 빠른 움직임이군요. 황금봉황시를 다섯 개나 피해내다니."

단천엽이 연아상을 향해 가볍게 고개를 숙여 보였다.

"연 소저 덕분입니다."

"제 덕분이라고요?"

"연 소저가 기척을 숨긴 채 저격했다면……."

"쓸데없는 소리! 봉황문의 절기 중 궁술이 차지하는 바가 크다 하나 한 번이라도 강호에서 남을 저격해 명예를 얻었다면, 편협한 중원인들로부터 명문정파라 불리진 못했을 거예요."

"제가 쓸데없는 소리를 했습니다."

다시 크게 고개를 숙여 보인 단천엽이 슬쩍 산 아래쪽으로 시선을 던졌다.

'연 소저가 이곳에 도착했다는 건 역시 밑에 펼쳐진 진세를 돌파했다는 것이겠지?'

연아상의 눈매가 살짝 치켜 올라갔다.

"단 소협은 절 앞에 두고도 딴 곳에 신경 쓸 여유가 있다는 건가요?"

"그게……."

"변명하려 애쓸 필요 없어요."

연아상이 자신의 수중에 들린 봉황단궁(鳳凰檀弓)을 매만지며 씁쓸하게 웃었다.

"사실 봉황문의 삼대절기 중 제가 연성한 봉황뇌격시(鳳凰雷擊矢)는 이미 단 소협에게 깨졌다고 볼 수 있어요. 사문의 후광으로 얻어진 봉황구전이란 별호에 안주하고 있던 저 연아상의 잘못으로."

"연 소저……."

"그런데도 오늘 제가 이렇게 다시 단 소협 앞에 선 건 확인을 해보고 싶었기 때문이에요. 전날 자신의 패배가 단순한 실수에 의한 것이 아니라는 것에 대한."

어느새 점차 여명이 밝아오고 있었다. 떠오르는 태양을 등진 채 서 있던 단천엽이 슬쩍 옆으로 신형을 이동했다. 곧 이어질 연아상의 공격이 태양광(太陽光)에 영향받지 않게 하려는 배려였다.

'역시 그는…….'

한눈에 단천엽의 내심을 읽은 연아상의 안색이 가볍게 상기됐다. 그녀는 단천엽과 그의 손에 꽉 쥐어진 투왕의 깃발을 바라보며 봄비 내리던 전날의 일을 떠올렸다.

추적추적 내리던 봄비는 단천엽이 연아상과 사자의 길에 들어선 순간 폭우로 변했다.

하늘은 뿌연 습막과 더불어 아직 대지에 조금쯤 깃들어 있던 겨울의 기운을 몰아냈다. 이번 비가 그치면 누가 뭐라 해도 완연한 봄이 될 터였다.

익숙한 걸음으로 사자의 길에 도착한 단천엽이 연아상에게 주의 깊게 설명했다.

"연 소저, 이곳에는 육무잠형대절진이 펼쳐져 있습니다. 진세의 영향이 자연의 법칙마저 움직이니, 안으로 들어가면 비를 피할 수 있을 겁니다."

'육무잠형대절진……'

연아상의 콧잔등에 작은 주름이 생겼다. 그녀의 사문인 남해의 봉황문은 중원의 여타 명문들과 달리 신묘한 궁술과 신법으로 이름 높은 변방의 강호였다. 중원의 명문인 구산과 비교해도 손색이 없을 정도의 무력을 지니고 있었으나 진법이나 병진에는 큰 조예가 없었다.

연아상이 사자의 길로 들어서길 주저하자 단천엽이 입가에 미소를 담았다.

"저 역시 육무잠형대절진을 완전히 파악한 건 아닙니다. 용문의 규칙상 연옥백강에 들지 못한 수련생은 천무서각에 들어가지 못하니까요."

"그럼 어떻게?"

"그냥 진세 안의 사문과 휴문의 차이 정도를 알 뿐입니다. 용문에 들어온 후 시간이 빌 때마다 이곳을 찾아 홀로 수련했거든요."

말을 마친 후 뒤통수를 긁적이는 단천엽을 연아상이 다소 어처구니

없다는 표정으로 바라봤다. 대수롭지 않은 표정과 달리 그가 한 말의 의미가 얼마나 대단한 것인지 그녀는 알 수 있었다.

'결국 혼자서 이곳에 펼쳐진 진세를 파악했다는 뜻인가? 누구의 도움도 없이……'

그때 더욱 굵어진 빗방울이 두 사람의 머리 위로 쏟아져 내렸다. 외기로 전신을 둘러싼 단천엽과 달리 연아상은 온몸이 흠뻑 젖을 판이었다.

단천엽이 크게 소리쳤다.

"빨리 들어오세요! 쉽사리 그칠 비가 아닙니다!"

"……."

"설마 비에 흠뻑 젖고 싶은 건 아니겠죠?"

"으음."

한차례 신음한 연아상이 망설임을 떨쳤다. 그녀는 얼른 단천엽을 쫓아 진세 안으로 뛰어들었다. 평소 같으면 절대 다른 사람의 명령을 따르지 않을 테지만, 단천엽의 재촉만은 왠지 거절하기 힘들었다.

"아!"

진세 안으로 들어선 순간 연아상은 지축이 흔들리는 걸 느끼고 신형을 잠시 멈칫했다. 그녀의 입에서 절로 가벼운 신음이 흘러나왔다.

그 순간, 앞서 있던 단천엽이 재빨리 손을 썼다.

파팟!

연아상에게 다가들며 손목을 잡아챈 단천엽이 본능적으로 저항하는 그녀에게 소리쳤다.

"휴문이 사문으로 변하기 전 생문으로 움직여야 합니다!"

"뭐라고요?"

"일단 발을 움직여야 된다는 뜻입니다. 지금 당장!"

연아상의 손에서 힘이 빠졌다.

단천엽이 그 순간을 놓치지 않고 얼른 그녀의 손을 잡아끌며 신형을 날렸다. 이미 파악해 둔 바 있는 생문이 형성된 방향이었다.

그렇게 한참을 달려 단천엽과 연아상이 도착한 곳은 몇 개의 석사자 상이 놓여 있는 평지였다. 진세 밖은 이미 봄비가 폭우처럼 거세게 변해 있었는데, 이곳은 전혀 물기가 보이지 않았다. 앞서 단천엽이 말했던 바와 전혀 다름없는 모습이었다.

"이곳은……."

이곳으로 향하던 도중 험악하게 요동치던 진세의 변화에 크게 놀란 연아상이었다. 그녀가 신기한 듯 주변을 둘러보며 말끝을 흐리자 단천엽이 침착한 표정으로 설명했다.

"이곳은 제가 찾아낸 육무잠형대절진의 생문 중 한 군데입니다. 진세 속을 헤매던 중 우연히 찾게 된 장소인데, 조용하고 찾는 사람이 없지요."

"확실히 그렇군요."

어느새 평소의 신색을 회복한 연아상이 고개를 끄떡여 보였다. 좀 전까지만 해도 처음 경험한 진세의 모습에 당황한 감이 있었으나 평소 쌓아온 엄중한 수련이 그녀에게 평소의 모습을 되찾게 해주었다.

단천엽이 연아상 쪽에 위치한 석사자 상을 손가락으로 가리키며 말했다.

"이곳이 사자의 길이라 불리는 건 진세 중간중간에 놓여 있는 석사자 상 때문인데, 그쪽에 있는 녀석은 저랑 친분이 있는 녀석입니다."

"친분?"

"예, 제가 처음 이곳에 갇혔을 때 한동안 말동무를 해준 인연이 있지요."

"……."

"그러니까 그 녀석의 등에 연 소저가 올라탄다 해도 제 얼굴을 봐서 화를 내진 않을 겁니다."

단천엽이 자못 진지한 표정을 만들어내자 연아상이 잠시 눈빛을 반짝였다. 그녀의 도톰한 입술이 가벼운 떨림을 보였다. 평소 보아왔던 용문의 기재들과는 전혀 다른 단천엽의 행동에 일시 당황한 것이다.

그때 신형을 돌린 단천엽이 자신 앞에 서 있는 석사자 상에 고개를 꾸벅 숙여 보이곤 올라앉았다. 앞서의 말처럼 여전히 표정이 굳어 있는 연아상의 마음을 풀어주려는 듯 과장된 모습과 행동이었다.

그래서였을 것이다. 자신도 모르게 킥 하고 나이다운 웃음을 터뜨린 연아상이 자신 옆의 석자사 상을 한동안 바라보더니, 조심스레 인사하는 시늉을 해 보였다.

"소녀 연아상이 단 공자의 친구 분 등에 올라타게 되었어요. 너무 무례하다 욕하지 말아주세요."

"그 녀석은 전혀 연 소저를 무례하다고 생각하지 않을 겁니다."

"어째서 그렇죠?"

연아상의 시선을 유연하게 받아넘기며 단천엽이 넉살 좋은 웃음을 던졌다.

"녀석은 오히려 연 소저 같은 미인에게 자신의 등을 빌려주게 된 걸 속으로 좋아할지도 모르니까요."

"훗!"

웃음과 함께 연아상이 풀쩍 뛰어올라 석사자 상에 엉덩이를 걸치고 앉았다. 개봉성의 밑바닥을 전전하는 동안 자연스레 단천엽의 말투에는 다소 경박함이 담기게 됐으나 그녀는 크게 탓하지 않았다.

석사자 상 위에 가부좌를 틀고 앉은 단천엽이 빙글거리며 말했다.

"그럼 대답을 들어볼까요?"

"대답……."

"이곳은 사람이 쉬이 찾을 수 있는 곳이 아니고, 더 이상 비를 피할 필요도 없습니다."

"그러니까 바로 본론으로 들어가잔 말인가요?"

"저는 말을 빙빙 돌리는 데는 별로 취미가 없습니다. 연 소저도 그럴 것 같군요."

연아상이 고개를 끄떡이며 입가에 미소를 담았다. 단천엽의 행동에 놀라거나 당황했을 때 보였던 모습과 달리 다소 차가운 기색이 담긴 미소였다.

"그렇군요. 확실히 이곳처럼 조용한 장소라면 단 공자와 얘기를 나누기에 충분할 것 같군요."

"아!"

단천엽이 갑자기 뒤통수를 긁적이며 중얼거렸다.

"이거 갑자기 무서워지는군요."

"예?"

"연 소저가 그렇게 정색을 하니까……."

연아상이 피식 웃었다.

"염려하지 마세요. 제가 드릴 제안은 단 공자에게 이득이 되면 되었지, 결코 손해나는 건 아닐 테니까요."

"제안이라……."

단천엽이 어깨를 가볍게 으쓱해 보였다. 어느새 그의 얼굴에 떠올라 있던 치기 어린 표정은 흔적을 감췄고, 노련한 눈빛이 그 자리를 채우고 있었다.

동녘이 밝아올 때 2

　동쪽 하늘은 어느새 눈부신 황금빛 물결을 빠르게 확산시키고 있었
다. 조금만 지나면 용문산의 전역에 드리워졌던 어둠이 씻은 듯 사라
질 게 분명했다.
　잠시 상념에 잠겨 있던 연아상이 동공을 파고드는 햇살에 눈살을 가
볍게 찌푸리곤 확인하듯 말했다.
　"단 공자는 여전히 제 제안에 대해 부정적인 견해를 가지고 계신가
요?"
　"예?"
　"전날 제가 했던 제안 말이에요."
　단천엽이 고개를 가볍게 갸웃해 보였다. 어떤 의도를 가지고 해 보
이는 동작이 아니라 정말 영문을 모르겠다는 표정이 그의 얼굴에 감돌
았다.

'벌써 그날의 일을 잊어버렸다는 건가!'

안색을 가볍게 굳힌 연아상이 은은한 노기가 감도는 목소리로 말했다.

"육무잠형대절진 안에서 했던 제안을 말하는 겁니다!"

"아아……."

"이제야 생각나셨나요?"

단천엽이 얼른 고개를 끄떡여 보였다.

"죄송합니다. 제가 까맣게 잊고 있었습니다. 그때 확실한 답변을 드렸기 때문에……."

"…더 이상 재론의 여지조차 없다고 생각했다는 건가요?"

"그렇습니다."

표정은 여전히 부드럽지만 단호한 대답이었다. 갑자기 거대한 철벽을 마주한 듯한 느낌에 연아상은 어깨를 가볍게 떨었다. 전날 사문인 봉황문을 떠난 후 단 한 번도 깨진 적이 없던 봉황뇌격시의 연사를 귀신처럼 피하던 단천엽의 움직임이 그녀의 뇌리에 어른거렸다.

'그렇지만 그분께서 원하는 사람이다. 오늘도 아무것도 못해보고 뒤로 물러설 수는 없다!'

아랫입술을 깨문 연아상이 소용없다 생각하면서도 전날 했던 제안을 다시 거론했다.

"용문의 세력 중 겉보기로 가장 강대한 건 파군성 서문휘강이 이끄는 낭인회예요. 세력 면에서 그들은 가장 많은 연옥백강을 포함하고 있죠. 하지만 진짜 연옥백강의 강자들이 도사리고 있는 곳은 반룡회예요. 지난번 등용문의 장에서 서문휘강이 우승한 건 어디까지나 본 회의 회주님께서 중간에 승부를 포기했기 때문입니다. 만약 반룡회주께서 그 당시 중요한 연공 중이 아니었다면⋯⋯."

"승부는 알 수 없었다는 건가요?"

"그래요! 정말 그래요!"

목소리를 높인 연아상이 평소의 냉정함을 잃고 얼굴에 열기를 띠었다.

"서문휘강이 비록 사람이라 생각할 수 없을 정도로 강하지만 여태껏 회주님과 직접 상대한 적은 없어요. 회주님도 서문휘강을 반드시 이긴다고 볼 수는 없지만, 그 역시 회주님을 꺼려했으니까요."

"⋯⋯."

"그런 회주님께서 하급 수련생인 단 공자를 지목하셨어요. 단 공자를 그만큼 높이 봤다는 거예요. 그러니 단 공자가 저와 함께 연옥백강에 든 후에 반룡회에 들어간다면, 곧 중한 쓰임을 받게 될 겁니다."

익히 들었던 얘기다. 단천엽은 거의 토씨 하나 틀리지 않고 전날 했던 얘기를 그대로 늘어놓는 연아상의 열변에 내심 혀를 내둘렀다. 용문에 입문한 기재쯤 되면 보통 사람 이상의 기억력은 당연한 것이지만, 이처럼 똑같은 어조, 똑같은 열정을 토해내며 같은 말을 한다는 건 결코 쉽지 않은 일이었다.

'그것도 자존심 세기로 소문난 봉황구전 연아상이라면 더 더욱 그럴 테지. 하지만 애석하게도 이번만은 그녀의 자존심을 지켜줄 수 없구나.'

내심 고개를 가로저은 단천엽이 다시 한 걸음 옆으로 움직여 햇빛을 등진 현 상태를 더욱 크게 허물었다. 처음 연아상이 모습을 드러냈을 때와 마찬가지로 절대적으로 유리한 상황을 스스로 포기한 것이다.

그에 따라 밝아오는 여명과 더불어 이글거리는 불꽃처럼 보이던 단천엽의 신형이 그대로 모습을 드러냈다, 완연한 그림자를 드리울 정도로.

"단 공자의 뜻은……."

햇빛 속에서 튀어나온 단천엽에게 질문하려던 연아상이 일시 말끝을 흐렸다. 단천엽에게서 무시무시하게 폭출되고 있는 외기가 그렇게 만들었다.

단천엽이 말했다.

"연 소저의 뜻은 알겠습니다. 하지만 저는 전날 밝혔듯이 다른 사람의 아래로 들어갈 생각이 없습니다."

"그렇지만 회주님은……."

"연 소저와 같은 분을 감복시킨 것만으로도 반룡회주, 아니, 자미성주천학 선배의 능력이 어떠한지는 충분히 알 수 있습니다. 분명 다른 사성과 마찬가지로 뛰어난 인물이겠지요. 하지만 제가 용문에 들어온 건 누군가의 밑에 들어가기 위함이 아닙니다."

"설마 단 공자는 용문의 으뜸이 되려는 건가요?"

"저로서는 힘든 일일까요?"

"그건……."

연아상은 말끝을 흐렸다. 속마음을 그대로 얘기한다는 건 단천엽에 대한 실례라고 생각했다. 하지만 그녀의 얼굴에 떠오른 표정만으로도 단천엽은 충분히 대답을 들었다고 생각했다.

담담하게 웃어 보인 단천엽이 말했다.

"연 소저가 지금 무슨 생각을 하고 있는지 알 것 같습니다. 하지만 전 이미 누군가에게 약속을 하고 말았군요."

"정말로……."

“예, 그럴 작정입니다.”

“그렇군요.”

그것이 마지막이었다. 단천엽의 대답이 떨어진 것과 동시에 연아상은 여태까지와 달리 단호한 표정으로 수중의 봉황단궁을 들어 올렸다.

본래 쾌검수에 비견될 정도의 속사를 자랑하는 그녀이지만, 그 동작은 완만하고 느렸다. 단천엽이 햇빛을 등진 자세를 피했듯 연아상 역시 그가 준비할 시간을 주려는 의도였다.

‘처음부터 다섯 개인가?’

연아상의 봉황단궁에 황금봉황시 다섯 개가 걸리자 단천엽의 눈에 힘이 들어갔다.

사각을 뚫고 급작스레 날아온 황금봉황시의 위력은 이미 경험해 본 바이지만, 그건 어디까지나 머리 위로 떨어져 내린 것이었다. 바로 눈앞에서 겨눠진 다섯 개의 화살이 지닌 관통력에 비할 바가 못 됐다.

그러나 무슨 생각을 한 것일까?

끼이익!

눈앞에서 만월처럼 시위가 당겨진 봉황단궁. 곧 이어질 벼락같은 속사에 대비하는 단천엽의 행동은 양손을 가만히 내려놓는 것이었다.

마치 스스로 죽음을 택하려는 모습!

연아상이 의아한 기색을 띤 것과 동시에 눈꼬리를 치켜 올렸다.

“단 공자, 눈도 마저 감는 게 좋겠어요!”

“예?”

“단 공자 정도 되는 실력자라면 저같이 보잘것없는 사람의 공격쯤은 눈을 감고도 피할 수 있지 않겠어요?”

비꼬인 내심이 담긴 말의 뜻과 달리 정중하고 품위가 느껴지는 어투였다. 화를 내면서도 연아상은 단천엽에 대한 존중을 잃지 않고 있었다.

그러나 단천엽이 말속에 담긴 뜻을 가려내지 못할 리 없었다. 그는 문득 자신의 자연스레 늘어진 양팔을 곁눈질하고 입가에 웃음을 담았다.

'구양구음검공을 연마한 탓인가? 이젠 의식하지 않은 상황에서도 비권 천류영의 권기(拳氣)가 자연스럽고 원만하게 일어나게 되었다. 야수가 잠들어 있는 상황임에도.'

"연 소저는 오해를 하셨습니다."

"오해?"

"지금 저는 충분할 정도로 긴장하고 있습니다. 결코 연 소저를 무시하고 있지 않습니다."

단천엽은 말을 꺼내지 말았어야 했다. 무심코 내뱉은 그의 말은 입을 다물고 침묵하느니만 못한 결과를 야기했다.

"……."

굳게 입술을 닫은 연아상이 서늘한 눈꼬리에 한 가닥 살기를 일으키더니, 손끝에 내력을 집중했다. 한 가닥 품고 있던 망설임을 날려 버린 것이다.

"조심하시길!"

연아상이 내뱉은 말의 꼬리가 흐려지기도 전이었다. 이미 단천엽을 향하고 있던 봉황단궁에 걸려 있던 다섯 개의 황금봉황시에서 불꽃이 일어났다.

폭뢰가 운용된 봉황뇌격시!

단천엽의 눈에 한 가닥 긴장의 기운이 떠오른 순간 새파란 청린에 휩싸인 황금봉황시들이 벼락같이 시위를 떠났다. 이름과 같이 벼락의 기운을 잔뜩 함유한 채.

동녘이 밝아오자 간밤 지독한 격전을 치룬 용문산의 처처는 뿌연 안 개를 뿜어냈다. 이른 새벽의 산정을 찾은 이라면 그리 어렵지 않게 볼 수 있는 광경이었다.

그런 용문산의 중턱.

적어도 수령이 수백 년은 족히 넘었을 듯한 고송에 올라 새벽바람에 몸을 싣고 있던 만자탈혼 연사홍의 눈매가 꿈틀거렸다.

'특별히 연 소저를 보냈는데도 그는 기어이 권주는 마다하고 벌주를 선택했다는 건가?'

연사홍은 가만히 고개를 흔들었다. 그가 자신의 뜻대로 되지 않는 일을 만났을 때 보이는 버릇이었다. 그때 다소 계산된 것과 같은 인기 척이 노송 밑에서 일었다.

눈에 가벼운 이채를 띤 연사홍이 노송 아래 모습을 드러낸 복면인을 확인한 후 말했다.

"생각보다 늦었다."

복면인이 부복한 자세로 고개를 숙여 보였다.

"계산 밖의 일이 있었습니다."

"계산 밖의 일?"

"예, 그렇습니다."

"고해라."

복면인이 잠시 침을 삼키더니, 춘계쟁투지회 중 반룡회에 속한 천지 인 삼 개 조의 인물들을 암중에서 비호한 일의 성과와 계산 밖의 일로 겪은 상황들을 보고하기 시작했다.

사실 복면인은 잠시 연사홍이라면 굳이 이와 같은 보고가 필요없을 것이란 생각을 했다. 그가 아는 연사홍이라면 굳이 이런 보고를 올리지 않아도 대부분 예상하고 있었을 것이기 때문이다. 하지만 그의 임무는 명령을 받드는 것이지, 상관의 의중을 의심하는 게 아니었다.

복면인의 보고가 끝나자 몇 차례 고개를 끄떡이며 손가락으로 턱을 매만진 연사홍이 중얼거렸다.

"단천엽이라……."

복면인이 고개를 들어 보였다.

"문제는 지자조의 단천엽이 아니라 그의 주변에 모인 자들입니다. 천도각의 기소천을 비롯한 삼 인과 청성일수 안환이야 본래 뛰어난 걸로 정평이 나 있는 자들이었지만, 본 회 반룡무사들의 암습을 피해냈다는 건 예상 밖의 일입니다."

"그렇기에 단천엽이 문제라는 것이다."

"그게 무슨?"

"단천엽은 지자조에 들어간 후 단숨에 기소천 등과 친분을 쌓았고, 이번 춘계쟁투지회를 준비했다. 단 한 달여 만에 본 회의 정예인 반룡무사들의 암습조차 견뎌낼 수 있게 동료들을 단련시킨 것이다."

"그건 좀……."

"내가 단천엽을 지나치게 높이 평가하고 있다 생각하는 것이냐?"

복면인은 침묵한 채 고개를 숙여 보였다. 말로 내뱉지는 않았지만 누구라도 그의 내심을 알 수 있는 모습이었다.

연사홍이 입가에 가는 미소를 띠었다.

"확실히 단천엽은 용문에 들어온 후 그다지 두드러진 모습을 보인 바가 없다. 용문 삼십육방을 통과한 기대의 신입인 점을 감안하면 납득이 가지 않을 정도로."

"그가 용문 삼십육방을 통과한 건……."

"천랑성의 도움에 의한 것이라는 뜻이냐?"

"…그렇게 알고 있습니다."

"그래, 용문 내의 모든 수련생들이 그렇게 알고 있다. 단 한 사람의 예외도 없이."

"……."

"하지만 그 점이 나는 의심스러웠다. 그리고 그 의문을 풀기 위해 오늘 나는 봉황구전을 그에게 보냈다. 여전히 단천엽이란 인물이 가진 역량에 대해 반신반의한 채로."

"연옥백강에 들기도 전에 반룡십걸에 든 연 소저를……."

"지나치다고 생각하는 거냐? 그렇게 생각할 수도 있겠지."

조용히 말끝을 흐린 연사홍이 복면인에게서 시선을 떼 용문산의 정상을 바라보며 지나가듯 말했다.

"그래서 청소는 어떻게 됐지?"

복면인이 잠시 멈칫거리더니, 다시 고개를 숙여 보였다.

"계산 밖의 일이 생긴 것과 동시에 다시 반룡십걸 중 세 명이 나섰습니다. 이제 곧 청소는 끝나리라 봅니다."

"그렇군."

용문산의 정상을 바라보는 연사홍의 눈매가 살짝 가늘어졌다. 그의 생각보다 연아상이 단천엽을 처리하는 시간이 늦어지고 있다는 생각이 든 것이다.

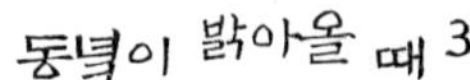

폭뢰가 운용된 봉황뇌격시! 그것은 봉황뇌격시 삼대절초 중 하나인 염천봉황(炎天鳳凰)이다.

티잉!

시위가 퉁겨진 순간 소리보다 먼저 파고든 황금봉황시의 직격과 직면한 단천엽의 안색이 굳었다.

황금봉황시는 도착하기도 전에 바늘로 찌르는 듯한 기파를 쏟아냈다. 그만큼 연아상이 펼친 봉황뇌격시는 전날 그가 경험했던 것과 수준 자체가 다른 것이었다.

그러나 본신의 실력을 숨기고 있었던 건 단천엽 역시 마찬가지였다.

씩!

무의식 중이었다. 쓴웃음과 함께 단천엽의 신형이 기쾌하게 회전하며 삽시간에 대여섯 개나 되는 분신을 만들어냈다. 어느새 면전까지 파고든 다섯 개의 황금봉황시를 피하기 위함이 아니었다.

투타타타탕!

그때 이미 단천엽을 노렸던 황금봉황시들은 천지사방으로 튕겨져 날아가고 있었다. 비권 천류영의 파전식(破箭式)이 펼쳐진 것이다.

그럼 어째서 그는 황급히 신형을 분신한 걸까?

해답은 연아상에게 있었다. 어느새 정면을 향하고 있던 그녀의 봉황단궁이 하늘 쪽으로 방향을 돌리고 있었다. 처음부터 봉황염천의 실패에 대비하고 있었던 것이리라.

'선수보다 후수가 더 무서운 법!'

분신을 만드는 것과 동시에 단천엽의 쌍수는 재차 더욱 엄밀하게 파전식을 펼쳐 냈다. 구양구음검공으로 야수를 잠재운 이상 당연한 대응이었다.

바로 그때 하늘에서 단천엽이 만든 분신을 향해 시퍼런 뇌전이 연달아 떨어져 내렸다. 역시 봉황뇌격시의 삼대절초 중 하나인 봉황낙뢰(鳳凰落雷)였다.

쇄쇄쇄쇄쇗!

단천엽의 파전식은 처음과 같이 연달아 쏟아져 내리는 황금봉황시를 튕겨냈다. 마치 벼락을 튕겨내는 군신(軍神)과 같은 위용이었다.

그러나 만 년 거암조차 꿰뚫는 봉황뇌격시다. 오로지 순수한 권기를 응축해 만든 기파만으로 완벽하게 막아낸다는 건 애초에 무리였다.

지익! 직!

하나의 황금봉황시가 튕겨져 날아갈 때마다 단천엽은 연달아 뒤로 물러섰다. 한 걸음 한 걸음을 내딛을 때마다 그의 몸 주변으로 강렬한 기파가 회오리처럼 솟구쳤다. 구양구음검공의 수련으로 만들어진 아홉 개의 음양지기가 만들어내는 기경(奇境)이었다.

때문에 단천엽이 십여 개의 황금봉황시를 튕겨냈을 때 그는 거의 용문산의 정상을 벗어난 상황이었다. 몇 발만 더 황금봉황시를 받는다면, 정상을 지키겠다던 당초의 목적을 이룰 수 없게 될 상황이었다.

그런데 갑자기 천지사방에서 날아들던 황금봉황시의 직격이 사라졌다. 그리고 거짓말 같은 일이 벌어졌다. 거의 신기에 가까운 동작으로 신형을 날리며 연사를 해대던 연아상이 일순 힘을 잃고 바닥에 쓰러진 것이다.

"연 소저!"

경호성과 함께 단천엽은 회오리 같은 기파를 일으키며 연아상에게 쏘아져 갔다. 봉황뇌격시를 펼치는 내내 용문산 정상을 온통 그림자로 뒤덮던 연아상의 공격을 피할 때보다 훨씬 빠른 움직임이었다.

타탁!

연아상에게 도착하자마자 손가락으로 맥을 짚은 단천엽의 안색이 다급해졌다. 연아상이 무리하게 폭뢰를 운용한 봉황뇌격시를 연거푸 시전하느라 진기가 역류하기 시작했음을 눈치 챈 것이다.

'이대로 가면 연 소저는 설혹 목숨을 건진다 해도 평생 쌓은 무공을 전부 잃게 된다!'

단천엽은 망설이지 않고 손을 썼다. 구양구음검공으로 쌓은 음양지기가 있기에 과거처럼 익숙하지 않은 잠능을 일으키며 고민할 필요가 없었다.

그런데 연아상을 바로 눕힌 단천엽이 막 단전 쪽으로 손을 뻗으려는 찰라였다. 연아상의 상세에만 정신을 집중하고 있던 단천엽의 신형이 갑자기 벌러덩 뒤로 누웠다. 아무런 예비 동작조차 보이지 않고 벌인 동작이었다.

그런 후 연아상을 놔둔 채 뒤로 뒹굴 돌아 신형을 일으켜 세운 단천엽의 눈에 이채가 떠올랐다. 어느새 연아상의 앞에 금포를 걸친 미청년이 다가서 있는 것이다.

'저 사람이 내게 무형지기를 쏘아 보낸 것인가?'

눈살을 가볍게 찌푸리며 단천엽이 말했다.

"연 소저는 지금 중한 부상을 당한 상황입니다. 지금 당장 손을 쓰지 않으면…….'"

금포 미청년의 시선이 단천엽을 향했다.

"상매를 이렇게 만든 사람은 바로 자네가 아닌가?"

'상매?'

"본 공자의 질문에 어째서 대답하지 않는 것이지? 자네는 혹시 비천한 자들처럼 스스로의 죄과에 대한 변명이라도 늘어놓으려는 건가?"

"……."

만약 다른 사람이 이와 같은 말을 늘어놨다면 단천엽은 쓰게 웃고 말았을 것이다. 이렇게 모든 것을 결정하고 판결을 내리는 듯한 어투는 보통 사람이 소화하기 어려운 것이었다.

'그런데 이 사람에겐 그런 말투가 지나칠 정도로 잘 어울린다. 필시 어려서부터 남들 위에서 군림하는 것이 일상화된 사람일 거야. 그렇지만 사람을 처음부터 깔보는 말투라니, 그리 마음에 들진 않는군.'

어깨를 가볍게 으쓱해 보인 단천엽이 빙긋 입가에 미소를 담았다.

"죄과에 대한 변명을 늘어놓는 건 비천한 자들이나 하는 거라고 말했습니까?"

금포 미청년이 미미하게 고개를 끄떡였다.

"그렇다. 자신이 한 일에 대해 책임을 질줄 알아야 사내대장부라 할
수 있다. 비록 잘못을 저질렀더라도 그런 자라면 능히 훗날이라도 중
한 쓰임을 받을 수 있지. 하지만 잘못을 저지른 자들은 대부분 자신의
죄과를 뉘우칠 줄 모르고, 인정하지도 않으려 한다."

"그야말로 비천한 자들이 할 만한 일이로군요?"

"그렇다. 비겁하고 비루한 소치이지. 그렇기에 본 공자는 그런 비천
한 자들에게 징벌을 내리려 하는 것이다."

늠름한 자태에 영웅장부다운 선언이었다. 어느새 용문산 정상을 온
통 황금빛으로 물들인 햇빛을 후광처럼 드리운 모습은 가히 영롱할 정
도였다.

'내가 여자라도 반할 것 같은 모습이로구나!'

내심 가벼운 찬탄을 내뱉은 단천엽의 얼굴이 다소 생뚱맞은 표정을
만들었다.

"그렇다면 나는 비천한 자가 아니로군요."

"뭐?"

"중상을 입은 연 소저를 내버려 둔 채 쓸데없는 말만 늘어놓고 있는
당신 같은 얼간이와 비교해 나는 전혀 비천하지 않다는 겁니다."

말을 마친 단천엽이 금포 미청년을 향해 걸어갔다. 아니, 정확히 말
해 그는 금포 미청년의 발치에 정신을 잃고 쓰러져 있는 연아상을 향
해 걸어갔다.

금포 미청년의 이름은 주천학. 용문의 연옥백강 서열 사위이자 삼대
세력 중 반룡회의 회주이고, 평소 정규 수련 시간 외엔 바깥출입이 거
의 없어 사성 중 어느 누구보다 본모습이 덜 알려진 자미성이 바로 그

였다.

오늘 그가 춘계쟁투지회에 모습을 보인 건 연아상과의 친분 때문이었다. 그와 연아상은 어려서부터 안면이 있는 사이로 용문에서 다시 재회한 이래 더욱 사이가 돈독해진 상황이었다. 연사홍의 사주를 받은 연아상에게 단천엽에 대한 얘기를 들은 탓에 고괴(高怪)한 성미를 지닌 그의 발길이 오늘 이곳까지 향하게 된 것이다.

'상매의 칭찬이 자자하기에 더욱 관심이 갔던 자다. 연사홍 역시 호들갑을 떨었고. 그런데 과연 만나보니, 무례한 언행이나 행동과 달리 한 가닥 기품을 품은 것이 범상치 않은 자로구나.'

능숙한 솜씨로 혼절한 연아상에게 응급조치를 취하는 단천엽을 바라보는 주천학의 시선이 가볍게 흔들렸다. 그의 앞에서 이와 같이 태연한 모습을 보이는 자를 만나본 지 오래됐다는 생각이 들었다.

꿈틀!

주천학은 문득 손을 떨치기만 하면 단천엽의 천령개(天靈蓋)를 박살 낼 수 있다는 생각을 떠올리곤 스스로를 책망했다. 이와 같은 기분은 평생을 두고 몇 번 경험하지 못한 것이었다.

그때 빠르게 연아상의 날뛰는 진기를 진정시킨 단천엽이 복잡한 신색의 주천학을 곁눈질하며 씩 웃었다.

"역시 오만하지만 명예를 아는 사람이군요!"

"그게 무슨?"

연아상의 단전에서 손을 뗀 단천엽이 쪼그린 자세를 풀고 펄쩍 뛰어 일어섰다. 한차례 신형을 움직였을 뿐인데, 어느새 그는 주천학으로부터 대여섯 걸음이나 뒤로 물러서 있었다. 고수의 일수가 펼쳐진다 해도 능히 방비할 수 있는 거리였다.

붓으로 그린 듯한 검미를 살짝 치켜 올린 주천학이 무심한 목소리로 말했다.

"그대는 상매의 내상을 치료해 주었다. 본 공자가 암습같이 비루한 짓을 하리라 생각한 것인가?"

"그렇지 않았기에 명예를 아는 사람이라 말한 겁니다."

"그런데 어째서 말과 다른 행동을 하는 것이지?"

"말과 다른 행동?"

반문과 함께 자신의 주변을 한차례 훑어본 단천엽이 피식 웃었다. 스스로 잘못한 바가 없다고 말해 놓고 주천학과의 거리를 벌린 자신의 모습에 겸연쩍은 생각이 들었다. 주천학과 마찬가지로 그 역시 이와 같은 경험은 그리 흔치 않은 것이었다.

뒤통수를 긁적인 단천엽이 말했다.

"아무래도 바보처럼 긴장한 모양입니다. 방금 전에 큰소리를 치긴 했지만, 용문에 들어온 후 당신처럼 강한 사람을 본 적이 드물거든요."

주천학의 눈에 이채가 떠올랐다.

"드물다. 그렇다면 본 공자에 버금가는 사람을 자네는 본 일이 있다는 건가?"

"드물지만 아예 못 본 건 아니지요."

"문명의 개화조차 받지 못한 야만족 계집을 말하는 것은 아니겠지?"

'문명의 개화조차 받지 못한 야만족 계집? 아난을 말하는 건가?'

단천엽이 미간을 가볍게 좁혀 보였다. 아난을 남처럼 생각하지 않는 그로선 그녀가 받는 모욕을 참아 넘길 생각이 없었다.

"나는 당신이 얼간이에 터무니없을 정도로 오만한 사람이긴 하지만 명예를 아는 사람이라 생각했습니다. 그런데 스스로를 그처럼 격하시키는 발언을 하다니, 참으로 실망스럽군요."

주천학의 입가에 매력적인 미소가 떠올랐다. 단천엽에게 연거푸 모욕을 당했음에도 그는 전혀 개의치 않고 고개를 끄떡였다.

"역시 아난 수하르를 염두에 둔 말이었군?"

"내가 아는 아난의 무위는 당신보다 못하지 않습니다. 다른 한 사람과 마찬가지로."

"다른 한 사람? 자네는 설마 다른 사성과도 만난 일이 있다는 건가?"

'역시!'

슬쩍 던져 본 미끼를 문 셈이었다. 주천학의 정체를 짐작한 단천엽이 체내에 퍼져 있는 구양구음진기를 확인한 후 어깨를 으쓱해 보였다.

"오늘로 나는 세 명의 사성을 보게 된 셈입니다."

"세 명?"

"자미성 주천학 선배를 만나게 됐으니까요."

"……."

주천학의 잘생긴 얼굴에 묘한 균열이 일었다. 성격이 오만한 게 흠이긴 하나 그에게 자신이 가진 지위나 배경으로 남을 억압하는 취미는 없었다. 생긴 모습처럼 더럽고 추한 것을 싫어하나 꽃 속에 파묻혀 사는 화화 공자 역시 아니었다. 하지만 단천엽을 만난 후 그는 종종 치솟는 묘한 기분이 언짢았다. 평소 느껴본 바가 드문 느낌이었기 때문이다.

'처음에 느꼈던 기분 나쁜 느낌이 다시 격하게 일어났다. 이것은 설마 더럽고 무식한 서문휘강에게 느꼈던 것과 비슷한 종류의 감정인가?'

용인하기 어려운 느낌이었다. 그가 용문에서 유일하게 인정하는 서문휘강과 눈앞의 단천엽이 동수를 이룬다는 건 있을 수 없고, 있어서도 안 되는 일이었다.

내심 고개를 저어 마음속의 꺼림칙한 기분을 날려 버린 주천학이 눈에 힘을 줬다.

"자네는 본 공자의 신분을 알고도 그런 무례를 범했다는 건가?"

"처음부터 선배인 줄은 몰랐습니다."

"선배인 줄 알았다면 행동을 달리했을 것이란 건가?"

"그렇진 않았을 겁니다."

"그건 어째서 그렇지?"

"주천학 선배는 세상을 똑바로 볼 줄 모르는 얼간이니까요."

'오늘만 세 차례나 듣는 모욕이로군.'

내심 쓴웃음을 머금으면서도 단천엽의 굴하지 않는 모습이 주천학에겐 묘한 신선함을 주었다. 전혀 화가 나지 않는 건 아니나 탓하고 싶은 마음은 일지 않았다.

그가 다시 입가에 더 할 수 없이 매력적인 미소를 지어 보이려는데, 멀리서 노한 야수의 포효가 터져 나왔다.

"무엄한 놈!"

포효는 포효만으로 끝나지 않았다. 단천엽의 배후를 향해 강력한 기파가 밀어닥쳤다.

위위위위윙!

기파와 함께 날아든 건 만(卍) 자 모양의 기병이었다. 대기를 가로지르는 기병의 움직임은 전후좌우로 뒤흔들려 맞닥뜨린 자로선 일시 어찌할 바를 모르게 만들었다. 뒤로 물러설 수도 없고, 옆으로 피하기도 곤란한 변화를 일으키며 파고들었기 때문이다.

그러나 단천엽은 특별히 곤란한 일을 경험할 필요가 없었다. 그가 반응을 보이려는 찰라 주천학이 바람처럼 뛰어나갔다. 단천엽 대신 만 자의 기병을 받아낸 것이다.

찌르릉!

단천엽의 앞을 가로막아선 주천학이 수장을 내저은 것과 동시였다. 결코 인간의 몸에서 일어날 수 없는 굉음과 함께 기병이 하늘로 솟구쳤다. 그는 맨손으로 만 자 기병의 변화를 막아냈을뿐더러 하늘로 날려 버리는 괴력을 발휘했다.

게다가 하늘로 날아오른 만 자 기병은 공중에서 빙글거리며 회전을 일으키더니, 곧 얌전한 어린아이와 같이 주인의 품으로 돌아갔다.

마치 주인이 회수한 것과 다름없는 상황!

얼떨결에 자신의 독문병기를 받아 들고 당황한 기색이 된 연사홍이 잠시 머뭇거리다 풀썩 그 자리에 부복했다.

"연사홍이 회주에게 죄를 범했습니다!"

연사홍의 독문병기인 만자탈혼을 날려 버린 자신의 수장을 한차례 바라본 후 미미하게 고개를 끄떡인 주천학이 무심히 말했다.

"분명 내 손을 번거롭게 했으니, 죄를 범한 것이 사실이다. 하지만 오늘 내가 용문산에 온 것은 그대에게 전권을 맡긴 것에 위배되는 일이다. 스스로에게 허물이 있으니, 어찌 수하의 잘못을 탓하겠는가!"

"연사홍이 회주의 너그러움에 감사드립니다!"

"그래, 앞으론 별로 대단하지도 않은 무력을 사용함에 있어 재삼 생각하고 써야 할 것이야. 내가 군사의 만자탈혼을 막지 않았다 해도 여기 단 소협이라면 어려움을 겪지는 않았을 테니까."

"회주의 가르침에 감사드립니다!"

부복한 자세로 다시 고개를 땅 쪽으로 숙여 보인 연사홍의 시선이 주천학의 뒤편에 선 단천엽을 향했다. 마치 평생 본 적이 없는 특이한 구경거리를 보는 자와 같이.

■ 제31장 ■
상천하지(上天下地)

상천하지(上天下地) ₁

　연사홍이 용문산 정상으로 오른 건 주변의 정리가 끝났기 때문이 아니었다. 그가 예상했던 것과 달리 반룡회의 정예가 투입된 상황에서도 용문산 곳곳에서는 여전히 자잘한 저항이 끊이지 않고 있었다. 이번 춘계쟁투지회에 관여한 게 반룡회뿐만이 아니었기 때문이다.

　매해 춘계쟁투지회, 일명 춘투는 반룡회를 비롯한 삼대세력이 합법적으로 용문 내에서 세력을 확장할 수 있는 기회였다. 어차피 연사홍으로서도 낭인회의 조홍이나 철검회의 금난주가 팔짱만 끼고 있으리라곤 생각지 않았다. 단지 그들보다 더욱 많은 인원을 투입하는 것으로 족하다고 생각했다.

　하지만 연사홍이 한 가지 간과한 사실이 있었다. 용문 내 최대 세력이라는 자부심 때문인지 수수방관을 선택한 낭인회와 달리 근래 들어 세력이 많이 약화된 철검회는 이번 춘투에 전력을 다해 나왔다. 그들의 절박함과 여인답지 않게 대담한 성격인 금난주의 배포를 파악하지 못한 연사홍의 실착이었다.

그런 까닭으로 이 새벽 용문산에선 철검회의 중추인 호화검수와 반룡회의 정예인 반룡무사들 간의 충돌이 곳곳에서 벌어졌고, 승패는 점차 미궁으로 빠져들고 있었다. 더 이상 용문산은 천지인 삼 개 조만의 대결장이 될 수 없었다.

'그런데 믿고 있던 연 소저가 이번 작전의 핵심이랄 수 있는 단천엽을 제압하는 데 실패할 줄이야!'

단천엽을 바라보는 연사홍의 동공이 점차 작게 수축되어 갔다. 그가 주인으로 모시고 있는 주천학이 눈앞에 있는데도 그는 노골적인 살기를 뿜어내고 있었다.

그런 연사홍의 안색을 찬찬히 살피고 있던 주천학이 미미하게 고개를 흔들어 보였다.

"그래선 안 되는 거야!"

"……"

흠칫 놀란 신색이 된 연사홍이 재빨리 단천엽을 향하던 살기를 거뒀다. 그는 평소 자신의 무공 수련 외엔 어떤 것에도 특별한 관심을 보이지 않던 주천학이 단천엽을 '단 소협'이라 존칭했음을 떠올렸다. 잘은 모르겠으되, 오늘 용문산의 정상에서는 적지 않은 일이 벌어졌음이 분명했다.

"회주께서는 무엇이 안 된다는 것인지 가르침을 주십시오!"

연사홍이 조심스레 묻자 주천학이 입가에 예의 매력적인 미소를 머금었다.

"역시 군사로군. 다른 소인배들과 달리 내 말뜻을 쉬이 알아들을뿐더러 스스로의 잘못을 금세 고칠 줄 알아."

고개를 끄떡인 주천학이 말을 이었다.

"뒤쪽에 있는 단 소협은 비록 성격이 광망(狂妄)하여 내게 손을 쓰는 우를 범했지만, 상매의 위험을 구하는 공을 세운 거야. 지금 자네가 그에게 위해를 가한다면 어찌 내가 얼굴을 들고 대명천지를 활보할 수 있겠는가?"

"……."

"게다가 앞서도 말했다시피 자네가 만자탈혼으로 펼치는 탈혼삼절(奪魂三絶)은 단 소협에게 위해를 가하기엔 턱없이 부족한 수법이야. 만약 방금 전 내가 나서서 자네의 비룡회선(飛龍回旋)을 막아내지 않았다면 아마도……."

말끝을 흐리는 주천학을 빤히 바라보던 연사홍이 고개를 땅 쪽으로 향했다.

"회주의 뜻을 알겠습니다!"

"그래, 그러는 게 옳아."

다시 연사홍에게 고개를 끄떡여 보인 주천학이 신형을 돌려 단천엽에게 시선을 던졌다.

"상매의 말로 자네는 천지인 삼 개 조에 모인 수련생 중 가장 뛰어난 자라 하더군. 오늘 보니 그녀의 말이 틀린 바가 없다는 걸 알겠네."

"그건 감사한 말이로군요."

"그러니 어떤가? 나는 능력있는 사람이고 자네에겐 타고난 재능이 있으니 앞으로 함께해 보는 것이?"

"그건……."

"역시 싫다는 건가?"

단천엽은 연아상의 권유를 거절했던 때와 달리 잠시 머뭇거렸다. 성격이나 말투는 좀 이상했으나 주천학은 확실히 매력있는 사람인지라 거절하기가 쉽지 않았다. 평생을 통해 이와같이 자연스런 감정을 느낀 건 아난을 처음 만났을 때를 제외하곤 별로 없었다.

'그러고 보면, 전날 이수민 형을 만났을 때도 왠지 친근한 느낌이 들었었다.'

육무잠형대절진 안에서 조우했던 천추성 이수민을 떠올린 단천엽은 문득 마음이 움직였다. 아난을 필두로 해서 오늘 만난 주천학까지 그가 만난 용문의 사성은 서로 통하는 바가 있었다. 서로 닮은 점이 전혀 없는 사람들인데도 불구하고.

'역시 같은 마도병기이기 때문인가?'

내내 마음에 짐이 됐던 출생의 비밀을 떠올린 단천엽의 가슴에 작은 통증이 밀려왔다. 남과 다른 주천학과의 만남이 그에겐 아픔으로 새겨져 왔다. 그러나 오만한 주천학이 대답을 기다리고 있었다. 쓰린 내심을 내색하지 않은 채 단천엽이 주천학에게 살짝 허리를 숙여 보였다.

"저보다 나이가 많아 보이니, 앞으로 형이라 부르겠습니다."

"형?"

"오늘은 그것으로 충분하지 않을까요?"

"그게 무슨!"

목소리를 높이려는 연사홍을 주천학이 손을 들어 제지했다. 손을 들어 올리는 동작조차 우아한 그의 얼굴엔 기묘한 일을 만났다는 듯한 표정이 떠올라 있었다. 용문에 들어온 후 자신을 형이라 부른 사람을 그는 한 명 더 알고 있었다.

'모회언……'

용문에 입문한 후 유일하게 사귀었던 사람이다. 그의 까탈스런 성미를 웃음으로 받아주던 천괴성 모회언을 떠올리며 내심 가벼운 신음을 토한 주천학이 고개를 가로저었다.

"그건 허락할 수 없다. 애석하게도 내가 호형을 허락했던 사람은 단 한 명뿐이니까."

말끝을 흐리는 주천학에게 단천엽이 씩 웃어 보였다.

"그럼 오늘은 일단 작별을 고하죠? 슬슬 저는 친우들의 행방이 걱정되기 시작했으니까요."

"역시 거절하겠다는 건가?"

"주 선배도 제가 호형하는 걸 거절했으니, 오늘 우리는 서로 비긴 셈입니다."

주천학의 입가에 유쾌한 미소가 떠올랐다.

"그것도 그렇군. 확실히 오늘 우리는 비긴 셈이야."

"그럼 저는 이만……."

다시 고개를 숙여 보인 단천엽이 살짝 옆으로 한 걸음을 떼더니, 바람처럼 산 아래로 신형을 날렸다. 만약 주천학이 막을 마음을 가지고 있었다손 쳐도 채 손을 쓰지 못할 만큼 눈부신 속도로.

금난주는 영활하게 눈알을 굴리며 속으로 혀를 찼다. 그녀를 몇 달 동안이나 고생하게 만들었던 당사자와 용문 제일의 미남―물론 대교두 윤문환을 비롯한 몇 명은 한사코 부인하겠지만―간의 대결이 바로 코앞이었다.

그녀는 침까지 몰래 삼켜가며 지켜보고 있었다. 자신이 오늘 용문산 정상에 몰래 숨어든 목적 따윈 이미 저만치 날려 버린 상황이었다. 그런데 느닷없이 연사홍이 끼어들어 훼방을 놓은 것이다.

지금 그녀의 내심은 안타까움으로 가득했다. 오늘과 같은 상황을 몰래 훔쳐본다는 건 그리 쉽게 찾아오는 기회가 아니었다. 아니, 어쩌면 다시 올 수 없는 기회가 날아갔다고 볼 수도 있었다.

'하아, 그렇지만 회주 언니가 마음에 두고 있는 저 단 공자는 정말 제법이란 말이야. 저 얼굴만 쓸 만할 뿐 오만과 독선으로 똘똘 뭉친 자미성 주 공자 앞에서 저렇게 당당하게 굴 수 있다니…….'

고개를 갸웃한 금난주는 문득 내심 아깝다는 생각이 들었다. 첫 만남에선 아난에게 짓눌려 좋은 인상을 주지 못했고, 지금은 모어언의 내심을 눈치 챈 상황이었다.

오늘 늠름하고 당당했던 단천엽의 모습을 떠올리자니, 아직까지 짝을 구하지 못한 자신의 신세가 떠올라 처량하기까지 했다. 그녀는 본래 단천엽이 들어온다는 소문을 들었을 때부터 은근한 기대를 품고 있었다.

금난주는 그러나 곧 피식 입가에 웃음을 담았다. 그녀는 천성이 발랄한 소녀일 뿐만 아니라 철검회의 지낭이었다. 개인적인 감정 정도는 나름대로 조절할 수 있었다.

패왕의 깃발을 든 채 단천엽이 모습을 감추자 잔뜩 흥분해 있던 그녀의 머리가 곧 차갑게 식었다. 이제부터는 예상 밖으로 용문산에 모습을 드러낸 주천학에 대해 생각할 때였다.

'그럼 이젠 어떻게 한다?'

고개를 갸웃하고 눈살을 가볍게 찌푸린 금난주가 잠시 고민하다 신형을 조심스레 뒤로 물렸다. 숨결은커녕 모공마저 단단히 단도리한 채 그녀는 천천히 움직였다. 아무리 은영술에 자신있는 그녀라 해도 용문 사성을 앞에 둔 상황이니 긴장하는 건 당연했다.

그런데 문득 조심스레 뒤로 신형을 움직이던 금난주의 얼굴이 울상이 됐다. 막 그녀가 은신하고 있던 장소에서 움직임을 보인 순간 연사홍을 향하고 있던 주천학의 시선이 냉전처럼 꽂혀온 것이다.

'들켰나?'

그때 주천학이 입가에 흐릿한 미소를 담았다. 그의 입술이 조그맣게 움직였다.

"금 소저는 너무 놀라지 마시오."

'아! 역시…….'

귓전을 파고든 건 일종의 전음입밀(傳音入密)로 금난주는 내력이 부족해 수법의 명칭만 알고 있었다. 강호에서도 내가의 고수라야 시전할 수 있는 수법이니 당연했다.

내심 탄식한 금난주가 숨어 있던 곳에서 모습을 드러내려는데, 다시 주천학의 목소리가 들려왔다.

"아, 움직이지 마시오. 금 소저가 지금 움직임을 보이면, 내가 손을 쓰는 무례를 범해야 하니까."

금난주는 주천학을 빤히 바라봤다. 그가 한 말의 진의를 파악하기 위함이었다. 그러나 역시 잘생겼다는 생각 외에 딱히 떠오르는 건 없었다. 철검회와 반룡회는 그만큼 사이가 좋지 못했고, 이번 춘투에서도 서로 검을 마주 댄 상황이었다. 적의 수장이 베푸는 친절에 혹하고 넘어갈 수는 없었다.

'그렇지만 상대는 사성이야. 나같이 조그만 계집애 따윈 그냥 한 손으로 잡아서 울게 만들 수 있을 텐데, 무슨 음모 같은 걸 꾸밀 필요가 있을까?'

스스로를 조그만 계집애라 자칭한 금난주의 눈이 데구르 옆으로 굴렀다. 마음을 쉽사리 결정할 수 없는 것이다.

그때 주천학이 다시 전음을 날렸다.

"금 소저가 징벌방에서 고생을 하고 있는 동안 귀회의 모 회주의 고생이 매우 컸다오. 이제 금 소저가 어렵사리 돌아왔는데, 환란을 겪어서야 내가 모 회주를 볼 낯이 없지 않겠소이까?"

'아아……'

금난주는 내심 탄식을 터뜨렸다. 천랑성 아난이 단천엽에게 홀딱 반해 난리를 쳐대는 모습을 봤으면서도 그녀는 다른 사성 중 모어언에게 관심있는 사람이 있으리란 생각은 못하고 있었다. 그만큼 용문 내 사성의 위치는 외경의 대상 그 자체였던 것도 한 가지 요인이었다.

금난주의 입가에 묘한 미소가 떠올랐다. 상대가 모어언에게 관심이 있다면 써먹을 만한 것이 무궁무진했다. 더 이상 잔뜩 겁먹은 표정을 지어 보일 필요는 없었다.

주천학의 전음이 이어졌다.

"이번 춘계쟁투지회에서 귀회가 전력을 투입한 건 나쁘지 않은 판단이었소. 철검회로선 연옥백강에 새롭게 뛰어들 인재를 한 명이라도 더 회유해야만 일 년 뒤 '등용문의 장'에서 조금이나마 희망이 있을 테니까. 하나 때가 좋지 않소. 이미 본 회의 연사홍과 반룡십걸이 뛰어들었으니, 오늘은 이만 물러가는 게 좋을 것이오."

그 말을 끝으로 금난주에게서 시선을 뗀 주천학이 짐짓 연사홍을 향해 목소리를 높였다.

"그럼 나는 이만 숙소로 돌아갈 테니, 이곳의 일은 자네가 처리하도록 하게."

“예? 그냥 돌아가시겠다는 겁니까?”

“오늘 내가 이곳을 찾은 목적은 이미 모두 달성했다고 할 수 있다. 그러니 이런 곳에서 아침을 맞이할 필요는 없지 않겠는가?”

“그렇지만 기왕 어려운 걸음을 하셨으니, 조금만 도와주셨으면…….”

“지금 나한테 약한 소리를 하는 건가?”

“그런 게 아니라…….”

“그렇겠지. 난 자네에게 약한 소리 따윈 듣고 싶지 않으니까.”

얼른 고개를 숙여 보인 연사홍에게 미미하게 고개를 끄떡여 보인 주천학이 한걸음에 연아상에게 걸어갔다. 여전히 의식 불명인 그녀를 안아 든 그가 중얼거리듯 말했다.

“단 소협이 비록 상매를 응급조치 했다곤 하나 충분치 못해. 처음부터 그녀에게 이런 험한 일을 시키는 것이 아니었다.”

얼른 뒤를 따른 연사홍이 허리를 조아리며 다소 창백해진 안색이 되었다.

“모든 게 속히의 잘못입니다. 연 소저는 반룡십걸 중에서도 가장 강한 삼 인 중 한 명이었고, 마침 스스로 이번 일에 자원했기에…….”

주천학이 고개를 가볍게 가로저었다.

“자네를 탓하는 게 아니야. 단 소협이 상매를 이렇게 만들 수 있으리라곤 나 역시 예상치 못했던 일이니까. 다만 앞으로 반룡회에서 인원을 확충하는 일을 할 때는 좀 더 세심하게 상대를 알아봐야만 할 것이야.”

“명심하겠습니다!”

주천학이 오른팔인 연사홍에게 이처럼 많은 말을 하는 건 매우 드문 일이었다. 연사홍이 안색마저 가볍게 붉힌 채 연신 복명하자 그는 문득 꿈결처럼 애수를 띤 눈빛으로 단천엽이 떠난 방향을 바라보곤 고개를 흔들었다.

"어찌 됐든 한 번 간 사람이 돌아올 순 없는 법. 인재가 먼저 동생이 되기를 원했는데, 그것을 내쳤구나. 훗날 상천(上天)에 들어 천하를 경영할 자로서 이처럼 마음이 좁아서야 어찌할 것인가?"

말의 여운이 채 끝나기도 전이었다. 연아상을 안은 채 주천학이 하늘로 둥실 떠오르더니 홀연히 자취를 감췄다. 처음부터 그 자리에 존재하지 않았던 것처럼.

용문산 정상을 떠난 단천엽은 달리는 동안 점차 발끝에 힘을 배가했다. 잠능을 사용할 때와 같은 폭발적인 빠르기는 아니나 그의 귓전으로 바람이 휙휙 지나쳐 갔다. 이미 빠른 준마 정도의 속도였다.

단천엽이 서두르는 데는 이유가 있었다. 그가 용문산의 정상에서 봉황구전 연아상과 대결하고, 자미성 주천학과 조우한 건 그리 긴 시간은 아니었다. 그저 일각은 넘고 이각은 조금 안 될 정도에 불과했다.

단천엽은 그 짧은 시간 동안 그의 앞에 모습을 드러낸 사람들의 면면에 신경이 쓰였다. 연아상이나 주천학은 물론이거니와 만자탈혼 연사홍도 일류 급의 고수였다. 그들이 속속 용문산의 정상에 도착했으니, 정상 주변을 지키던 기소천 등이 어찌 됐을지 근심스러웠다.

'주 선배의 사각을 찾느라 너무 시간을 끌었다. 중간에 다른 사람이 끼어들지 않았으면 여전히 계속 대치하고 있을 수밖에 없었을 거야.'

한편 운이 좋았다고 생각하면서도 단천엽은 은근히 아쉬운 기분이 들었다. 구양구음검공을 연성하기 전 만난 천랑성 아난에겐 확실히 압도당했었고, 한 달 전쯤엔 파군성 이수민과 짧은 격투를 벌인 일이 있었다. 그때 역시 단천엽은 이수민을 감당해 내기가 쉽지 않음을 인정해야만 했다.

그러니 이제 구양구음검공의 진의를 점차 깨달아가고 있는 시점이라 주천학과 한차례 자웅을 겨루어보고 싶은 생각이 없지 않았다. 점차 그는 무인이 되어가고 있었다, 스스로 인지하지 못하는 사이에.

그렇게 복잡한 심사를 애써 마음 한 켠에 묻는 사이 단천엽은 미리 기소천 등과 약속해 둔 장소에 도착했다. 만약의 사태를 만나거나 뿔뿔이 헤어지게 됐을 경우의 집결지로 주변이 온통 천자만홍(千紫萬紅)의 야생화로 가득한 곳이었다.

슥!

풀잎 위에 떨구어진 새벽 이슬 위에 신형을 세운 단천엽이 주변을 둘러봤다. 산꽃으로 가득한 만큼 사람이 숨을 만한 장소가 없는 그곳은 텅 비어 있었다. 그를 기다리는 사람은 아무도 없었다.

스르르르!

마침 불어온 바람이 야생화 위를 스쳐 가자 단천엽이 나직이 휘파람을 불었다.

나직하나 힘있는 소리!

몇 번의 고저가 분명한 휘파람이 이어진 순간, 야생화 사이에서 불쑥 사람의 그림자 하나가 솟아올랐다. 단천엽이 멈춰 선 곳에서 오륙장 정도 떨어진 곳이었다.

"소천!"

그림자의 정체가 얼굴에 온통 검댕이가 묻은 기소천임을 알아본 단천엽의 입가에 안도의 기색이 떠올랐다. 그가 이곳에 오는 동안 줄곧 걱정했던 건 청성일수 안환이나 천도각의 상명헌과 유현중 등이 아니라 기소천이었다.

아직 무공이 일류의 경지에 오르진 않았지만, 나름대로 균형이 잡힌 앞의 세 사람과 달리 기소천의 경우 기본 무력을 뛰어넘는 폭주를 종종 일으켰다. 그럴 경우 상대자는 물론이거니와 당사자 역시 심각한 피해를 입을 수 있었다. 전날 기소천의 폭주를 본 바 있는 단천엽으로선 요 근래 천부경으로 심신을 다스리게 했다곤 하나 더욱 마음이 쓰이는 게 당연했다.

그때 단천엽의 부름에 잠시 머뭇거리는 표정이 됐던 기소천이 어깨를 한차례 들썩이더니 달려왔다.

"천엽 형!"

역시 몇 발짝 앞으로 나서 기소천을 맞은 단천엽이 담담히 웃어 보이며 고개를 끄떡였다.

"다행이다! 네가 여기 없었다면, 지금부터 용문산을 몽땅 뒤질 뻔했어."

"전 이렇게 무사했지만, 다른 대형들은……."

"그래, 널 무사히 이곳으로 보내기 위해 그 형들은 기꺼이 뒤에 남았구나."

기소천의 얼굴에 의아해하는 기색이 떠올랐다.

"저희에게 어떤 일이 생겼는지 알고 계셨습니까?"

단천엽이 고개를 저어 보였다.

"아니, 전혀 몰랐다. 그러니까 이제부터 네게 들어봐야 할 테지."

"그렇다면 방금 전의 말은……."

"용문산의 정상에서 몇 명의 사람을 만났거든. 만약 내가 구성했던 사상진이 깨지지 않았다면, 그들이 용문산의 정상으로 찾아올 순 없었 겠지."

"그렇군요."

고개를 끄떡이며 수긍하던 기소천이 문득 단천엽의 등에 비그러매 어진 패왕의 깃발을 발견했다. 순간 안색이 다소 밝아진 그가 소리쳤 다.

"결국 패왕의 깃발을 차지했군요!"

"용문산의 정상에 꽂혀 있더군. 용문산을 오르며 염두에 뒀던 생각 들을 비웃기라도 하려는 듯이."

"용문산의 정상에 오르는 길이 그토록 험악했고, 밤새 천지인 삼 개 조의 백여 명이 넘는 인원들이 그곳을 목표로 삼았습니다. 천엽 형이 가장 먼저 그곳에 올라 패왕의 깃발을 뽑았으니, 정말 대단한 일입니 다!"

언제 시무룩했냐는 듯 목소리를 높이는 기소천에게 단천엽이 쓰게 웃었다.

"사실 패왕이란 이름만 그럴듯할 뿐 그냥 낡아빠진 깃발에 불과하더 군."

"그 낡아 보이는 것이 바로 전통이겠죠."

"딴은 그렇군."

근본이 천하맹 출신답게 자신의 말을 정정해 주는 기소천에게 고개 를 끄떡여 보인 단천엽이 자연스레 화제를 돌렸다.

"그래서 여태까지 어떤 일이 있었던 거지?"

"그건……."

기소천의 얼굴이 다시 시무룩해졌다. 특별 대접을 받기 싫어 용문에 들어왔는데, 첫 번째 시련이라 할 수 있는 춘투에서부터 남에게 폐를 끼친 셈이었다. 비록 한조인 단천엽이 패왕의 깃발을 차지했다곤 하나 마냥 기뻐하고만 있을 순 없었다.

마른침을 한차례 꿀꺽 삼킨 기소천이 다소 맥 빠진 목소리로 말했다.

"천엽 형이 정상을 향해 올라간 후 대형들과 저는 미리 연습했던 대로 주변을 경계했습니다. 이미 밤새도록 용문산을 헤맨 탓에 지치긴 했지만, 오히려 정신은 어느 때보다 맑았습니다. 그만큼 집중하고 있었다는 것이지요. 그런데 대략 반 시진쯤 됐을 때였습니다. 간간이 뛰어오르다 설치된 함정에 걸려 쩔쩔 매던 사람들 중 몇이 나가떨어지더니, 저희가 숨어 있던 곳으로 화전이 날아들었습니다."

"화전?"

"예, 하늘에서 곡선을 그리며 떨어져 내린 불화살을 안환 대형과 상명헌 사형 등이 검과 도를 휘둘러 막았습니다. 무시무시한 모양새와 달리 화살 자체가 지닌 위력은 그다지 없었습니다."

"그건 잘못됐군!"

"예?"

한차례 이맛살을 찌푸려 보인 단천엽이 말을 이었다.

"분명 불화살은 사방으로 날아들었을 거야. 첫째로 주변에 설치된 함정을 파악하기 위함이고, 둘째로 매복한 자들의 위치를 파악하기 위한 예비 동작이었을 테니까."

"아!"

　기소천의 얼굴에 그제야 납득했다는 표정이 떠올랐다. 단천엽의 말을 듣고 불화살이 날아들 때의 상황을 회상하니, 앞뒤가 들어맞는 것을 느낀 것이다.

　"그래서 화전의 위력은 별볼일없었고, 그 뒤에 위치가 발각된 저희 사상진을 향해 맹공이 펼쳐진 것이군요."

　"필시 그때 날아든 건 봉황구전 연 소저의 황금봉황시였겠지?"

　기소천이 대답 대신 고개를 끄떡였다. 그의 말을 몇 마디 듣자마자 당시의 상황을 그대로 유추해 내는 단천엽의 설명에 다른 언급을 곁들일 필요성을 못 느꼈기 때문이다.

　단천엽이 눈살을 가볍게 찌푸렸다.

　"그렇다면 이상하군."

　"무엇이 이상하다는 겁니까?"

　"연 소저는 정도를 중히 여기는 사람이라 황금봉황시를 쏘아서 사상진을 깨뜨렸다면, 더 이상 공격하진 않았을 거야. 그녀의 신법이라면, 첫 번째 공격으로 사상진이 혼란에 빠진 사이 충분히 용문산 정상으로 향할 수 있었을 테니까."

　기소천이 고개를 끄떡이며 동조했다.

　"천엽 형의 말이 맞습니다. 연 소저는 일시 혼란에 빠진 저희 사상진을 그대로 통과하곤 용문산 정상으로 향했습니다."

　"그렇다면 그 뒤에 또 다른 적을 만난 것이겠군?"

　"그렇습니다. 연 소저를 놓친 후 얼마 되지 않아서 일군의 복면인들이 저희를 압박해 들어왔습니다."

　당시의 상황을 떠올린 기소천이 어깨를 가볍게 떨었다. 천하에 이름 높은 천도각의 소공자로 태어난 그가 그와 같이 무시무시한 공격을 감당한 경험이 있을 리 만무했다. 노골적인 살기를 드러내며 검과 도를 날려대던 복면인들을 떠올리자니, 일견 두려우면서도 심부 깊숙한 곳에서 불끈거리며 분노가 치솟아올랐다.

그런 기소천의 내심을 읽은 단천엽이 위로하듯 말했다.

"나도 방금 전에야 알게 된 사실이지만, 이번 춘투에는 천지인 삼 개 조에 속한 사람들만 출전하지 않았어. 연 소저 이후에 공격해 들어온 사람들은 아마 연옥백강에 속한 사람들이 다수 포함되어 있었을 거야."

"예? 그게 무슨……."

단천엽이 용문산 정상에서 겪었던 일을 천천히 설명하기 시작했다. 이제 막 무인의 길에 들어선 기소천이 오늘 겪은 일로 인해 좌절하지 않길 바라는 마음을 담아서.

쿨럭!

안환은 바닥에 대자로 누운 채 하늘을 바라봤다. 터져 나오는 기침에서 튀어나온 핏물이 눈가에 튀었는지, 밝아오는 하늘이 온통 핏빛이었다.

'하나, 둘, 셋, 넷……. 몇 명을 상대했더라? 아니, 몇 명을 땅에 눕힌 후 쓰러졌지?'

안환은 정신을 잃지 않기 위해 연신 숫자를 세고 또 세었다. 그와 상명헌 등을 공격한 복면인들의 머릿수, 끝까지 붙들고 있었던 자들의 수였다.

사실 복면인 중 안환의 손으로 땅에 눕힌 자는 한 명도 없었다. 그저 그들을 붙잡고 늘어져 기소천의 퇴로를 열어주는 것으로 그는 평생의 절기라 생각하던 청성적하검(靑城赤霞劍)의 최후 초식을 펼쳐야만 했다.

적하만변(赤霞萬變)!

사문인 청성검파에서 전수받기 전 청성열조 앞에 엎드려 몇 번이나 절을 하고서야 전수받은 절기였다. 평생 죽음을 눈앞에 두었다 할지라도 청성열조 앞에 떳떳할 수 없다면 펼쳐선 안 되는 금기의 절기였다.

'큭! 그런데 나는 고작 한 명의 어린아이를 무사히 도망시키려 적하만변을 펼쳤구나! 아직 채 삼성도 연마하지 못해 적하만변이란 이름을 붙이는 것조차 부끄러운 것을……'

안환의 눈가로 눈물 한 방울이 흘러내렸다. 그가 펼친 적하만변으로 인해 복면인 셋을 뒤로 물러서게 만들었고, 결과적으로 지금 안환은 차디찬 바닥에 몸을 눕히고 있었다. 같은 편인 주제에 전혀 합공을 하지 않던 그들은 적하만변에 놀란 나머지 지독한 살공을 펼친 것이다.

안환은 축축하게 젖은 눈가를 소매로 훔치고 싶었다. 사부가 녹림 고수의 장력에 맞아 중상을 입은 날 대성통곡한 후 다시는 울지 않겠다던 맹세를 어기고 싶지 않았다.

부들!

그러나 복면인들의 합공에 심각한 중상을 입은 안환은 현재 손가락 하나 까딱할 힘이 없었다. 그는 억지로 손가락 끝으로 신경을 집중하려다 흉하게 얼굴을 일그러뜨렸다. 필사적인 노력은 지독한 통증을 수반한 채 절망으로 되돌아왔다.

그만큼 현재 그의 부상은 심각했다. 소매로 눈가를 훔치긴커녕 이대로 간다면 종종 용문산 주변을 새카맣게 뒤덮는 까마귀 밥이 될 게 뻔했다. 모든 것이 기소천의 퇴로를 여는데 결정적인 힘을 발휘한 적하만변의 위력 덕분이었다.

　그런데 절망으로 고통받던 안환이 일시 담담한 얼굴이 되더니, 곧 입가에 흐릿한 미소를 떠올렸다.

　'이런 곳에서 죽는다면 안환의 일생은 정말 아무것도 아니고, 개죽음일지도 모른다. 죽은 후라 해도 사부님과 청성열조들께서 용서하지 않으시겠지. 하지만 나는 약속을 지켰다. 단 소제와의 약속을 지켰어. 그것으로, 그것으로 족하다고 그분들에게 고하면 더욱 크게 혼나려나?'

　나직한 고소와 함께 안환은 처음 단천엽을 만났던 날을 떠올렸다. 기소천과 가까워지기 전까진 전혀 안중에도 두지 않고 있던 그가 언제 이처럼 큰 의미를 갖게 됐는지 아무리 되새겨 봐도 떠오르는 것이 없었다.

　물과 같고 공기와 같은 느낌!

　안환에게 있어 단천엽은 그러했다. 그와 가까이 할수록 자신이 자신이 아니게 되었고, 저항할 수도 저항하고픈 마음도 들지 않았다. 그리고 당연히 그와 함께하는 자들에게도 진심이 되어버렸다.

　사문 청성의 이름을 드높이는 것밖엔 전혀 안중에 두지 않던 안환은 변해 버리고 만 것이다, 남을 위해 스스로를 희생할 수 있는 사람으로.

　해탈한 고승대덕과 같은 얼굴이 된 안환이 한 가닥 남은 진기를 운기했다. 그를 습격했던 복면인들의 손에 자신의 남은 명운을 넘겨줄 순 없었다.

　그런데 안환이 막 진기를 움직여 심맥을 끊으려는 찰라였다. 웅성거리는 소리와 함께 멀리서 익숙한 목소리가 화살처럼 날아와 안환의 귓전에 꽂혔다.

"안 대형! 어디 계십니까!"

익숙한 목소리, 그것은 이미 안환을 축축이 적시고, 폐부 깊숙한 곳까지 스며들어 자리잡아 버린 단천엽의 목소리였다. 안환이 약속을 지켰듯 그 역시 안환을 잊지 않았다. 더 이상 안환이 해탈한 고승대덕이 될 까닭이 없어진 것이다.

"여, 여기야! 여기!"

심맥을 끊으려 모았던 한 줌 진기로 버럭 소리 지른 안환이 한마디 덧붙이기를 잊지 않았다.

"자네의 안 대형이 지금 죽어가고 있다구! 그러니까 냉큼……."

안환은 말을 채 끝맺지 못했다. 어느새 그의 코앞에 도달한 단천엽에게 와락 끌어 안겼기 때문이다.

"결국 그렇게 되었군."

춘계쟁투지회, 일명 춘투라 불리는 시험의 결과를 장시간에 걸쳐 전해 들은 단백경은 미미하게 고개를 끄떡여 보였다. 애초부터 예상했던 바와 다름없다는 투의 반응이었다.

삼대교두 간의 내기에 진 탓에 단백경에게 보고를 올리는 일을 홀로 떠맡게 된 다정쾌검 윤문환의 미간이 슬쩍 좁혀졌다. 평소 쾌활한 성격인 그는 지금 기분이 그리 좋은 편이 아니었기에 괜스레 신경이 예민해져 있었다. 내심 응원하고 있던 봉황구전 연아상 때문이었다.

현재 이번 춘투의 가장 강력한 우승 후보였던 연아상은 불의의 부상과 함께 시험에 떨어진 상황이었다. 이번 시험 중 최대의 이변이었다.

그렇지만 물론 그녀가 이번 춘투에서 떨어진 건 윤문환에게 그리 대수로운 일이 아니었다. 춘투는 내년에도 있고, 내후년에도 있다. 특별히 올해 그녀를 연옥백강에 받아들여 자신의 지도 하에 두는 걸 서둘 필요는 없었다. 현재 연옥백강 안에도 자신의 따뜻한 손길을 기다리는 어여쁜 소녀들은 꽤 있는 편이었고.

그러나 부상당한 연아상을 안고 사라진 사람이 문제였다. 용문 내에서 자신과 유일하게 용모 면에서 견줄 수 있는—물론 그 혼자만의 주장이지만—자미성 주천학이 그녀를 안고 사라졌다는 걸 알았을 때 윤문환은 하늘이 무너지는 듯한 기분이 됐다.

그는 용문 내의 여제자들을 이미 잠재적인 미래 연인의 후보에 올려놓고 있는 중이었다. 지금은 비록 나이가 어려 솜털만 보송보송할 뿐이지만, 일 년 후 혹은 이 년이나 삼 년 후까지 그러리란 법은 없다. 사내는 해가 갈수록 나이를 먹어 중후해지고 소녀는 어린 티를 벗고 어엿한 숙녀로 성장할 터였다.

그런데 꽤나 오래전부터 눈여겨보고 있던 연아상이 강력한 경쟁자인 주천학과 부상을 매개로 맺어지게 됐으니, 원통하다 못해 살의를 느낄 지경이었다. 그의 성격상 상대가 주천학이 아니었다면, 벌써 노골적으로 사심을 드러내며 반룡회를 뒤엎고 연아상을 탈취해 왔을 게 분명하다.

'그런데 여인과 사귀는 것만큼이나 흥미로운 문상과 달리 바위같이 재미없는 무상은 뭐가 당연하다는 듯 고개를 끄덕이는 건가! 한입에 털어 넣어도 비린내도 나지 않을 것 같은 소미녀 모가 계집애에 이어 이 윤문환이 나이 어린 것들한테 연거푸 물을 먹게 됐는데……'

윤문환이 슬쩍 비꼬인 목소리로 말했다.

"총교두, 그렇지만 이번 춘투는 정말 이상한 점 투성이었습니다. 물론 우승자가 없는 건 아니지만, 어떻게 합격자와 불합격자를 나눌지 기준이 모호했다는 게 시험관으로 참석한 교두들의 한결같은 평이었습니다."

단백경의 시선이 윤문환을 향했다.

"어떤 교두들이 그런 소리를 했소이까?"

"그건……."

윤문환이 잠시 머뭇거리자 단백경의 중후한 얼굴에 한 가닥 미소가 떠올랐다.

"하급 교두들의 불평 불만을 상관에게 고대로 고자질하라고 종용하는 게 아닙니다. 직접 이번 춘계쟁투지회에 참관했던 사람들의 목소리를 듣고자 함입니다."

윤문환이 잠시 움찔한 표정이 됐다. 그가 아무리 현재 기분이 나쁜 상황이라곤 하나 눈앞에 있는 사람은 천하의 뇌정경혼이자 직속상관이었다. 미소 짓고 있는 입 매무새와 달리 평소보다 더욱 진지해진 외눈과 마주 대하자 온몸의 모공이 열리고 소름이 돋았다.

'역시 이런 자리는 오기 싫었다구! 이렇게 진지한 무상은 무섭단 말이야!'

내심 앓는 소리를 터뜨린 윤문환이 얼른 안색을 활짝 폈다. 언제 비꼬인 내심을 입에 담았냐는 듯 그는 입가에 강호 소저들을 꼬실 때 쓰곤 하던 미소를 매달았다.

"하하, 총교두가 어떤 분이시라고 그런 마음으로 말씀하셨겠습니까? 천하의 무림인 모두가 웃을 일이지요."

헛웃음을 몇 차례 보인 후 윤문환이 자세를 바로 했다.

"구룡무각에서 이번 춘투에 대한 환담을 나누던 중 귀검참마도 제 교두와 칠독수 기 교두가 특히 목소리를 높이더군요. 제 교두야 본래 성격이 더럽긴 하나 뒤끝이 깨끗한 여장부니 뒷말이 있을 리 없지만, 기 교두의 경우…….”

“기진악 교두는 매사 꼼꼼하고 사리가 분명한 분이시죠.”

“…꼼꼼하죠. 꼼꼼한 게 지나쳐서 쫀쫀하기까지 한데다 하급 교두 간에 발언권이 높은 편이라 문제가 있다고 저는 걱정이 된 것입니다.”

양손까지 휘저어가며 목소리를 높이는 윤문환의 얼굴은 일견 천연덕스러웠다. 애초부터 지금 한 말과 전혀 다름없는 생각을 하고 있었다는 걸 의심할 수 없는 얼굴이었다.

‘그런데 등줄기로는 땀이 한 방울 흘러내리고 있군. 긴장한 것이겠지…….’

도가의 청경과 비슷한 원리였다. 목소리를 높이는 동안 윤문환이 보인 몸의 변화로 그의 내심을 읽은 단백경이 내심 고소를 짓곤 천천히 고개를 끄떡였다.

“확실히 이번 춘계쟁투지회는 그런 오해의 소지가 있었소이다. 애초에 과거 시험 때와는 다른 수련생들의 면모를 파악하려는 의도가 있었으니까.”

“다른 의도라시면……?”

손가락으로 책상 위를 몇 차례 두드려 보인 단백경이 윤문환이 찾기 전까지 살피고 있던 보고서 중 한 장을 슬쩍 밀었다.

팔랑!

책상 위에서 홀로 뛰어오른 보고서가 윤문환의 눈앞에 이르러 파르르 몸을 떨었다. 거미줄에 걸린 나방처럼 단백경이 발휘한 무형지기에 붙들려 옴짝달싹 못하게 된 것이다.

"이건……."

눈앞으로 파고드는 보고서의 글귀를 재빨리 읽어 내려간 윤문환의 얼굴이 변했다. 가벼운 놀람의 기색이 그의 얼굴을 빠르게 훑고 지나갔다.

잠시의 시간을 준 뒤 보충하듯 단백경이 설명했다.

"보다시피 이번 춘계쟁투지회는 이중의 잣대로 수련생들을 평가했소이다. 첫째로 홀로 움직일 때의 무력과 능력, 둘째로 무리를 지어 움직일 때의 판단력과 통솔력으로. 가중치는 첫 번째보다 두 번째에 더 두었지만, 그동안 수련생들을 지도해 온 일선 교두들이 보기에 합격자와 불합격자에 대한 이견은 없을 거라 사료됩니다."

"화, 확실히……."

"그러니 이번 춘계쟁투지회의 뒤처리는 윤 대교두가 다른 대교두들과 상의해서 처리해 주셨으면 합니다."

합격자 중 부상으로 탈락한 걸로 되어 있던 연아상이 포함된 것을 보고 내심 기뻐하던 윤문환의 눈에 이채가 떠올랐다.

"총교두께서는 또 다른 곳에 볼일이 있으신 겁니까?"

단백경이 고개를 끄떡였다.

"이번에는 좀 많은 시간 동안 총교두의 직위에 전념하려 했으나 맹에 따로 일이 생겨 이 사람은 또 밖으로 나가야 할 것 같소이다."

"도대체 무슨 일이기에……."

"그렇게 됐소이다."

단백경이 말을 끊자 윤문환의 얼굴에 아차 하는 기색이 떠올랐다. 그를 비롯한 용문의 교두들 중에는 천하맹에 속한 무사의 신분이 아닌 자들이 제법 있었다. 무상 단백경이 움직여야 할 정도의 일이라면 쉽사리 언급할 리 만무했다.

휘익!

재빨리 눈앞에 떠 있던 보고서를 낚아채 품 안에 집어넣은 윤문환이 다시 예의 미소를 입가에 떠올렸다.

"총교두께서는 염려 놓고 다녀오십시오! 돌아오실 때까지 춘투의 뒤처리는 물론이거니와 새로운 연옥백강이 정해지는 일까지 깨끗이 처리하겠습니다!"

"그럼 부탁하겠소이다."

윤문환에게 미소를 던진 단백경의 시선이 집무실 밖을 향했다. 봄은 벌써 만개한 꽃망울을 터뜨리고 있었다.

단백경이 윤문환에게 보고를 받고 있을 무렵, 천원의 문상 집무실을 찾은 두 명의 무인이 있었다. 천하를 아우르는 전쟁이 있기 전엔 총단의 외성을 떠나는 일이 없다는 두 사람, 질풍검호(疾風劍豪) 곽채량과 영웅신풍(英雄神風) 유겸호. 바로 흑건질풍대와 백건영웅대의 당대 수장들이었다.

"자네……."

먼저 집무실 앞에 도착해 복도를 서성거리고 있던 곽채량이 유겸호를 발견하고 뺨에 난 굵은 검상을 일그러뜨렸다. 나이 사십, 이십 년이 넘게 거친 강호를 구르며 수없이 많은 생사대전을 펼친 그의 얼굴은 그야말로 전장을 바로 빠져나온 무인 그 자체였다.

그런 곽채량과 대조적으로 삼십 대를 갓 넘어 보이는 하얀 얼굴, 고색창연한 백색고검을 허리에 비끄러맨 유겸호가 빙긋 미소 지으며 고개를 끄떡여 보였다.

"이런 곳에서 웬수를 또 만나게 됐군."

"웬수? 누가 누구의 웬수란 거냐! 아직 젖도 못 뗀 아이들이나 데리고 화검병도(畫劍瓶刀) 놀이나 하는 녀석이……."

"하하, 화검병도? 그래도 비싼 말이나 타며 소일하는 것보다는 의미 있는 일이 아니겠는가? 그림같이 검을 휘두른다면 일단 눈요기가 될 것이고, 꽃병을 깎을 정도로 칼을 잘 다룬다면 천하맹을 떠난 후라도 밥은 굶지 않을 테니."

"흥, 좀 배웠다고 말을 갖다 붙이기는……."

"본래 내가 그런 건 좀 잘하는 편이지."

고개를 끄떡이며 웃어 보인 유겸호가 앞으로 한 걸음 다가서자 곽채량 역시 같은 걸음을 해 보이며 손을 맞잡았다. 보는 사람에 따라 많게는 십여 세까지 나이 차가 나겠다고 볼 두 사람은 기실 동년배로 천하맹 내에서도 꽤나 절친한 사이인 것이다.

그때 집무실 앞을 지키고 있던 무사가 종종걸음으로 두 사람에게 다가왔다.

"문상께서 두 분의 접견을 허락하셨습니다."

"접견?"

"허락?"

무사를 향해 동시에 시선을 던진 두 사람의 입가에 각기 특색있는 쓴웃음이 떠올랐다. 오늘 그들이 예정되어 있던 훈련마저 접어두고 내성의 천원을 찾은 건 문상 한상월의 부름이 있었기 때문이다.

그런데 눈앞의 무사는 마치 두 사람이 청원이라도 넣기 위해 이곳을 찾은 것처럼 대접하고 있었다. 호쾌하고 괄괄한 성격의 곽채량은 물론이고, 전형적인 외유내강의 성격을 지닌 유겸호 역시 내심 화가 치미는 걸 느꼈다.

'그러나 이곳에서 내가 화를 낸다면 성격 더러운 곽가 녀석은 더욱 길길이 날뛸 테지?'

미간을 가볍게 좁혀 보인 유겸호가 벌써 얼굴이 벌겋게 물든 곽채량에게 미미하게 고개를 저어 보였다. 일단 집무실에 들어가 문상 한상월을 만나보는 게 우선이라는 판단이었다.

"그럼 이제 집무실에 들어가도 되는 건가?"

"예, 그렇습니……."

"아, 접견을 허락했다잖는가!"

목소리를 높여 무사의 말을 끊은 곽채량이 유겸호의 어깨를 주먹으로 한 대 툭 치고는 앞장섰다. 그 역시 눈앞의 하급무사에게 무턱대고 화를 낼 정도로 도량이 좁은 사내는 아니었다. 적어도 무인의 관점에서는 그랬다.

"흥, 맹주께서 폐관하신 사이 문상의 위세가 하늘을 찌른다고 하더니, 과연 내성을 찾아보니 명불허전이로소이다!"

집무실 안에 들어서자마자 목소리를 높인 곽채량을 향해 유겸호가 눈살을 가볍게 찌푸려 보였다. 좀 전 하급무사에게 화를 내지 않은 걸 칭찬하려던 마음이 씻은 듯 사라진 것이다.

그때 검토하고 있던 보고서 뭉치에서 시선을 뗀 문상 한상월이 곽채량과 유겸호를 향했다. 내성의 요직에 있는 인사들과 달리 상관에 대한 예의조차 차리지 않는 두 사람에게 화를 낼 만도 한데, 그의 입가에는 부드러운 미소가 매달려 있었다.

"생각보다 오늘 결재할 서류가 많아 두 분 대장과의 약속 시간을 맞추지 못했소이다. 그 점 미안하게 생각하니, 너그럽게 용서해 주시기 바라오."

"그래도 양심은 있구려. 자신의 잘못을 인정……."

바로 냉소를 터뜨리며 대거리를 하는 곽채량의 입을 손으로 막은 유겸호가 얼른 고개를 숙이며 예의를 갖췄다. 한상월이 먼저 사과를 했으니, 받아주는 것도 군자의 도리라는 판단이었다.

"천하맹의 위아래를 막론하고 문상만큼 바쁜 분이 없다는 걸 모를 속하들이 아닙니다. 너무 과한 예를 취하시면 거북하니 평소처럼 대해 주십시오."

"평소?"

"그렇습니다. 천하맹에서 칼밥을 먹는 자라면 북천쌍룡 시절의 놀랄 만한 활약과 더불어 흑의문상의 성격이 냉혹무쌍하다는 걸 모르는 자가 없습니다."

"흐음, 그러니까 객쩍은 소리 하지 말고 본론부터 말하라는 뜻이겠지요?"

유겸호를 옆으로 밀어낸 곽채량이 호목(虎目)을 번뜩이며 목소리를 높였다.

"그렇소이다! 옆의 유가 녀석의 부대는 어떨지 몰라도 우리 흑건질풍대는 현재 연환마진(連環馬陣)의 연마로 바쁜 나날을 보내고 있소이다. 이런 곳에서 탁상공론이나 들을 시간은 없다는 뜻이오."

"말하는 것 하고는……."

"흥, 생긴 모습과 달리 능구렁이처럼 성격이 나쁜 네 녀석이 이렇게 문상 앞에서 고분고분하게 구는 걸 보면, 백건영웅대는 지금 한가하게 놀고 있는 게 분명하다!"

“뭐라고!”

곽채량의 도발에 결국 유겸호가 넘어간 상황이었다. 두 사람이 자신은 무시한 채 서로를 향해 으르렁거리기 시작하자 한상월이 턱을 매만지고 있던 손가락으로 책상을 한차례 두드렸다.

토톡!

책상에서 튀어나온 소리는 마침 두 사람 간의 설전을 끊는 효과를 냈다. 음공(音功)을 조금이라도 연마한 일이 있는 사람이라면 그 절묘함에 무릎을 때렸으리라.

유겸호가 경이로운 눈빛으로 한상월을 바라보자, 역시 이상한 느낌을 받은 곽채량이 입을 다물었다. 두 사람이 집무실에 들어선 후 처음으로 보인 침묵이었다. 여타 무인들과 달리 야전을 십수 년간이나 뒹군 두 사람을 제압하기 위해선 무언가 특별한 한 수가 필요했다.

한상월이 그런 두 사람을 바라보며 입가에 더욱 짙은 미소를 만들어냈다.

“바로 본론으로 들어가자고 했으니, 말을 돌리지 않겠소. 상천(上天)이 하지(下地)에 내린 요청에 의거해 지금 당장 두 분은 전쟁터로 떠나주셔야겠소이다.”

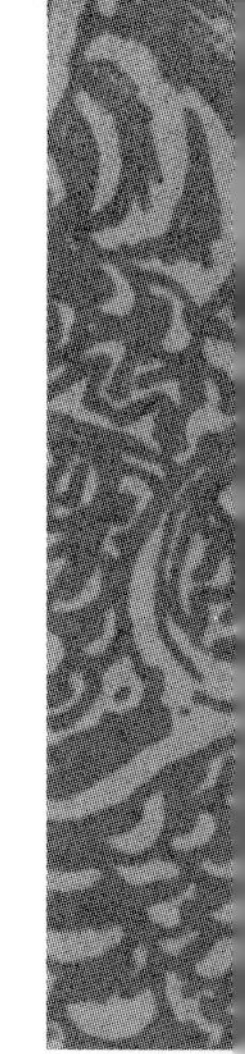

떠나는 자, 남는 자

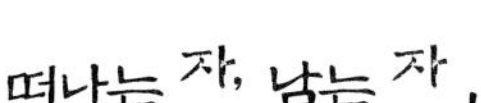

상천(上天), 그것은 황천(皇天)이라 불리는 제왕(帝王)과 관부를 무림에서 일컫는 일종의 은어였다. 천하를 다스리는 만승천자(萬乘天子)와 관부를 무림인들은 곧이곧대로 인정할 수 없어 상천이란 다른 표현을 사용했다.

그러니 무림인들이 자신들이 속한 무림을 하지(下地)라 부르는 건 제왕의 존엄을 억지로나마 인정해 주는 것에 불과했다. 그들은 공공연히 하늘과 땅은 서로를 관여하지 않을뿐더러 위아래를 같이 논할 수 없다 말하곤 했다.

그런 상천에서 하지의 중심이라 자처하는 강북 천하맹에 출병 요청이 하달된 건 요 근래 무당천도와 심각하게 반목하기 시작한 강남 반검맹의 움직임과 무관하지 않았다. 아니, 직접적인 관련이 있다고 봄이 옳았다.

　전통적으로 뭇 상천의 제왕들이 도읍하여 천하를 경략했던 강북과
달리 강남에는 상천의 힘이 닿지 않는 일이 비일비재했다. 천하를 아
우르기 편한 강북과 달리 강남은 기후나 지형, 사람이 완연히 달랐다.
상천과 관부의 힘만으로 통솔하기 쉽지 않은 건 어쩌면 당연한 일이었
다.

　게다가 자고로 역대 상천의 주인들은 강북무림과 가까운 반면 중앙
으로부터 멀리 떨어져 있는 강남무림과는 별로 사이가 좋지 않았다.
중앙의 통제에서 멀어진 강력한 무력 단체의 존재를 좋아할 제왕이란
있을 수 없는 것이다.

　따라서 마성혈류하(魔星血流河)라 명명된 십이마성의 중원침공 시
당한 피해 때문에 강남에 모여 잠자코 숨죽이던 반검맹의 강북 침공은
민감한 사안이었다.

　잠재적인 반란 세력의 결집!

　또 다른 마성혈류하에 대비한다는 대의명분이 뚜렷한 천하맹과 달
리 모임의 의도를 쉬이 밝히지 않는 반검맹을 바라보는 상천의 시선이
었다. 그 구성원 중 한족이 아닌 가문이 중추에 포진됐다는 점을 굳이
집어내지 않더라도 경계와 의혹의 시선을 던지지 않을 까닭이 없었다.

　'그렇다곤 하나 아직 반검맹과 무당천도 간의 항쟁은 본격화되지 않
은 상황이다. 아무리 반검맹이 강북 진출의 뜻을 완전히 굳혔다 해도
무당이라는 거대한 산을 뛰어넘는다는 건 그리 쉬운 노릇이 아니다.
그런데 이렇게 느닷없이 본 맹에 출병을 요청할 줄이야!'

　천원의 문상 집무실로 향하며 단백경은 눈살을 가볍게 찌푸렸다. 평
소와 달리 걸음을 빨리하는 그의 머리 속은 복잡하게 움직이고 있었다.

그만큼 상천의 요청으로 급작스레 이뤄진 이번 출병은 작은 문제가 아니었다. 맹주가 폐관에 들어간 상황 하에 천하맹은 반검맹과 천하를 건 쟁패에 돌입할 수도 있는 문제였다.

그러는 동안 단백경은 문상 집무실 앞에 도착했고, 그를 알아본 무사가 얼른 예를 갖추곤 안쪽으로 기별을 넣었다. 이미 전시 체제에 들어간 거나 다름없는데, 평소와 전혀 다름이 없는 모습이었다.

'문상의 주변에는 저런 하급무사들조차 비범함을 품고 있다.'

다른 방문자들 때와 달리 안에 기별을 넣고 대답마저 전해 듣고 돌아온 무사가 예를 갖춰 고했다.

"무상께서는 안으로 드시지요!"

"알겠네."

고개를 끄떡여 보인 단백경이 집무실 안으로 들어서자 산더미처럼 쌓인 보고서 더미 사이로 문상 한상월의 얼굴이 보였다. 평소 보이곤 하던 무료한 기색이 사라진 그의 얼굴엔 과거 몇 년 동안 본 적이 없을 정도로 생생한 활기가 떠돌고 있었다.

"자네 왔는가!"

"늦었습니다."

예를 갖춰 보이는 단백경을 향해 한상월이 씩 웃었다. 왠지 기분이 좋아 보이는 미소였다.

"자네, 창이나 강도(鋼刀)도 다룰 줄 알겠지?"

"권법을 연마하기 전 십팔반 병기를 기본적으로 배운 바 있습니다."

"기본만으론 곤란한데."

"창술로 따지자면 양가창(楊家槍)에 비해 떨어지지 않을 자신이 있고, 도법(刀法) 역시 팽가(彭家)의 오호단문도(五虎斷門刀)만 못하지 않다고 생각됩니다."

"마상창술이나 도법이 필요할 거야."

단백경은 한상월의 말이 뜻하는 바를 짐작할 수 있었다. 굳건하고 신중한 얼굴 한 켠에 한 가닥 강인한 표정을 지어 보인 그가 눈에 힘을 줬다.

"여태껏 말을 타고 싸워본 바는 없으나 호북에 도착할 때쯤이면, 이미 누구 못지 않을 거라 사료됩니다."

"곽채량과 유겸호를 승복시킬 수 있을 정도라야 하네."

"곽채량과 유겸호……."

단백경의 얼굴에 가벼운 놀람의 기색이 떠올랐다. 한상월에게 전해 들은 이름들이 뜻하는 바는 그의 예상을 뛰어넘었다.

"흑건질풍대와 백건영웅대를 모두 쓰시려는 겁니까?"

"거기다 천하맹 서열 십위이자 무력의 상징이라 할 수 있는 뇌점경 혼 단백경을 포함시킬 생각이네만."

"역시!"

단백경의 놀람을 즐기듯 한상월이 입가에 머물러 있던 미소를 더욱 짙게 했다.

"본래 상천에서 별다른 요청이 없었다 해도 호북성 쪽으로 병력을 보내 반검맹을 압박해야 했어. 그런데 고맙게도 제왕의 황명이 떨어졌으니, 횡재를 맞은 거나 다름없지 않은가? 무당천도의 꼬장꼬장한 노도사들도 황명을 언급하면 이번 일에 뭐라 할 수 없을 거야."

"그러나 문제는 무당천도가 아니지 않습니까?"

"상천과 반검맹이 문제란 거겠지?"

"그렇습니다. 당대의 상천이 반검맹을 눈엣가시처럼 여긴 지 오래된 건 누구나 아는 사실입니다. 그래서 본 맹의 강북 경략도 암묵적인 묵인을 받았던 것이고요. 그러나 이쯤에서 본 맹과 반검맹 간에 결전이 벌어진다면……."

"맹주가 전력에서 빠진 본 맹이 패하거나 이긴다 해도 토사구팽(兎死狗烹)의 신세가 될 가능성이 크겠지. 상천의 관료들에겐 정규군에 속하지 않은 본 맹이나 반검맹이나 매한가지일 테니까."

"그걸 아시면서도……."

"그걸 알기에 이번 출정에 자네와 본 맹의 주력을 투입시키는 거야. 더 이상 반검맹이 딴마음을 품지 못하도록. 그러니까 이번 출정에서 자네가 할 임무는 싸우는 게 아니라 싸움을 막는 게 되어야 할 거야."

"싸움을 막는 일."

"그래, 천하의 뇌정경혼이 아니라면 할 수 없는 일이지. 반검맹에 똬리를 튼 채 움직이지 않는 신검이 나서지 않는 한."

그것으로 단백경에게 할 말이 모두 끝난 것이리라. 단백경에게서 떨어진 한상월의 시선이 책상 위의 서류 더미로 향했다. 이천이나 되는 병력을 출정시키는 데는 여태까지 그가 처리한 서류의 배가 넘는 양의 결재가 필요했다.

단백경이 집무실을 떠나고 얼마 되지 않았을 때다. 빠르게 호북 출정에 관련된 업무를 처리하고 있던 한상월의 시선이 서류에서 떨어졌다.

"난 자네를 부른 기억이 없는데?"

평소처럼 문을 통하지 않고 집무실에 숨어들어 온 귀비 유설영이 살며시 고개를 숙여 보였다.

"천비가 때를 잘못 찾아왔습니다."

"아, 그렇다고 돌아갈 건 없고."

신형을 돌리려던 유설영을 제지한 한상월이 눈매를 가늘게 만들었다.

"자네가 쓸데없는 일로 날 찾았을 리 없으니, 빨리 보고해 봐. 지금 그리 많은 시간을 할애할 수 없으니까."

"존명!"

복명한 유설영이 단천엽이 우승한 춘계쟁투지회에 관해 보고하기 시작했다. 춘투에 참가한 수련생들을 시험관들이 지켜보고 있었던 것과 마찬가지였다. 한상월이 은근히 단천엽에 관해 관심이 많다는 걸 알고 있던 그녀는 춘투에 관해 자세히 설명할 필요를 느끼고 있었다.

유설영의 짧고 간결한 보고를 전해 듣던 한상월이 손가락으로 턱을 매만졌다. 보고 중 단천엽과 주천학 간의 짧은 만남은 그로서도 흥미를 느낄 만한 대목이었다.

유설영이 첨언하듯 말했다.

"단 공자는 자미성의 앞에서도 당당하셨습니다. 그사이 천비가 모르는 또 다른 성취가 있었던 것 같습니다."

"또 다른 성취?"

"아마도 용문 삼십육방에서 기연을 만난 것 같습니다."

"기연? 기연이라……."

한상월이 입가에 흐릿한 미소를 만들어내자 유설영의 눈이 일시 유리알처럼 투명해졌다. 귀안이 발동한 것이다.

"내 생각을 읽으려 노력할 필요 없다. 어차피 자네에게도 말해 줄 생각이었으니까."

“죄송합니다.”

유설영이 귀안을 거두자 한상월이 입가에 걸려 있던 미소를 거두고 말했다.

“내가 어째서 파불소림의 전대 유물인 삼십육방에 녀석을 집어넣었다고 보나?”

“그렇다면…….”

“녀석이 그 안에서 무얼 얻었을진 알 수 없으나 만약 살아서 통과할 수 있다면, 그냥은 나오지 않으리라 생각했지. 그렇지만 이렇게 단시일 내에 야수감각도마저 사용하지 않은 채 사성 중 한 명을 상대할 정도로 발전했다는 건 확실히 놀랄 만한 일이긴 하군. 적어도 내년 벌어질 연옥대전 때에나 그럭저럭 쓸 만해질 거라 생각했는데 말이야.”

“어떻게 단 공자가 야수감각도를 사용하지 않았다는 걸 아셨습니까?”

“자네가 말해 줬잖아.”

“예?”

당황한 기색이 된 유설영에게 한상월이 자비를 베풀듯 설명했다.

“녀석은 자미성과 맞설 때 정중동을 취했다고 했는데, 중원무학의 정수라 할 수 있는 사량발천근을 사용했다는 증거야. 일단 발동하기만 하면 무한에 가까운 폭발력을 갖는 야수감각도를 펼쳤다면 그런 쓸데없는 걸 사용할 필요가 없는 거지. 그 딴 걸 사용하기도 전에 어떤 상대든 야수의 발톱에 숨이 끊어질 테니까.”

“…….”

유설영은 잠시 당시 주천학과 대치했던 단천엽을 떠올렸다. 확실히 그의 움직임은 그야말로 무학의 이치에 맞는 것으로 한상월이 말한 바와 같은 폭발력은 느낄 수 없었다. 그녀의 설명만으로도 한상월은 그와 같은 차이점을 간파해 낸 것이다.

'어쩌면 대주께서는 무심한 듯 보이나 나보다 더 깊이 단 공자에 대해 안배하고, 관심을 가지고 있을지도 모르겠구나. 겉으로 드러내지 않는 만큼 더욱 깊게.'

마음 한 켠에 기꺼운 마음이 든 유설영이 예전보다 더욱 깊숙이 허리를 숙여 보였다. 이젠 단천엽에 대한 염려를 놓아도 되리란 생각이 들었다.

그때 한상월이 화제를 바꿨다.

"그런데 설마 그 녀석에 관한 일로만 이곳을 찾은 건 아닐 테지?"

"대주께서 명찰하셨습니다."

"백경에 관한 사항인가?"

유설영의 맑은 얼굴에 가벼운 그늘이 떠올랐다. 단백경의 돌출 행동에 관해선 이미 전날 보고를 마친 상황이었다. 그 후로도 빠짐없이 그의 일거수일투족을 살펴 보고를 올렸는데, 여전히 한상월의 마음은 흔들림이 없었다.

'하지만 이번만은……'

마음을 단단히 먹은 유설영이 목소리를 높였다.

"천비의 좁은 소견으론 무상께 이번 호북 출정의 대권을 맡긴 건 문제가 될 소지가 많은 결정이라 생각됩니다. 이번 출정에 나서는 이 개 부대는 천하맹의 주력이라 할 수 있는데다 총단 외성의 오당과도 친분이 있습니다. 만약 무상이 말 머리를 총단으로 돌린다면……"

"그런 일은 있을 수 없어!"

"충분히 가능한 일이라고 봅니다. 총단 외성에 속한 자들이 내성 삼

각과 대주님께 반감을 품고 있는 건 주지의 사실입니다. 모 맹주가 폐관한 후 맹의 내외에서 가장 큰 명성을 떨치고 있는 무상이 반란을 획책한다면, 커다란 파도가 되어 총단을 덮칠 가능성이 높습니다!"

평소와 달리 유설영의 목소리엔 힘이 들어가 있었다. 어떻게든 이번 출병에 단백경이 포함되는 일은 막아야 했다. 그렇지 않으면 한상월이 평생에 걸쳐 쌓아 올린 천하맹에서의 지위가 위협받을지도 몰랐다.

한상월이 묘한 표정으로 유설영을 바라봤다.

"자네의 말은 알겠다. 그런데 자네는 백경이 이번 출병에서 반란을 일으키지 않을 때의 일마저 걱정하고 있는 듯하군?"

"그렇습니다. 무상이 반란을 일으키지 않더라도 이번 출병에서 다시 커다란 공을 세운다면, 천하맹 안에서 대주께 대항하는 세력의 수장이 될 가능성이 큽니다."

"어차피 천하맹의 순수 혈통인 백경과 달리 나는 외부에서 들어온 외인이니, 언제든 내침을 당한다 해도 이상할 게 없다는 거로군?"

"모 맹주의 폐관이 끝나지 않았으니, 함부로 나서진 않을 것입니다만……."

"모 맹주를 대신할 자가 나타난다면 그것도 자신할 순 없는 문제겠지."

"그렇습니다. 그러니 이번 출정에서 무상은 반드시……."

"그래, 반드시 포함시켜야 해. 녀석의 속마음을 알아볼 필요가 있으니까."

"……."

"게다가 나는 백경이 전혀 두렵지 않아. 녀석은 내겐 아직도 코를 흘리며 쫓아다니던 꼬맹이에 불과하니까. 아무리 오늘날 천하에 명성이 드높은 뇌정경혼이 되었다손 치더라도."

자신만만한 미소를 지어 보인 한상월이 문득 생각났다는 듯 유설영에게 말했다.

"그런데 천엽 녀석에게 친구는 좀 생겼나?"

"친구라시면……?"

"청춘이잖아. 용문에 들어간 김에 한때나마 같이 젊음을 불태울 친구 한두 명쯤은 사귀어보는 것도 인생에 있어 해볼 만한 경험이 아닌가? 사랑이야 좀 더 시간이 지난 후 해도 늦진 않을 테고."

뜻밖의 질문에 난처한 기색이 된 유설영을 바라보며 한상월이 피식 웃었다. 유설영에게 전해 들은 단백경과 호북 출정에 관한 우려 섞인 말은 이미 한 귀로 듣고 다른 한 귀로 흘려 버린 모습이었다.

떠나는 자, 남는 자 2

　밤이 되자 언제나와 같이 막사를 빠져나와 사자의 길로 향하던 단천엽은 걸음을 멈춰 세웠다. 그의 발길을 멈추게 만든 건 어느새 어둠을 뚫고 모습을 드러낸 유설영이었다.

　유설영의 이런 등장은 이제 단천엽에게 그리 낯설지 않았다. 잠시 그녀가 헤집고 나타난 월광의 파편을 눈으로 좇은 단천엽이 담담하게 웃어 보였다.

　"설영 누님……."

　"천비가 단 공자의 춘계쟁투지회 우승을 축하드립니다!"

　"운이 좋았습니다."

　"천비가 준비한 계획서의 도움도 없이 이룬 일이십니다. 단 공자께서는 겸손하실 것 없습니다."

　"아아……."

단천엽은 뒤통수를 긁적이며 쑥스러운 표정을 지어 보였다. 그가 패왕의 깃발을 차지하여 우승자의 영예를 얻은 건 사실이나 유설영의 칭찬에 마냥 기뻐할 순 없었다. 아직 용문 내에서 그가 해야 할 일 중 일보를 내딛은 것에 불과함을 알고 있었기 때문이다.

유설영이 여전히 입가에 미소를 담은 채 말했다.

"그동안 남다른 성취가 있으셨던 것이겠지요?"

"남다른 성취라……."

"단 공자의 신색이 지난 한 달 전과 완연히 다릅니다."

단천엽의 시선이 유설영의 귀안을 향했다. 짐작 가는 바가 있었다.

"제 몸 안의 공력을 읽을 수 있는 겁니까?"

"천비가 지닌 귀안은 확실히 그런 공효가 있습니다. 하지만 천비가 어찌 주인을 살피려 하겠습니까?"

"그렇다면?"

"전날의 단 공자는 천비가 오고 감을 살피는 데 꽤나 많은 신경을 할애했습니다. 그런데 오늘은 천비가 갑자기 모습을 드러냈음에도 별다른 동요를 보이지 않았습니다. 이미 천비의 움직임을 읽고 있었다는 뜻이겠죠."

"그렇군요."

고개를 끄떡인 단천엽이 시인했다.

"그동안 다소 성취가 있었습니다. 아직 용문의 연옥백강을 제압할 만한 실력을 키우려면 꽤나 많은 시간이 필요하겠지만요."

"지금까지 이루신 것만 해도 놀라운 성취이십니다."

"그렇지만 문상께서는 만족하지 못하고 계실 테지요?"

"그건……."

유설영은 문상 한상월이 단천엽에게 관심을 가지고 있다는 사실을 말하려다 입을 다물었다. 주인의 의중이 어디 있는지 아직 알 수 없었다. 수하된 자가 함부로 부자 간의 일에 나설 순 없다는 판단이었다.

그러자 눈을 빛내며 유설영의 대답을 기다리던 단천엽이 다소 맥 빠진 표정이 됐다. 그녀가 입을 다문 까닭을 그는 쉬이 짐작할 수 있었다. 내심 기대했던 바가 덧없을 뿐이었다. 그러나 곧 단천엽은 본래의 표정을 회복했다.

"그런데 오늘밤 설영 누님이 절 찾아온 게 춘투 우승에 대한 축하를 하려는 것만은 아닐 듯싶은데요?"

본론을 말하라는 소리다. 점점 부자가 닮아간다는 생각을 언뜻 한 유설영이 살포시 미소 지으며 품 안에서 묵직한 전낭 하나를 끄집어냈다.

"그건?"

전낭을 단천엽에게 건네며 유설영이 말했다.

"은 이백 냥입니다. 단 공자가 천하맹에 온 순간부터 지금까지 받아야 할 봉록이지요."

"봉록?"

"단 공자는 천하맹에 들어온 순간부터, 아니, 용문에 입문한 때부터 천하맹의 무사가 된 것입니다. 특히 고된 수련이 반복되는 용문에서의 임무에는 생명 수당도 포함되는데, 그동안 한 푼도 지급받지 않아 이 정도나 되는 돈이 모였습니다."

"용문에 입문한 수련생 모두가 받는 돈입니까?"

"그렇진 않습니다."

"그렇다면 결국 천원의 문상에게서 따로 지출되는 돈이겠군요?"

“그렇습니다.”

단천엽이 수중의 전낭을 유설영에게 도로 내줬다. 그의 얼굴은 가볍게 찌푸려져 있었다.

“어째서?”

“제가 용문에 들어온 건 문상의 명을 받들기 위함이 맞습니다. 하지만 용문에서 어떤 식으로 명령을 받들든 그것은 제가 알아서 할 문제라고 생각됩니다.”

“대주께 따로 봉록을 받지 않으시겠다는 건가요?”

“다른 용문의 동료들도 받지 않는 걸 제가 받을 까닭은 없다고 봅니다.”

단천엽의 얼굴은 전날 춘계쟁투지회에 대한 정보를 마다할 때와 똑같았다. 고집이 느껴지는 입가는 한일 자를 이뤘고, 눈썹 한쪽이 살짝 치켜 올라가 있었다.

그러나 유설영은 전날과 달리 전낭을 도로 단천엽에게 건네며 고개를 미미하게 가로저어 보였다.

“그건 쓸데없는 객기에 불과합니다. 단 공자께서 봉록을 받지 않는다 해도 천하맹의 무사이자 대주님 직속에서 일을 수행하는 현실은 변함이 없으니까요.”

“그렇지만……..”

“게다가 무림인들이 재물을 신외지물(身外之物)로 여기긴 하나 세상에는 반드시 돈이 필요할 때가 있습니다. 지금은 용문에서만 생활을 하니 별문제가 없겠지만 곧 돈을 쓸 때가 있을 겁니다.”

결국 단천엽은 전낭을 받아 들 수밖에 없었다. 유설영의 말을 모두 수긍한 건 아니나 여기서 다시 거절해 그녀를 곤란하게 만들기는 싫었다. 어리광을 부린다는 인상을 줄 수 있다는 것도 한 가지 이유였고.

단천엽이 전낭을 품 안에 갈무리하자 유설영이 입가에 만족스런 미소를 담았다. 전낭 안의 돈은 한상월의 말을 듣고 그녀가 어제 만든 것이었다.

"그럼 천비는 이만……."

유설영이 그림같이 고개를 숙여 보인 순간 단천엽이 갑자기 그녀를 불러 세웠다.

"설영 누님, 잠시만 기다려 주세요."

어느새 반쯤 월광 속으로 스며들었던 유설영이 다시 모습을 드러냈다. 그녀는 눈을 빛내며 단천엽을 바라봤다.

단천엽이 어깨를 가볍게 으쓱하곤 말했다.

"설영 누님께 한 가지 부탁을 해도 되겠습니까?"

"단 공자께서는 하명하세요."

"아난을 찾아주십시오."

"아난? 천랑성 아난 수하르를 말하시는 건지요?"

고개를 끄떡인 단천엽이 말했다.

"그동안 징벌동에 갇혔다고 알고 있었는데, 조사해 본 바 그곳을 떠난 지 꽤 지난 것 같더군요. 용문에 들어와 처음으로 사귄 친구이니, 설영 누님께서 행방을 탐문해 주셨으면 합니다."

"친구인가요?"

"예?"

"아닙니다. 알겠습니다. 수일 내로 아난 수하르의 행방을 알아내 단 공자에게 알려 드리겠습니다."

"부탁드리겠습니다."

단천엽이 고개를 숙인 순간 유설영의 신형이 다시 달빛 속에 녹아들어 갔다. 그녀가 어떻게 천하맹 총단 내부를 마음대로 오고 가는지 짐작케 하는 모습이었다.

'그럼 이제부터 어떻게 한다?'

단천엽은 가슴팍을 무겁게 짓눌러 오는 전낭의 무게를 느끼며 하늘의 달빛을 살폈다. 유설영과 조우한 탓에 오늘 밤 수련은 평소보다 일찍 끝내야겠다는 생각이 들었다.

"외출이요?"

새벽 일조점호가 끝나자마자 일직 교두인 금강철권 철무심에게 불려간 단천엽의 눈에 이채가 떠올랐다. 갑자기 외출 명령이 떨어졌기 때문이다. 용문에 들어온 후 단 한 번도 총단을 벗어나 보지 못한 그로선 느닷없는 외출 명령에 의아하지 않을 수 없었다.

철무심이 두툼한 입술에 흐릿한 미소를 담았다.

"자네한테만 떨어진 명령이 아니야. 이번 춘계쟁투지회를 통과한 십삼 인 모두에게 떨어진 명령이니, 오랜만에 밖에 나가서 놀다 오라구."

"그럼 소천이나 안환 형도 나가는 겁니까?"

"십삼 인 전원에게 떨어졌다지 않은가. 그 녀석들은 지자조에서 시험을 통과한 녀석들이니 당연히 외출이 허락되겠지."

"그럼 어째서……."

단천엽이 말을 끝맺진 않았으나 뜻을 전달하기엔 충분했다. 방금 전까지 일직 교두의 얼굴을 하고 있던 철무심이 갑자기 얼굴을 가볍게 붉혔다. 교두에서 남자의 얼굴이 된 것이다.

"사실 외출 명령은 내일 새벽 일조점호 때 전달될 것이야. 오늘까지는 정해진 수련에 집중해야 하니까. 그런데 자네만 따로 불러 이렇게 먼저 얘기를 하는 건 다름이 아니라……."

철무심은 은연중에 주변을 둘러봤다. 그 같은 고수가 주변에 사람이 있고 없고를 모를 리 없다. 게다가 그는 지금 일직 교두의 신분이었다. 일직 교두가 수련생을 불러 훈계를 하고 있는데, 근처로 다가올 만큼 담이 큰 용문 수련생은 없다고 봄이 옳았다. 그러니 그가 주변을 둘러본 건 요식 행위에 불과했다.

잠시 얼굴에 머물렀던 어색한 기색을 지운 철무심이 끊었던 말을 이었다.

"저기 말이야, 이번에 나도 외출을 한번 해볼까 하는데, 자네가 제 교두에게 어떻게 다리를 놔줄 수 없겠는가?"

"예? 다리를 놓다니……."

"그러니까 자네가 이번에 제 교두와 함께 외출하고, 나랑 밖에서 우연히 마주치는 걸로 하잔 말일세."

단천엽은 순간 오싹한 소름을 느꼈다. 눈앞에서 간절한 눈빛을 빛내고 있는 철무심 때문이 아니라 그에 대한 얘기를 전할 때 제운영이 보였던 반응을 상기했기 때문이다.

'만약 이번에 철 교두님의 부탁을 들어준다면, 운영 누나한테 나는 죽을지도 모른다. 아니, 반드시 죽을 거야!'

단천엽의 고개가 자신도 모르게 휘휘 돌려졌다. 성격이 호탕한 만큼 제운영만큼 호불호가 분명한 사람은 드물었다. 이미 철무심에게 전혀 관심이 없다는 뜻을 표명했는데, 다시 억지로 이어주려 한다면 뒷감당이 안 될 게 분명했다.

단천엽의 얼굴에서 곤란한 빛을 본 것이리라. 잔뜩 긴장한 채 대답을 기다리고 있던 철무심의 얼굴이 가볍게 일그러졌다.

"왜? 어렵겠는가? 제 교두가 나 같이 거친 사내는 취향이 아니라고 하던가? 나처럼 힘만 세고 머슴 같은 사내로는 성에 안 찬다고 했어?"

"그런 말은 하지 않았지만……."

"않았지만?"

"운영 누님은 아직 무공 수련 외에는 관심이 없다고 하시더군요. 딱히 철 교두님이 맘에 들지 않는 게 아니라."

궁색한 변명이었다. 누가 듣더라도 단천엽이 적당히 말을 돌리고 있다는 걸 알 수 있을 터였다. 그러나 세상에는 남들이 다 이해하는 말을 알아듣지 못하는 사람이 종종 있는데, 철무심이 바로 그런 부류였다.

단천엽의 변명에 눈에 띌 정도로 안색이 좋아진 철무심이 양손을 부르르 떨었다.

"무공 수련이라! 그래, 그녀의 나이라면 아직 무공 수련이 밥 먹는 것보다도 좋고, 이성보다도 좋을 때지! 자고로 무학을 갈고 닦는 무인이라면 그러는 게 당연한 법이지!"

'그, 그런 게 아닌데…….'

잠시 구부정하게 변했던 어깨를 평소처럼 활짝 편 철무심이 단천엽의 양 어깨를 붙잡고 박력 넘치는 목소리로 외쳤다.

"그러니까 나 철무심은 기다리겠다고 전해주게!"

"예?"

"제 교두의 무공이 일가를 이뤄 하나의 가정을 꾸리고 싶어질 때까지 나는 그녀의 그림자 뒤에서 기다리겠단 말일세!"

단천엽은 혹을 떼려다 붙이게 됐다는 걸 자인할 수밖에 없었다. 이처럼 우직한 사람에겐 직설적으로 말했어야 하는데, 상대방을 배려한다는 게 오히려 독이 된 것이다.

오전 수련을 위해 달려가는 단천엽의 뒤쪽으로 바람이 불었다. 그리고 그 바람이 멈춘 전각 위에 두 명의 그림자가 모습을 드러냈다. 일찌감치 단천엽을 주시하고 있던 유설영과 거산이었다.

"수고했어요! 당신답지 않게 일을 깔끔하게 처리했군요. 정말 보기 드물게."

칭찬인지 핀잔인지 알 수 없는 유설영의 말에 거산이 뒤통수를 벅벅 긁었다.

"금마부의 일을 처리하는 동안 무상과 안면을 트게 됐는데, 그게 큰 도움이 됐어."

"무상에게 부탁한 건가요?"

고개를 돌려 자신을 돌아보는 유설영에게 거산이 고개를 끄떡였다.

"용문 내에서 벌어지는 모든 일은 무상의 눈길을 피할 도리가 없다는 걸 잘 알고 있잖아. 따로 손을 썼다가 말이 들어가는 것보다는 직접 부탁하는 게 나을 거야."

"그건 그렇군요. 하지만 무상은 이번 호북 출병으로 바쁠 텐데, 용케도 당신의 부탁을 들어줬군요?"

"무상은 단 공자의 일에는 묘하게 신경을 쓰니까……."

"역시 핏줄이란 거군요."

고개를 끄떡여 보인 유설영이 바람에 흩날리는 머리를 매만졌다. 무상 단백경의 호북 출병만도 신경이 쓰이는 바였다. 주인인 한상월의 명대로 단천엽에게 잠시 여유를 즐길 기회를 만들어주려 꾸민 일들이 제대로 돌아가자 다시 그녀의 신경은 단백경 쪽으로 향했다.

그때 유설영을 묵묵히 지켜보고 있던 거산이 말했다.

"무상은 대주를 배신할 사람이 아니야. 물론 이번처럼 맹의 주력을 이끌고 나가는 일에 신경 쓰지 않을 순 없겠지만……."

"알아요. 무상 같은 사람이 다른 사람을 배신하는 경우란 거의 없다는 걸."

"그런데 어째서?"

"그렇지만 만약 자신이 믿고 있던 신념이 흔들린다면 어떨까요? 그때도 무상은 계속 대주의 뒤를 따르는 그림자로 족하다고 생각할까요?"

"그건……."

"알 수 없는 일이죠. 난 그게 근심스러워요."

유설영의 말이 끝난 순간 그녀의 주변을 맴돌고 있던 바람이 다시 고된 여행길에 올랐다. 마치 인사하듯 그녀의 머리를 한차례 흐트러놓고서.

떠나는 자, 남는 자 3

푸르르!

새벽을 맞은 말의 입에선 허연 김이 넘실거리며 뿜어져 나왔다. 처음 푸른 기였던 입김은 찬 공기와 만나 물안개를 만들어냈고, 곧 주변으로 퍼져 나갔다. 한 마리 한 마리의 말들이 연신 투레질을 하니 온 세상이 안개로 뒤덮이는 듯했다.

그야말로 일대 장관!

금일 새벽 천하맹 총단의 정문 앞에 도열한 병력은 일천의 전마(戰馬) 위에 올라탄 흑건질풍대와 이 인 일 조의 수레 오백 대와 함께한 백건영웅대, 이천의 대군이었다. 이 정도의 안개가 새벽을 진저리치게 하는 건 그리 놀랄 만한 일은 아니었다. 천하맹이 창설된 후 주전력인 흑건질풍대와 백건영웅대가 동시에 출진하는 건 이번이 처음이었다.

그렇기에 함께한 흑건질풍대와 백건영웅대 간에는 다소 불협화음이 있었다. 양군이 함께한 전력이 없었기에 아직 함께 병진을 짜는 건 익숙지 않았다.

그때 양쪽으로 갈라선 채 어울리지 못하고 있는 양군의 최선두에 모습을 드러낸 무상 단백경이 번쩍 손을 들어 올렸다. 온몸을 감싸고 있는 묵빛 전포 사이로 들어 올려진 손은 주먹 모양을 하고 있었다.

쿠르르!

단지 주먹을 들어 올린 것만으로 주변을 압도하는 패도! 그것은 천하를 제압하는 뇌정경혼 단백경만이 만들어낼 수 있는 위세였다.

말들이 놀라고, 수레가 요동쳤다. 말에 올라타 있던 흑건질풍대원이나 수레 위의 백건영웅대원들은 서로를 계속 의식할 수 없었다. 일단 말들을 진정시켜야 했고, 전열에서 이탈하는 것을 막아야 했다. 서로에 대한 경쟁심을 드러내기엔 단백경이 준 시련은 그리 적은 게 아니었다.

그렇게 다소 흐트러졌던 양군의 긴장감이 한껏 고조됐을 때였다. 자신의 생각보다 빨리 전열을 정비한 양군을 흐뭇한 표정으로 살펴본 단백경이 우렁우렁한 목소리로 소리쳤다.

"제군들! 아침밥은 든든히 먹었는가!"

흑건질풍대와 백건영웅대가 일제히 복명했다.

"예, 먹었습니다!"

단백경이 다시 소리쳤다.

"밤에 잠은 충분히 잤고?"

역시 입을 맞춘 듯 양군이 소리쳤다.

"예, 푹 잤습니다!"

단백경의 입가에 굵은 미소가 떠올랐다.

"그럼 이런 곳에서 무얼 하고 있는 건가! 강남의 얼간이들을 때려잡으러 떠나야지!"

"우와아!"

새벽이 깜짝 놀라 달아나게 만들 함성의 뒤를 이은 건 무상 단백경에 대한 연호와 만세였다. 흑건질풍대가 소리치자 그에 질세라 백건영웅대는 옆에 찬 도갑마저 두드려 대며 소리쳤다. 전형적인 야전의 무인들인 그들로부터 이러한 환호와 열광적인 대답을 이끌어낼 수 있는 사람은 직속상관을 제외한다면 무상 단백경이 유일했다.

단백경의 양쪽을 나눠 도열해 있던 질풍검호 곽채량과 영웅신풍 유겸호는 은근한 시선을 나눴다. 그들은 은근히 이번 호북 출정을 함께 하는 것을 우려하고 있었다. 두 부대 간의 뿌리 깊은 경쟁심을 알기 때문이었다.

'그런데 무상이 나서셨으니, 그런 걱정 따윈 필요없는 것이었군.'

'바보 같은 걱정을 했어.'

두 사람은 미미하게 고개를 끄떡였다. 두 부대 간의 경쟁심을 부추긴 건 자신들이었다. 훈련의 성과를 좀 더 높이려는 의도였다. 그런데 오래된 전통마저 이번 출정에 나선 무상은 일거에 뛰어넘는 모습을 보였다. 유사시 생명을 걸어야 할 상관으로서 이만한 사람을 모신다는 건 나쁘지 않은 일이었다.

그때 양군에서 시선을 뗀 단백경의 외눈이 두 사람을 향했다.

"보급은 어떻게 하기로 했소?"

유겸호가 얼른 자세를 바로 하고 보고했다.

"하남을 벗어날 때까지는 총단에서 지원하고, 호북에 들어서서는 호북지부에서 부담하기로 했습니다. 어차피 양 부대의 이동 속도라면 하남을 벗어나는데 오류 일이면 충분하니, 호북지부에서 발 빠르게 대응만 한다면 전혀 문제가 없을 것입니다."

"문제는 호북지부란 것이구려?"

"그렇습니다. 호북지부는 본 맹의 각 지부 중에서도 섬서지부와 더불어 가장 세력이 작은 곳입니다. 근처 무당천도의 눈치를 보느라 세력을 확장할 기회를 얻지 못했기에 이번 출정에 들어가는 보급을 책임지려면 재정에 큰 타격을 입을 것입니다."

"망할 말코도사 녀석들!"

불평을 토한 건 곽채량이었다. 그는 과거 무림 초출 시 도사와 비무를 벌이던 중 얼굴에 검상을 입은 일이 있었다. 조금쯤 불평을 토한다 해도 충분히 이해할 만한 일이었다.

단백경이 미미하게 고개를 끄떡여 보였다.

"호북지부장 쪽에는 따로 총단에서 보급이 이뤄질 것이오. 게다가 이번 출정이 끝나면 호북지부 역시 크게 어깨를 펼 수 있게 될 것이오. 조금쯤 힘이 든다 해도 못 참아낼 정도는 아닐 것이오."

"그거야말로 당연한 일이죠!"

물색없이 소리치는 곽채량과 달리 유겸호의 눈빛은 깊숙이 가라앉았다. 이번 출정에서 반검맹의 북상을 물리친다면 당연히 그리될 것이지만, 반대의 입장이 될 경우 호북지부의 존립 자체가 위험해질 수 있다는 걸 그는 알고 있었다.

'하긴 그렇기에 호북지부로서도 이번엔 보급에 총력을 기울일 테지만.'

내심 고개를 끄떡인 유겸호가 말했다.

"그럼 출정을 선포하시죠?"

“그렇습니다! 이렇게 아그들의 기운이 한껏 치솟았으니, 위풍당당하게 출정 명령을 내리시는 게 좋겠습니다!”

단백경이 담담히 웃었다.

“그럴까요?”

두두두두두!

지축을 울리는 말발굽 소리가 점차 멀어져 가고 있었다. 새벽부터 이뤄진 대규모의 사열로인해 잔뜩 긴장됐던 천하맹 총단의 정문을 지키던 무사들은 참고 있던 한숨을 푹 내쉬었다.

대천하맹의 총단을 지키는 무사인 만큼 그들의 면면은 강호에서도 나름대로 무명소졸(無名小卒)은 면한 자들이었다. 고작 사열 정도에 긴장할 자들은 아니나 오늘은 사정이 달랐다. 자칫 반검맹과 천하를 건 건곤일척(乾坤一擲)이 될지도 모르는 첫 출정이며, 천하맹 무사들의 우상인 무상 단백경이 앞장섰기 때문이다.

“하아, 숨 막혀서 죽을 뻔했네!”

얼굴 가득 묻은 흙먼지를 털며 무사 하나가 잦은 기침을 토해내자 옆의 무사 역시 콜록거리며 눈살을 찌푸렸다.

“제길, 재수없게 새벽 번에 걸려서 교대도 늦어졌잖아! 말똥 냄새 배긴 흙먼지는 잔뜩 뒤집어쓰고.”

“그렇긴 하지만 무상, 정말 멋있었지 않나?”

“무상?”

“그래, 난 이렇게 가까이서 무상을 뵌 게 처음인데, 정말 같은 사내라도 반할 것 같더군.”

“흥, 완전히 갔군, 갔어! 진짜 계집이었으면, 침실에 숨어들어 무상의 품에 안기기라도 했겠군."

"왜 아니겠나! 그런 천하제일의 대장부라면 한번 목숨을 걸어볼 만하지."

"미친놈!"

깔깔한 입 안을 행군 침을 땅에 기운차게 내뱉은 무사의 눈이 꿈질거렸다. 어느새 다가섰는지 그의 바로 코앞에 듬직한 체격의 청년이 서 있었다. 새벽 일조점호가 끝난 후 외출증을 받고 용문을 나선 단천엽이었다.

'아니, 청년이라기엔 아직 얼굴이 애띠어 보이는데? 대략 십칠팔 세 정도 된 건가?'

천하맹 총단을 지키는 무사가 평범할 리 없다. 동료와 노닥일 때완 달리 재빨리 단천엽을 눈으로 훑은 무사의 목소리가 사무적으로 변했다.

"총단을 벗어나려는 건가?"

"그렇습니다. 여기……."

단천엽이 내민 외출증을 확인한 무사의 눈이 가늘어졌다. 외출증의 하단에 뚜렷하게 찍혀 있는 용문형의 도장이 의미하는 바를 알고 있었기 때문이다.

"용문의 기재셨구만? 이거 몰라봐서 미안하네."

"용문에 속한 일개 수련생에 불과합니다."

"용문에 속한 수련생 중 천하 각문 각파의 기재 아닌 자가 없다고 들었네. 자네가 용문에 속해 있는 것만으로 기재라 불리는 건 당연한 게야."

"감사합니다."

단천엽이 가볍게 고개를 숙여 보이자 무사가 어깨를 가볍게 으쓱해 보였다. 그 역시 젊은 시절 천하맹에 들어와 용문에 입문하고픈 때가 있었다. 용문을 거친 자들이 하나같이 젊은 나이에 입신출세하는 걸 지켜봤기 때문이다.

잠시 단천엽을 부러운 듯 바라본 무사가 외출증을 돌려주며 나직이 한숨을 토했다.

"무상께서는 용문의 총교두가 아니신가? 그분이 방금 전쟁터로 떠나셨다네. 정말 천신(天神)과 같이 늠름한 모습이었지. 그런 분 밑에서 수련할 수 있으니, 정말 자네가 부럽구먼."

"뭐야! 이 녀석 아까 나한테 했던 말과는……."

뒤에서 엉겨 붙는 동료를 무사는 손끝에 힘을 모아 밀어냈다. 단천엽 앞에서 동료의 놀림을 받고 싶진 않았다.

"그럼!"

담담히 미소 지은 단천엽이 외출증을 받아 들고 문밖으로 향하자 두 무사 간에 밀치고 잡아당기는 광경이 연출되었다. 서로 속마음을 숨기고 있었네, 그래서 어쩔 것이냐는 등의 왁자한 소리가 단천엽의 귓전을 때렸다.

여전히 입가에 미소를 띤 채 단천엽이 염두를 굴렸다.

'지축을 울리던 말발굽 소리가 이곳을 떠난 지 아직 일각이 넘지 못했다. 서둘렀는데도 외숙의 출정을 아쉽게 놓치고 말았구나.'

단천엽은 외출증을 받자마자 같이 외출을 명받은 지자조의 동료들을 뒤에 떨구고 정문으로 향했다. 단백경의 출정을 알고 배웅하고픈 마음이 있었기 때문이다. 그는 이번 출정이 범상치 않다는 걸 바삐 돌아가는 총단의 움직임을 읽고 대충 짐작하고 있었다.

스윽!

정문을 벗어나 몇 걸음을 앞으로 내딛은 단천엽의 신형이 일순 바람처럼 앞으로 솟아올랐다. 어느새 단백경의 뒤를 쫓아간 마음을 잡으려 몸이 움직임을 보인 것이다.

"엇!"

동료에게 멱살이 붙잡힌 채 오늘 밤 술을 사내라는, 논점을 일탈한 소리를 듣고 있던 무사의 입이 딱 벌어졌다. 오늘 밤 마실 공술에 눈독을 들인 동료와 달리 그는 단천엽의 신형이 눈 깜짝할 새 사라지는 모습을 목도할 수 있었다.

그때 여전히 엉겨 붙어 있는 두 사람의 귓전을 때리는 목소리가 있었다. 이번에는 한 명이 아니라 서너 명쯤 되는 목소리가 이구동성으로 들려왔다.

"번은 안 서고 뭐 하시는 겁니까!"

"대천하맹 무사로서 그게 뭐 하는 겁니까!"

"혹시 이곳을 통과한 용문 수련생이 없었나요?"

두 사람은 더 이상 오늘 밤 술값을 가지고 싸울 수 없었다. 어차피 지금부터 후속 근무자가 올 때까지 싸우더라도 승패를 가릴 수 없는 싸움이었다.

재빨리 서로를 부여잡고 있던 손을 놓고 떨어져 의관을 바로 한 두 사람 중 단천엽을 맞았던 무사의 눈이 다시 가늘어졌다. 하나같이 아직 이십 대가 안 되어 보이는 청년들이 네 명이나 한꺼번에 나타나자 내심 마음이 움직였다. 방금 전 그의 숨을 멈추게 할 정도로 놀라게 만들었던 단천엽과 관계된 자들이라 판단 내린 것이다.

"이거 별일이로세. 용문의 수련은 하도 지독해서 천하 각문 각파의 기재들 중 죽어 나가는 자들이 비일비재하다고 하던데, 어찌 오늘은 이렇게 단체로 외출을 하게 된 것일까?"

정문 앞에 모인 건 지자조에서 단천엽과 함께 춘계쟁투지회를 통과한 청성일수 안환과 기소천을 비롯한 천도각의 이 인이었다. 앞에 나서길 별로 좋아하지 않는 기소천 대신 앞장서 있던 안환이 정중히 포권하며 말했다.

"저와 뒤의 삼 인은 용문의 수련생입니다. 지난번 열린 춘계쟁투지회를 통과한 덕분에 오늘 외출 허가를 받았습니다."

"그럼 외출증을 내보시구려."

"여기!"

미리 준비하고 있었던 듯 네 사람 분의 외출증을 안환이 내밀자 꼼꼼히 살펴본 무사가 나직이 한숨을 토해냈다. 방금 전 목도했던 단천엽의 신법은 그의 간담을 서늘하게 만들 정도였다. 그런데 그와 비슷한 능력을 지닌 용문 수련생을 넷이나 마주하고 보니, 자신의 한평생이 헛되었다는 생각이 들었다.

그때 동료의 내심을 대충 짐작한 무사가 슬쩍 질문했다.

"춘계쟁투지회라는 게 대단한 건가 보지요?"

안환이 입가에 자부심 어린 미소를 담았다.

"이백여 명의 용문 수련생이 참가했으나 시험을 통과한 이는 단 십삼 인에 불과합니다."

"그렇구려. 거참 대단한 일을 하셨소이다."

"저희야 별로 대단할 것도 없지요. 이백여 명의 수련생 중 가장 먼저 투왕의 깃발을 차지해 우승자가 된 단 소제에 비하면."

"단 소제라면?"

"무슨 급한 일이 있었는지 외출증을 받자마자 저희를 버려두고 떠났습니다. 혹시 조금 전에 보지 못하셨습니까?"

'역시 그랬구나!'

내심 크게 탄식한 무사가 고개를 끄떡였다.

"그렇지 않아도 방금 전에 이곳을 통과했소이다. 젊은 나이로 절기를 연마했으면서도 참 예의 바른 젊은이였소이다."

"그랬군요."

안환이 외출증을 돌려받아 기소천 등에게 나눠 주곤 미간을 가볍게 찌푸려 보였다. 아무리 생각해 봐도 단천엽이 급하게 총단을 떠난 까닭을 짐작할 수 없었기 때문이다. 그를 비롯한 지자조 일행은 아직 단천엽과 단백경의 관계에 대해 아는 바가 없었다.

■ 제33장 ■
천추성 이수민

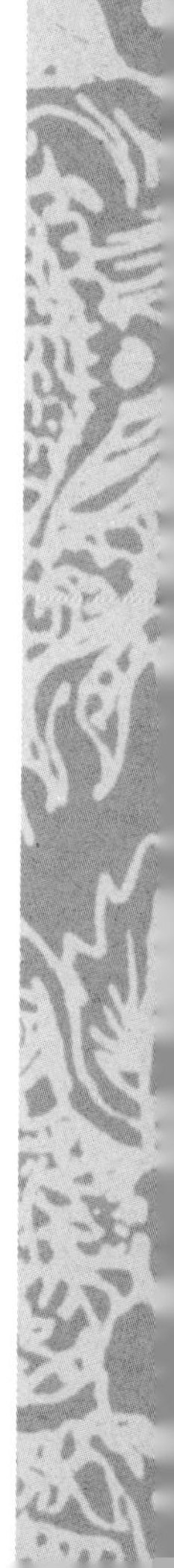

천추성 이수민 ,

말 위에 올라탄 단백경은 팔짱을 끼고 있었다. 전마의 질주가 대지
를 떠르르 울리는데, 그의 상체는 한 점 미동도 없었고, 흡사 편안한 교
자 위에 올라 있는 듯 평온한 안색이었다. 애초 그의 말에 고삐가 매이
지 않은 까닭을 알 수 있는 모습이었다.

단백경과 말 머리를 나란히 한 채 그 모습을 신기하다는 듯 힐끔거
리던 곽채량의 미간이 일순 좁혀졌다. 내내 전면의 먼 쪽을 향하고 있
던 단백경의 시선이 어느새 옆으로 돌아가 있었다. 무언가 신경 쓰이
는 일을 만났음이 분명했다.

곽채량의 전광 같은 시선이 얼른 주변을 감싸고 돌았다. 그가 내공
을 일으키자 귓전을 때리는 전마와 전차가 내는 굉음 사이로 수없이
많은, 작고 민활한 움직임들이 포착되었다 사라지길 반복했다. 천하맹
의 대규모 출정에 놀라 몰래 뒤따라온 하남성 군소문파와 천하 각 성

의 밀정들이 보이는 움직임이 분명했다.

'이 속에는 강남 쪽에서 보낸 떨거지들도 숨어 있을 것이다. 그러니 지금 당장 내 아그들을 끌고 가서 쓸어버릴까?'

곽채량은 생각보다 몸이 먼저 움직이는 사내였다. 그래서 항시 그의 흑건질풍대는 후위보다는 선두에 섰고, 후퇴 시에도 뒤에 남기보다는 죽더라도 앞으로 달려드는 성향을 가지고 있었다. 훈련만이 아닌 평소의 호전적인 기질이 만들어낸 전통이었다.

내심 평상시처럼 중얼거린 곽채량은 단숨에 말을 몰아 달려가려다 주춤했다. 그는 현재 흑건질풍대의 대장이기 이전에 이번 천하맹 호북 출정의 부장이었다. 총사령관을 맡은 단백경의 명령이 없는데 함부로 움직일 순 없었다.

게다가 다시 생각하니 단백경이 이번 호북 출정에 밀정이 숨어드는 걸 모르고 있으리란 생각도 들지 않았다. 설혹 그런 밀정들의 존재를 안다 해도 가볍게 깔아뭉개 주는 게 단백경에겐 어울렸다. 곽채량과 유겸호를 부장으로 둔 사령관으로서.

곽채량이 그답지 않게 머뭇거리는 동안 단백경이 탄 전마가 주춤거리며 속도를 늦췄다. 고삐를 잡아당긴 것과 같은 모습이었다.

그 순간 곽채량과 거의 비슷한 때부터 단백경의 의중을 살피고 있던 유겸호가 재빨리 전군의 행군을 늦췄다. 그야말로 단백경의 입 안의 혀와 같이 신속한 상황 판단이었다.

단백경이 유겸호에게 미미하게 고개를 끄떡여 보였다.

"내 잠시 다녀오겠소!"

말이 채 끝나기도 전에 단백경의 신형이 전마 위로 뛰어올랐다. 그냥 한차례 신형을 뽑아 올린 것뿐인데, 그의 신형은 끝없이 하늘로 솟아올랐다. 자칫 구름마저 뚫고 날아오를 것만 같았다.

"오오!"

행군을 늦춘 이천 명의 무사들이 일제히 함성을 토해낸 순간 끝없이 하늘로 날아오를 듯하던 단백경의 신형이 방향을 선회했다. 처음 그가 시선을 던졌던 방향이었다.

"오셨군요!"

단천엽이 얼른 허리를 접어 보이자 단백경의 눈에 이채가 떠올랐다. 그는 바닥에 착지하는 것과 동시에 앞으로 나섰고, 단천엽은 바로 그 앞에 서 있었다. 마치 서로 미리 이곳에서 만나기로 약속이라도 한 듯 한 형국이었다.

깊숙한 눈빛으로 단천엽을 바라본 단백경의 입가에 굵은 미소가 떠올랐다.

"그동안 진보가 있었구나!"

자세를 바로 한 단천엽이 고하듯 대답했다.

"용문에서의 수련이 헛되진 않았습니다."

"화형의 천권을 계승한 이외에 다른 기연이 있었던 것 같은데?"

"용문 삼십육방에서 한 분의 이인(異人)을 만났습니다."

"이인?"

"파불소림에서 수련한 간다르란 고승이십니다."

단백경의 눈빛이 더욱 깊어졌다. 그는 이미 간다르와 단천엽 간의 만남을 알고 있었다. 간다르의 부탁으로 모른 척한 것인데, 단천엽이 곧이곧대로 고하자 충고의 필요성을 느꼈다.

"사나이란 입이 가벼워선 안 되는 법이다."

"무슨 뜻이신지……?"

"앞으로 함부로 네 성취나 배경에 대해 얘기해선 안 된다는 것이다."

단백경을 바라보는 단천엽의 눈빛에 이채가 떠올랐다. 그의 이와 같은 충고가 일견 뜻밖이면서도 이해가 가는 바가 있었다. 문득 간다르와 그가 전해준 구양구음검공의 위력을 떠올린 단천엽이 천천히 고개를 끄떡여 보였다.

"외숙의 충고, 명심하겠습니다."

단백경이 굳어 있던 안색을 폈다. 그는 마치 장성한 아들을 바라보는 아비와 같은 눈빛을 한 채 단천엽의 어깨를 두툼한 손으로 두드렸다.

"네 깨달음이 이와 같으니, 내 마음이 가볍구나. 네 성취는 무공에만 국한된 게 아니었어."

"외숙, 이번 출정은……."

"꽤 긴 시간 동안 나는 총단에 돌아오지 못할 것이다. 네가 오늘 이곳을 찾은 걸 보면, 이미 짐작하고 있을 테지만."

"적어도 해가 지나갈 정도라고 짐작했습니다."

"그래, 올해가 지날 정도는 각오해야겠지. 이번 싸움은 상대에게 져서도 안 되지만, 이겨서도 안 되니까."

다시 단천엽의 어깨를 두드리고 손을 뗀 단백경이 뒤로 한 걸음 물러서곤 눈빛에 힘을 줬다.

"그러니, 오늘 나는 용문의 총교두로서 이번 춘계쟁투지회 우승자의 실력을 가늠해 보고 싶구나. 내게 덤벼들 준비는 하고 따라온 것일 테지?"

“그건……..”

“이제 와서 발뺌해 봤자 나는 봐주지 않을 것이다.”

단백경이 주먹을 들어 올리자 단천엽이 천천히 옆으로 한 걸음을 떼어냈다. 단백경에게서 발출된 기파에 몸이 자연스레 반응한 것이다.

“출정으로 바쁘시지 않은지요?”

단백경의 검미가 송충이처럼 꿈틀거렸다.

“너와의 대련에 그리 많은 시간이 필요할 성싶으냐?”

“승부란 건 모르는 것이잖습니까?”

“평생 들어본 말 중 가장 건방진 말이다. 내 너에게 그만한 실력이 있는지 확인해 봐야겠다.”

단백경이 다가서자 어느새 단천엽의 몸에서 일어난 기파가 역시 넘실대며 단백경의 요혈을 노렸다. 단백경이 발출한 기파와 비교해 손색이 느껴지지 않는 위세였다.

일순 단백경의 입가에 진한 미소가 떠올랐고, 단천엽의 손발이 바빠지기 시작했다. 숙질 간의 첫 번째 대련은 그렇게 막을 올렸다.

봄을 맞은 개봉의 거리는 활짝 핀 꽃망울로 가득했다. 진짜 꽃망울이 터진 게 아니라 처처에 화사한 봄꽃 같은 옷차림을 한 여인네들의 모습이 그러했다. 누가 뭐라 하든 완연한 봄이 왔다고 오고 가는 사내들은 침을 흘리며 중얼거렸다.

송문십자로를 오고 가는 여인들의 화려한 옷차림을 힐끔거리던 안환이 갑자기 주먹을 부르르 떨었다.

“역시 본산의 제자가 되는 건 좀 더 생각해 봐야 할 문제다!”

기소천이 궁금한 얼굴로 물었다.

"어째서 그렇지요? 안 대형은 용문의 수련이 끝나면 청성산으로 돌아가 본산제자가 될 거라고 하셨잖아요!"

안환이 기소천에게 손가락 하나를 들어 가볍게 흔들어 보였다.

"그건 기 소제가 잘 모르는 소리야. 내가 청성으로 돌아가 본산제자가 되겠다고 한 건 어디까지나 본 파의 이름을 천하에 날린 후라고. 아직 먼 훗날이란 거지."

"그런데요?"

"그러니 천하에 명성을 날리는 동안 젊은 날의 열정을 불태우게 되면 본산의 제자가 되기 곤란하지 않겠나!"

"어째서 그렇죠?"

기소천이 미간을 찡그리며 묻자 뒤에 서 있던 상명헌과 유현중이 서로를 바라보며 가볍게 웃었다. 용문에 입문하기 전까지 천도각에서 무공 수련만 해온 기소천의 순진함이 귀여웠던 것이다. 그들은 물론 나이가 있느니만큼 안환이 말한 젊은 날의 열정이 뜻하는 바를 알고 있었다.

기소천이 의혹의 눈빛을 던지자 상명헌이 한차례 헛기침을 하더니 설명했다.

"안 형이 속한 청성분… 험험, 청성검파는 도가 쪽의 문파입니다. 본산제자가 되기 위해선 관건의 예를 치룬 후 도사가 되어야 하지요."

"그런데요?"

"그런데 도사가 되면 청규를 지켜야 하기 때문에 세속의 예를 따르기가 곤란해지는 거지요."

유현중이 답답하다는 듯 한마디 끼어들었다.

"도사는 혼인할 수 없습니다. 그러니 안 형이 강호를 주유하던 중

한 명의 절세가인과 가연을 맺게 되면 본산의 제자가 될 수 없는 것이
지요.”

기소천의 안색이 발갛게 물들었다. 짐짓 웃음을 참고 있는 세 사람
의 얼굴을 보자니, 자신만 그러한 이치를 모르고 있었다는 걸 깨달은
것이다.

“역시 천엽 형의 말대로 세상에는 고려해야 할 일이 참으로 많은 거
군요.”

“바로 그렇습니다!”

“바로 명찰하셨습니다!”

상명헌과 유현중이 복명하듯 말하자 안환이 게슴츠레한 눈으로 여
전히 주변을 둘러보며 약간 언성을 높였다.

“그런데 단 소제는 도대체 어디서 무얼 하느라고 우리를 이런 곳에
버려둔 거야! 오늘 단 소제가 춘투 쟁패 기념으로 거하게 한턱 쏜다기
에 아침도 굶었는데…….”

“아침을 굶었단 말입니까!”

기소천이 놀라 소리치자 안환의 얼굴에 비장한 기색이 떠올랐다.

“알아, 나도 안다구! 용문에서 아침을 굶는다는 게 어떤 일인지를.
하지만 말이야, 용문에 들어간 후 첫 번째 외출이란 말이야! 이런 날
어찌 내 불쌍한 배를 호강시키지 않을 수 있겠어!”

“그렇지만 그 아까운 걸…….”

“사나이란 종종 단호한 결의를 해야 할 때가 있지.”

“단호한 결의?”

“그래, 나에겐 오늘이 바로 그 단호한 결의를 해야 하는 날이었다.”

왠지 감동받은 듯한 얼굴이 된 기소천을 바라보는 상명헌과 유현중

의 얼굴이 심각해졌다. 방금 전까지만 해도 귀엽게 느껴지던 기소천의 어리숙함이 도를 넘는다는 생각이 든 것이다. 그들 역시 안환이 아침을 걸렀다는 말을 들었을 땐 흠칫 놀랐으면서도.

그때 송문십자로의 저편에 다시 두 송이 꽃이 모습을 드러냈다. 주변을 오고 가는 여인들이 걸친 화사한 옷차림과는 거리가 먼 평범한 단색의 복장이었으나 그녀들의 등장은 작은 소란을 만들어냈다. 주변의 꽃들은 시들어 퇴색했고, 사방으로 분산됐던 사내들의 시선이 온통 그녀들 쪽으로 모여들었다.

"대, 대단한 미인이다!"

"와아!"

누가 시켜서 터져 나온 목소리가 아니었다. 사내들은 자신도 모르게 바삐 움직이던 걸음도 멈춘 채 여인들을 향해 엄지손가락을 꼽아 보였다. 침을 질질 흘리며 게슴츠레한 시선을 던지기엔 새롭게 등장한 꽃들이 풍기는 향기가 너무 짙었다.

안환 등도 주변의 대세에 따라 여인들을 향해 고개를 돌리다 일순 돌처럼 굳어버렸다. 주변의 뭇 여인들을 압도하는 여인들의 미모 때문이 아니라 그녀들의 정체를 알고 있었기 때문이다.

"튀, 튀자!"

"예?"

주저하는 기소천에게 안환이 인상을 긁어 보였다.

"이런 곳에서 사갈마녀 제 교두와 봉황구전 연 소저를 만나 어쩌겠다는 거야! 우리의 찬란한 외출을 이렇게 망칠 순 없다구!"

"그렇지만……."

안환의 시선이 역시 망설이는 표정을 짓고 있던 상명헌과 유현중을 향했다. 그 눈빛이 뜻하는 바는 자명했다.

'기 소제를 제압한 후 튑시다!'

움찔!

당황한 기색이 된 상명헌과 유현중이 얼굴을 경직시켰을 때였다. 일이 여의치 않자 혼자서라도 달아나려던 안환의 뒤통수를 향해 제운영이 목소리를 높였다.

"거기, 네 녀석!"

'망했다!'

안환은 재빨리 대응하지 못한 원인을 제공한 기소천에게 한차례 인상을 긁어 보이고 곧 신형을 돌려세웠다. 이미 그의 얼굴에는 화사할 정도의 미소가 떠올라 있었다.

"제자 안환 및 삼 인이 제 교두님을 뵙습니다!"

안환이 선창하자 기소천 등이 얼른 포권하며 예를 갖춰 보였다. 용문을 나섰으나 용문에서와 다름없는 모습이었고, 기합이 든 목소리였다.

제운영이 베실 웃었다.

"호오, 날 보고도 달아나지 않다니, 가상한걸?"

"어찌 저희가 달아나겠습니까!"

"그럼 날 이곳에서 만나 기쁘다는 뜻이로군?"

"그야……."

안환이 넉살 좋은 표정과 함께 어색한 웃음을 입가에 만들어내자 제운영이 키득 웃으며 옆의 연아상에게 말했다.

"이번 기회에 네 옷이라도 한 벌 사줄까 했더니, 이런 녀석들을 만났구나. 어쩔까? 녀석들을 뒤에 대동해서 주변에 날아드는 날파리들의 번거로움을 막는 방패로 삼는 게?"

"제 교두님의 뜻대로 하세요. 저야 개봉의 거리를 이렇게 걷는 것만으로도 족할 따름입니다."

"쯧, 이래서 봉황문의 문인들은 문제라니까. 지나칠 정도로 숫기가 없어."

혀를 차며 안환에게 시선을 돌린 제운영이 콧잔등을 가볍게 찡그렸다.

"그런데 단천엽 수련생은 어디로 가고 너희만 있는 거지?"

"그게 저희도 그 점이 궁금하던 참입니다."

"뭐?"

"단 소제는 저희보다 일찍 총단을 나섰는데, 여태까지 행적이 묘연합니다."

"그랬군."

한쪽 눈을 가볍게 찡그려 보인 제운영이 입가에 호탕한 미소를 머금은 채 말했다.

"그럼, 오늘은 내가 너희 애송이들을 통솔할 테니, 군소리없이 따라오도록!"

"아!"

안환을 비롯한 지자조의 사 인이 입을 벌린 채 망연자실한 표정이 됐다. 역시 뒤도 돌아보지 않고 줄행랑을 쳤어야 한다는 생각이 그들의 뇌리를 스쳐 가고 있었다.

　안환 등이 제운영에게 인솔을 당하고 있는 동안 단백경과 헤어진 단천엽은 늦게나마 개봉 시내로 들어섰다.

　거의 한 해 가까이 개봉에서 밑바닥 생활을 한 그였다. 개봉의 시내를 십자로 나눠 형성된 거리는 고향처럼 친근했다. 송문십자로로 들어선 그의 발걸음은 경쾌하기만 했다.

　'역시 외숙을 만나보러 갔던 건 잘한 일이다. 그동안 이해할 수 없어 뒤로 미뤄뒀던 구양구음검공의 요결이 오늘 그분과의 대결로 시원하게 풀렸다. 이로써 나는 구양구음검공의 다음 단계로 나갈 수 있게 됐어.'

　단백경과 단천엽 간의 대련은 고수가 하수를 지도하는 지도 비무였다. 단천엽의 공수 간의 빈틈과 부족함을 단백경은 그저 몇 가지 동작만으로 일깨워 줬다.

그만큼 그가 단천엽에게 펼친 권법은 한 동작 한 동작이 간결하면서도 상승의 권의(拳意)를 담고 있었다. 단천엽으로선 용문에서 지냈던 기간 전체를 합친 것보다 오늘의 비무에서 더 많은 무학의 진전을 볼 수 있었다.

개봉의 시가지로 향하는 송문십자로를 가로지르며 단천엽은 계속 단백경과의 공방을 회상했다. 그의 시선은 앞을 향하고 있었지만 끊임없이 단백경이 펼쳤던 권의 움직임을 좇았다. 마치 둥실 구름 위에 떠오른 듯 그의 걸음은 가볍기 그지없었다.

그런데 단천엽의 입가에 떠올라 있던 흐뭇한 미소가 일순 자취를 감췄다. 수없이 많은 사람이 오고 가는 사이를 유유자적 헤쳐 지나면서도 깨지지 않던 명상이 어쩐 일인지 강한 충격을 받았다. 더 이상 단천엽은 명상을 유지할 수 없었다.

'아!'

급격히 현실로 돌아온 단천엽의 발이 지면으로 내려섰다. 여태까지 그의 발끝은 정확히 지면으로부터 반 치가량 떠올라 있었다. 도가나 요가의 수련자들이 깨달음을 얻을 때 흔히 보이는 공중 부양과 비슷한 원리였다.

발이 지면에 닿는 것과 동시에 단천엽은 아쉬움을 마음 한 켠에 몰아넣었다. 과거 백귀야행의 밤 때 귀호령에서 들었던 무아경을 다시 한 번 맛본 것만으로 오늘은 만족해야 했다. 우연찮게 들었던 백귀야행의 밤과 달리 이번에는 정신을 집중한 상태에서 이뤄진 일이었다. 후일 다시 노력한다면 다시 들지 못할 까닭이 없었다.

단천엽의 눈앞에 모습을 드러낸 건 낯이 익은 얼굴이었다. 평범한 얼굴에 중간쯤 되어 보이는 키, 역시 평범한 몸집. 온몸을 흔한 청포로 감싸고 있는 사람은 전날 사자의 길에 펼쳐진 육무잠형대절진 안에서 무승부를 이뤘던 천추성 이수민이었다.

"여어!"

이수민이 손을 들어 아는 체를 하자 단천엽의 입가에 어색한 미소가 떠올랐다. 전날 진세를 빠져나가기 위해 격전을 펼쳤던 일이나, 오늘 무아경을 깬 일이나 그와는 왠지 악연이란 생각이 들었다.

"어떻게……."

"…용문을 빠져나왔냐고?"

단천엽이 고개를 끄떡이자 이수민이 이를 드러내며 웃었다.

"그야 월담을 했지."

"월담?"

"그 왜 있잖아. 자유를 찾아 담을 뛰어넘는, 그런……."

이수민이 어색하게 동작까지 취해 보이자 단천엽은 결국 다소 굳어 있던 얼굴을 펼 수밖에 없었다. 생각해 보면 그와 악연이 겹쳤을 뿐 특별히 원수질 이유는 없었다. 그는 어디까지나 용문의 선배이고, 사성 중 한 명인 천추성인 것이다.

단천엽이 마주 웃어 보이자 이수민의 얼굴에 떠올라 있던 짓궂은 표정이 사라졌다. 그는 뒤통수를 긁적이며 목소리를 낮춰 말했다.

"미안하게 됐군."

"무슨?"

"방금 전에 자네 딴 곳에 정신이 팔려 있었잖아. 만약 처음부터 알았다면 절대 자네를 부르는 멍청한 짓은 하지 않았을 텐데……."

입맛을 다시는 이수민을 향해 단천엽이 담담한 표정으로 고개를 끄떡여 보였다.

“선배도 알고 있었군요.”

“그렇게 멍청한 경지에 드는 건 나 역시 요 몇 년 내 몇 번이나 경험한 일이니까.”

“멍청한 경지?”

“뭐, 내 스스로 이름 붙인 거니까 자네는 달리 좋을 대로 불러도 돼. 어차피 이런 일은 스스로 경험해 본 사람만이 가치를 매길 수 있는 거니까.”

“그렇군요.”

단천엽이 수긍하자 이수민이 고개를 한차례 갸웃해 보였다.

“그나저나 평범한 사람은 아무리 용맹정진한다 해도 죽을 때까지 그 경지에 들지 못하고 죽는다고 알고 있는데, 자네도 일반적인 용문 내의 녀석들하곤 다른 종자군.”

“그렇게 따지면 이 선배의 경우는…….”

“나야 경우가 다르지.”

“뭐가 경우가 다르다는 거지요?”

“난 특별하거든, 태어날 때부터.”

단천엽은 일순 안색이 가볍게 굳는 걸 느꼈다. 이수민의 말에 어폐가 있음을 직감한 것이다.

그때 주변을 휘휘 둘러본 이수민이 목소리를 높였다.

“그럼 우리 어디든 들어가지.”

“저는 동료들을 찾으러…….”

“재밌는 후배를 만난 기념으로 오늘은 내가 은 한 냥을 기준으로 해서 화끈하게 낼 테니까 돈 걱정은 말고.”

어느새 단천엽의 옷자락을 잡아당기며 이수민이 앞서 걸어가기 시

작했다. 단천엽으로선 완강하게 손을 뿌리치기 전엔 끌려갈 수밖에 없
는 수법이었다.

'이런!'

단천엽이 내심 쓰게 웃으며 이수민의 뒤를 따랐다. 그의 손을 뿌리
치는 건 문제가 아니나 이수민이란 사람에게 인간적인 호기심을 느꼈
다.

"그럼 이 후배가 앞장서지요."

마음이 움직이자 어느새 이수민과 어깨를 나란히 한 단천엽이 성큼
성큼 앞장서 걸어가기 시작했다. 개봉을 제 집처럼 꿰고 있는 그가 용
문에서 종종 놀러 나오는 정도일 게 분명한 이수민의 뒤를 따를 필요
는 없었다.

춘래객점, 삼십 년의 역사와 전통을 자랑할 뿐만 아니라 주인이자
숙수를 겸한 왕팔의 짠 씀씀이로 이름 높은 곳이었다. 후미진 골목에
위치한 이곳을 이수민과 함께 찾은 단천엽의 얼굴에 잠시 애잔한 표정
이 떠올랐다.

'왕 숙수에게서 얻어간 음식을 화 노사는 무척 좋아하셨다. 이별한
후 소식조차 듣지 못했는데, 무사하실는지.'

춘래객점까지 기세 좋게 끌고 온 단천엽이었다. 그런 단천엽이 객
점 문 앞에 멍하니 서서 움직이지 않자 이수민이 한쪽 눈을 굼실거렸
다.

"난 배가 고픈데."

"아!"

뒤통수를 긁적인 단천엽이 이수민에게 어색한 웃음을 던지곤 춘래

객점을 둘러봤다. 그가 일을 봐줄 때와 달리 객점 앞이 깔끔하지 못한 게 다른 일꾼을 받지 않은 듯했다.

문득 주머니 속에 돈이 들어가는 걸 보긴 했어도 나오는 걸 본 적이 없다고 정평이 난 왕팔을 떠올린 단천엽이 호객할 때의 목소리로 소리쳤다.

"천하에 소항과 항주가 아름다움으로 이름을 드날리나 음식만큼은 개봉이 으뜸이라네! 개봉에서도 가장 으뜸인 춘래객점이 있으니, 손님네들은 사양치 마시고 몰려들 오시라!"

청아하면서도 사람을 잡아끄는 단천엽의 목소리엔 묘한 가락이 있었다. 아무리 바쁜 걸음을 하는 사람이라도 잠시 발길을 멈추고 바라보게 만드는 그런 목소리였다.

익히 그런 목소리의 주인공을 알고 있는 대복반점의 점소이 추자호가 문밖으로 빼꼼이 얼굴을 내밀더니, 곧 팔짝거리며 달려나왔다.

"소엽! 소엽이가 왔구나!"

단천엽 역시 추자호에게 달려가 고된 일로 인이 박인 그의 손을 잡아주었다.

"자호 대형, 그동안 무탈하셨습니까?"

"무탈? 제기랄, 또 어려운 말 쓴다!"

"죄송합니다."

"뭐, 이 마음 넓은 추자호 대점소이님이 참아주셔야지!"

툴툴거리는 말투와 달리 추자호의 얼굴엔 반가움이 넘실거렸다. 단천엽이 춘래객점을 찾지 않은 날로부터 그의 일거리는 한층 늘어났고, 손님이 준 만큼 주인 왕팔의 짜증은 날로 높아만 가고 있었다. 다시 단천엽을 봤으니, 손을 꽉 잡고 놔주지 않을 기세였다.

그때 뒤에서 두 사람을 물끄러미 지켜보고 있던 이수민이 나직한 헛기침을 터뜨렸다.

"험험, 나는 정말 배가 고픈데 말야?"

"죄송합니다. 오랜만에 절 돌봐주던 대형을 보게 돼서……."

고개를 돌린 단천엽이 변명하자 추자호가 얼른 이수민을 살피곤 호들갑스레 소리쳤다.

"엇! 이런, 돌아오자마자 소엽이 손님을 물어… 모셔왔구나! 소엽이 모셔온 손님이라면 이 추자호가 대충 모실 순 없지!"

추자호가 냉큼 춘래객점 안으로 뛰어들어 가자 단천엽을 향해 이수민이 묘한 눈빛을 던졌다.

"저 점소이와 꽤 친해 보이는군?"

"예, 제가 용문에 입문하기 전 신세를 졌던 형님입니다."

"그래? 그래서 이곳을 일부러 찾았군. 날 물어서?"

"오랜만에 신세졌던 곳을 찾는데, 빈손으로 방문할 순 없는 노릇 아닙니까?"

"딴은 그렇군!"

고개를 끄덕인 이수민이 춘래객점을 향해 걸어가자 단천엽이 얼른 그 뒤를 쫓았다. 어느새 주방에서 달려나온 왕팔이 두툼한 메기 입술을 활짝 벌린 채 두 사람을 맞아들였다.

제운영과 연아상의 뒤를 쫓는 안환의 얼굴은 썩은 돼지 간처럼 푸르죽죽했다. 아무리 청성의 청명심법(淸明心法)을 운용해 마음을 진정시키려 해도 한 가닥 근원을 알 수 없는 분노가 격렬히 솟구쳐 올랐다.

'내가 왜! 어렵디 어렵게 외출을 나온 내가 왜 악귀나찰 같은 사갈마

녀에게 걸려 짐꾼 노릇을 해야만 하냔 말야!'

안환은 동의를 얻기 위해 역시 짐꾼이 된 채 묵묵히 뒤를 따르고 있는 기소천 등을 바라봤다. 어떻게든 머리를 맞대고 힘을 모아 오늘의 이 난관을 타개하기 위한 몸부림이었다.

그러나 안환의 얼굴은 그 순간 더욱 썩은 빛을 띠고 말았다. 그가 재빨리 음모를 모색하는 시선을 던졌을 때 기소천과 상명헌 등은 서로를 바라보며 즐거이 담소를 나누고 있었다. 전혀 현 사태를 해결하려는 의지가 느껴지지 않는 얼굴을 하고서.

'짐꾼 노릇을 즐기고 있는 거냐!'

안환은 절망했다. 단천엽이 아니라 아무 생각 없는 천도각의 삼 인과 남겨진 자신의 신세가 가련하다 못해 원통할 뿐이었다. 그의 어깨를 짓눌러 오는 짐의 무게가 천근만근 마냥 무겁게 느껴졌다.

그때 연신 연아상을 끌고 부근의 가게 이곳저곳을 왕래하던 제운영이 갑자기 고개를 돌렸다. 뒤를 따르는 짐꾼 네 명이 아직 식전일 거란 생각에 미친 것이다.

"너희 아침밥은 먹고 나왔냐?"

누구보다 먼저 안환이 버럭 소리 질렀다.

"못 먹었습니다! 못 먹었어요!"

절규에 가까운 안환의 외침에 제운영의 아미가 살짝 찌푸려졌다.

"나 귀 안 먹었다! 안 먹었으면 안 먹은 거지 사내자식이 뭔 목소리가 그리 애절해?"

"배고픕니다! 배가 고파서 제자는 한 걸음도 더 못 가겠습니다!"

안환은 당장 바닥에 주저앉아 발버둥을 칠 기세였다. 항시 청성검파의 명성을 드높이는 걸 삶의 소명이라 여기며, 체면을 중시하던 용문에서의 그는 지금 이곳 송문십자로에는 존재하지 않았다.

한쪽 눈을 껌뻑이며 자신이 산 비단이며, 구룡무각에서 사용할 물품 등을 짊어진 네 짐꾼을 둘러본 제운영이 어깨를 으쓱해 보였다. 일단 일을 부려먹더라도 밥은 먹이는 게 인지상정이었다.

"뭐, 그럼 일단 밥이라도 먹으러 가볼까?"

"정말입니까?"

썩은 돼지 간 같던 안환의 안색에 화색이 돌아오자 제운영의 얼굴에 심술궂은 표정이 떠올랐다.

"여태까지 짐 좀 들어주는 게 꽤나 고됐었나 보지?"

"이 정도 짐쯤 드는 걸 어찌 용문의 수련생이 고되다고 하겠습니까! 다만……."

"다만?"

"항상 챙겨 먹던 아침밥을 못 먹어 힘이 부쳤고, 점차 줄어드는 시간 에 가슴이 아팠습니다."

"점차 줄어드는 시간? 오호라! 네 녀석은 그러니까 나랑 함께 개봉 시내를 구경하는 게 싫다는 뜻이로구나?"

"그런 건 아닙니다만, 참으로 힘들게 얻은 외출인 만큼……."

안환이 뒤통수를 긁적이면서도 할 말을 다하자 매섭게 쏘아보던 제 운영의 표정이 변했다. 심술궂던 표정을 걷고 평소의 호탕한 여장부로 돌아온 것이다.

"알았다! 내 아침밥을 먹여준 후 너희를 놓아주마! 계속 내 짐꾼 노 릇을 해줬다면 밤에 기루라도 데려가 멋진 누님들을 소개시켜 주려했 건만, 스스로 복을 차겠다니 어쩔 수 없지."

"머, 멋진 누님들……."

"내 별호가 일보삼천배인만큼 개봉의 술집과 기루를 나만큼 잘 아는 사람은 없는 게 당연하잖아. 당연히 개봉에서 가장 멋진 누님들 중 내 얼굴을 무시할 수 있는 사람은 드물지."

그야말로 젊은이의 가슴에 불을 지르는 말이었다. 제운영이 밥 먹으러 가자며 발길을 돌리자 안환이 허우적거리며 그녀의 뒤를 따라붙었다. 이미 잘 익은 홍시처럼 얼굴이 붉어진 그는 체면도 잊고 제운영에게 손을 비비고 있었다.

'저렇게 여자를 좋아하니, 역시 안 대형은 청성의 본산제자가 되긴 힘들겠구나!'

내심 중얼거린 기소천이 얼른 안환의 뒤를 쫓았다. 그와 상명헌 등은 아침밥을 먹고 나왔지만, 오랜만에 잘 차려진 식사를 할 수 있다는 유혹은 그리 작은 게 아니었다. 제운영에게 연신 헤픈 웃음을 흘리고 있는 안환을 쫓는 삼 인의 발걸음은 전보다 한층 힘이 넘쳤다.

천추성 이수민 3

춘래객점의 주인 왕팔은 참으로 오랜만에 손해를 감수하기로 했다. 그의 모친이 돌아가신 날 객점을 찾은 조문객들에게 밥값을 받지 않은 이래 처음 있는 일이었다. 그만큼 그와 춘래객점에 있어 단천엽은 유능하고 소중한 일꾼이었다. 다시 돌아온 이상 반드시 붙잡아야 할 만큼.

주문한 음식 이외에 몇 가지 맛깔스런 반찬을 추자호가 곁들여서 날라오자 이수민이 미미하게 고개를 끄떡였다.

음식이 나오자마자 먼저 젓가락을 든 그는 벌써 몇 점의 홍소육과 마파두부의 맛을 본 상태였다. 용문 출신인 만큼 그다지 요리의 맛에 민감하지 않은 그이지만 혀가 갑자기 즐거워하기 시작했다는 건 인정할 수밖에 없었다.

"잘은 모르겠지만 음식 맛이 괜찮군. 따로 내주는 것도 있고. 자네한테 물려서 이곳을 찾은 보람이 있는 것 같아."

"가격도 저렴한 편입니다."

"그건 중요한 상황이구만. 내 주머니는 그리 무겁지가 않으니까."

주머니가 무겁지 않다는 말에 멀리서 힐끔거리고 있던 왕팔이 슬쩍 인상을 썼다. 아무리 단천엽이 복귀와 함께 물어온 손님이라곤 하나 주머니가 가볍다는 말은 쉬이 듣고 넘길 만한 문제가 아니었다.

'뭐, 만약에 무전취식을 하려 한다면 소엽 녀석에게 몸으로 대신 갚으라고 하면 될 테지.'

곧 생각을 되돌린 왕팔이 익숙한 손짓으로 추자호를 부르곤 두 사람의 대화를 빠짐없이 듣고 주방으로 보고하라고 명령했다. 주방의 숙수를 겸하고 있는 그로선 계속 단천엽을 감시하고만 있을 순 없었다.

그때 두 사람의 소곤거림을 훔쳐 들은 이수민이 허연 이를 드러냈다.

"참 재밌는 사람들이군. 앞으로 별다른 사고만 만나지 않는다면 천하맹의 중추가 될 사람을 객점의 심부름꾼으로 쓰려 하다니."

"실제로 제가 객점의 심부름꾼이었으니까요."

"흠."

단천엽과 눈을 맞추며 이수민이 흥미롭다는 듯 말했다.

"그럼 내가 객점의 심부름꾼과 앉아 식사를 하고 있다는 거로군?"

"부끄러우십니까?"

"아니, 재밌어. 왠지 자네하곤 처음 만났을 때부터 싸우긴 했지만, 꽤나 친근한 느낌이 들었거든."

"친근한 느낌⋯⋯."

"후후, 마치 오래전 잃어버렸던 친우를 다시 만난 것 같은 그런 느낌

말야."

단천엽의 눈에 이채가 떠올랐다. 그런 느낌은 그 역시 마찬가지였다. 눈앞의 이수민 말고도 지금까지 만났던 사성 모두가 그러했다. 마음이 움직이는 바가 있었다.

"저 역시 이 선배에게 왠지 가까운 느낌을 받았습니다. 잃어버린 친우와 같은 느낌은 아니지만, 뭔가⋯⋯."

"동질의 인간을 만났다는 듯한 그런 느낌 말인가?"

단천엽이 대답 대신 고개를 끄떡이자 이수민의 얼굴이 일순 진지해졌다. 그는 여태껏 입가를 감돌던 장난스런 미소를 없애고 속삭이듯 말했다.

"자네는 모회안을 아는가?"

"모⋯ 회안?"

반문하던 단천엽은 일순 눈앞이 아찔해지는 걸 느꼈다. 순간 머리가 텅 빈 듯했고, 온몸의 피가 머리 쪽으로 급격히 솟아올랐다.

'심공(心功)!'

단천엽의 몸속에 잠들어 있던 야수가 으르렁거리며 눈을 떴다. 야수는 눈을 뜨자마자 급격히 상단전을 두드렸고, 이수민의 눈에서 쏟아진 기운을 물어뜯었다. 외부의 공격에 대한 자연스런 반응이었다.

그 순간 당장이라도 후둘거리며 옆으로 쓰러지려던 단천엽에게 달려들듯 하던 이수민이 슬쩍 뒤로 물러났다. 몸을 뒤로 물린 게 아니라 그의 눈에서 튀어나온 시퍼런 기운이 그러했다.

"역시!"

가벼운 탄성을 터뜨린 이수민의 눈앞에서 후둘거리던 상체를 꼿꼿이 세운 단천엽의 인당에서 역시 푸른 기운이 뿜어져 나왔다. 보통 사람의 눈에는 절대 보이지 않을 빛, 바로 심안이 개문된 것이다.

"저는 진짜 모회안이란 사람을 알지 못합니다!"

"그런가? 내 예상이 빗나갔구만."

"단지 예상을 확인하기 위해 사파의 마두나 사용할 심공을 펼친 것입니까?"

"내겐 꽤 중요한 일이었거든."

그 말을 끝으로 여전히 단천엽의 인당을 노리고 있던 푸른 기운이 흔적도 없이 사라졌다. 마치 여태까지와 같이 두 사람은 머리를 맞대고 담소를 나눈 듯한 형국이었다.

단천엽은 급격히 치솟아올랐던 긴장이 풀리는 걸 느꼈다. 이미 몸 안의 야수를 깨워야 했을 정도로 지독하던 정신 공격이 끝났음을 직감했다.

그와 함께 미쳐 날뛰려던 몸 안의 야수가 곧바로 발동한 구양구음검 공에 짓눌려 주춤주춤 뒤로 물러서기 시작했다. 오늘 단백경과의 비무로 얻은 심득이 없었다면, 이렇게 쉽게 제압될 야수가 아닐 터였다.

단천엽이 다시 야수를 잠재우는데 성공하자 그사이 다시 젓가락을 재게 놀리기 시작한 이수민이 씨익 웃었다.

"몸 안에 차고 넘치는 잠능을 그런 식으로 제어한다는 건 쉽지 않은 일인데, 용케도 처리했군. 그것도 나조차 파악하기 힘든 괴이한 공력을 이용해서라니. 역시 세상은 넓고 인재란 모래알처럼 숨어 있는 것인가?"

고개를 갸웃해 보인 이수민이 말을 이었다.

"그렇지만 앞으로 다른 사성을 만날 땐 처음부터 몸속의 잠능을 발휘하는 게 좋을 거야. 다른 녀석들도 나처럼 세상을 되는대로 살진 않을 테니까. 뭐, 그 외에는 그리 걱정할 일은 없겠지. 자네의 실력이라면, 다른 연옥백강의 떨거지들쯤은 어떤 식으로 암습을 한다 해도 대충 방비할 수 있을 테니."

"암습?"

"모르고 있었나 보군. 그럼 오늘의 일에 대한 사과 대신 앞으로 자네가 겪을 일에 대해 설명해 주도록 하지. 그래도 되겠지?"

이수민은 이미 결정을 내린 투의 얼굴을 하고 있었다. 뒤의 말은 그저 요식 행위에 불과했다. 그러나 단천엽은 이미 깨어난 야수를 잠재우는 것만으로도 힘이 부친 상태였다. 그와 바로 시비를 가리기엔 현재 상황이 안 좋다고 판단한 단천엽이 천천히 고개를 끄떡였다.

"세이경청하겠습니다."

"세이경청은 무슨!"

어깨를 으쓱해 보인 이수민이 춘계쟁투지회를 통과한 수련생들이 겪어야 될 일에 대해 간략히 설명하기 시작했다. 그가 중점을 두고 설명한 내용은 단천엽이 이미 알고 있는 내용 이외의 것이었다.

"결국 새로운 연옥백강에 들 후보자 십삼 인이 뽑힌 만큼 기존의 떨거지들에겐 위협이 될 수밖에 없는 거야. 그러니 자신들에게 도전할 자격을 지닌 후배들을 암습해서 위험 요소를 제거하려 드는 건 당연한 노릇이지."

"그렇지만 그런 일을 용문의 교두들께서 허락할 리가……."

"어리석은 소리!"

단천엽의 말을 끊은 이수민의 눈에 어둠이 담겼다. 그는 입가에 조소를 담은 채 말했다.

"자네는 용문이 연옥이라 불리는 이유를 아직도 모르는 건가? 용문은 일반적인 강호의 문파처럼 무학의 연마로 심신의 단련과 정신적인 깨달음을 추구하는 곳이 아니야. 노골적으로 말하자면 천하맹을 위해 언제라도 목숨을 바칠 수 있는 살인 인형들을 양성하는 곳이지."

"그런……."

"흥, 그런 점까지 모회언과 비슷하군. 정말 비슷해. 하지만 그래서 더욱 나는 자네가 걱정이 된단 말야. 그래서 이런 헛소리를 늘어놓는 거고."

말을 마친 이수민이 바삐 젓가락질을 하기 시작했다. 어느새 점소이 추자호가 슬금슬금 근처로 다가오고 있었다. 두 사람은 여태까지 일반적인 담소를 나눈 것이라야 했다.

단천엽과 이수민은 한동안 식사에 열중했다. 혀를 유혹하는 음식을 앞에 두고 먹지 않는다는 건 춘래객점의 주인이자 숙수인 왕팔의 자존심을 건드는 일이었다. 내심의 의혹을 마음 한 켠에 누른 채 단천엽은 이수민에 지지 않을 만큼 열심히 젓가락을 놀렸다.

그렇게 두 사람 앞에 놓인 음식의 양이 차차 바닥을 보일 때쯤이었다. 아직 점심 시간이 되기엔 이르고, 아침 시간은 지난 터라 한산하던 춘래객점에 일군의 사람들이 몰려들었다. 제운영을 위시한 용문 일행이었다.

"여자가 둘에 사내가 넷, 도합 여섯 명이 고픈 배를 부여잡고 왔으니, 얼른 자리를 마련하라구!"

객점 안에 들어서자마자 달려온 점소이 추자호에게 소리를 지른 제운영의 눈에 이채가 떠올랐다. 이미 그녀의 등장을 알고 자리에서 일어선 단천엽과 재빨리 고개를 옆으로 돌린 이수민을 영활한 시선이 훑고 지나갔다.

"제 교두님!"

단천엽이 얼른 예를 갖춰 보이자 제운영이 빙긋 미소 지어 보이고 시선을 이수민에게 던졌다.

"호오, 이게 누구신가? 용문 최고의 신비인이라 불리지만, 사실은 나 같은 미인이랑 눈도 마주치지 못하는……."

"이수민이 제 교두님을 뵈옵니다!"

결국 신형을 일으켜 예를 갖춰 보이는 이수민을 향해 제운영이 눈을 살짝 가늘게 떴다.

"거 인사 한 번 받기 힘들군."

"죄송하게 됐습니다."

"그런데 오늘 용문에서 외출이 허가된 건 지난 춘계쟁투지회를 통과한 십삼 인뿐이라 들었는데……."

다시 고개를 옆으로 돌린 이수민을 향해 제운영이 나직이 코웃음 쳤다.

"흥, 이제 아주 멋대로 담을 넘나 보군?"

"자유를 희구하는 마음은 어떤 장벽이든 결국 넘게 마련이지요."

"입은 뚫렸다고 말은 잘하네."

"본래 말은 잘하는 편입니다."

"이 녀석이!"

발끈하는 제운영에게 단천엽이 얼른 다가갔다. 그는 연아상을 비롯한 안환 등과 어색한 눈인사를 나눈 후 제운영에게 웃음 띤 얼굴로 말했다.

"이 선배는 오늘 제게 귀중한 조언을 해주셨습니다. 제 얼굴을 봐서 이번만은 그냥 넘어가시는 게 어떻겠습니까?"

"네 얼굴을 봐서?"

기가 막히다는 표정이 된 제운영에게 단천엽이 비는 시늉을 했다. 그동안 제운영에게 손을 비비길 게을리 하지 않았던 안환이 보기에도 자신보다 단수가 높은 모습이었다.

제운영의 얼굴이 다소 누그러졌다.

"춘계쟁투지회의 우승자가 그렇게까지 말하니, 내 일단은 그냥 넘어가겠지만……."

"자자! 그럼 자리를 붙여서 합석하죠?"

안환이 부산스레 목소리를 높이자 기소천과 연아상 등이 동조의 목소리를 냈다. 천추성 이수민이 용문 제일의 신비인이란 제운영의 말은 결코 빈말이 아니었다. 이수민의 이름을 들은 순간부터 이곳에 모인 수련생들은 모두 그와 동석하고 싶은 마음이었다. 다른 용문 사성과 달리 그의 악명은 그리 심하지 않았을뿐더러, 단천엽과 친분이 있어 보이니 두려움보단 호기심이 앞섰다.

그때 앉아 있던 자리를 떠나 문 쪽으로 몇 걸음 걸어간 이수민이 제운영에게 슬쩍 고개를 숙여 보이고, 단천엽에게 씨익 웃어 보였다.

"역시 자네에겐 사람을 모으는 힘이 있군. 다른 사성과 달리."

"가시려는 겁니까?"

"가야지. 몰래 월담한 주제에 교두와 식사까지 같이 할 만큼 나는 뻔뻔하지 않거든."

제운영의 아미가 치커 올라갔다.

"그 딴 말을 하는 것만으로 네 녀석은 충분히 뻔뻔해!"

"예예, 그럼 뻔뻔한 놈은 이만 사라지겠습니다!"

예의 장난스런 미소를 입가에 매단 이수민이 단천엽에게 한차례 이를 드러내 보이곤 홀연히 신형을 날렸다.

댕그랑!

이수민의 신형이 사라진 것과 동시에 은 한 냥이 춘래객점의 바닥을 굴렀다. 그는 애초 단천엽에게 했던 약속을 잊지 않은 것이다.

"이건 뭐야?"

제운영이 눈살을 찌푸리며 묻자 눈으로 이수민의 자취를 좇던 단천엽이 대충 대답했다.

"오늘 저희가 먹은 밥값입니다."

"밥값?"

"예, 오늘 이 선배는 제게 조언을 해줬을뿐더러 밥까지 한턱 내기로 했거든요."

단천엽을 바라보는 안환과 기소천 등의 표정이 묘해졌다. 여태까지 그들과 어울렸던 단천엽과 오늘 이수민과 함께한 그의 모습이 이질적으로 다가왔기 때문이다. 어째서 그런지 전혀 감이 잡히지는 않았지만.

"그럼 밥값도 생겼는데, 우리 밥이나 먹을까?"

제운영이 주위를 환기시키며 단천엽의 소매를 잡아끌었다. 어떤 식으로든 용문 사성과 단천엽이 인연을 맺지 말기를 바라는 심정을 숨긴 채.

제34장

도전과 응전

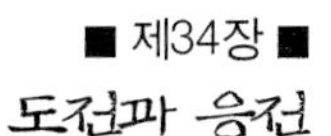

천하를 놀라게 한 봄날의 대진격!

천하맹의 호북 출정은 단천엽과 단백경이 예상했던 대로 흘러갔다. 천하맹 총단을 떠난 이천의 대병이 양양(襄陽)으로 진격하자 당장이라도 무당천도와의 일대 격전을 벌일 듯하던 반검맹은 급히 한발 뒤로 물러섰다.

천하맹의 전격적인 호북 진격에 버금가는 빠른 대응!

그동안 구산의 일에는 크게 신경 쓰지 않던 천하맹이었다. 특히 파불소림을 비롯한 무당천도 같은 강대 문파의 일에 재빨리 끼어들리란 예상은 하기 어려웠다. 그래서 오랫동안 공들인 끝에 호북 침공에 나섰던 것인데, 천하맹의 움직임은 반검맹의 예상을 훨씬 뛰어넘는 것이었다. 일단 뒤로 물러나 사태를 관망하는 게 병가의 도리였다.

게다가 천하맹의 대병이 진을 친 곳은 양양이었다. 고래로 중원의 최후 방벽이 된 양양은 제국의 주요 방어 거점의 하나였다. 그런 곳을 무림 세력이 대병을 이끌고 주둔했으니, 이것은 상천의 내락이 없고선 있을 수 없는 일이었다. 이미 명분은 천하맹 쪽으로 주어진 것이었다.

발 빠르게 호북의 요처에 침입시켰던 병력을 장강 이남으로 물린 반검맹은 장고에 들어갔다. 일단 천하맹의 총사령을 맡은 단백경과 무당천도 간의 움직임을 관망하고 다음 전략을 짜려는 의도였다.

반검맹은 여전히 전날 무당천도 세력권에 속해 있던 전장과 점포, 표국 등의 지분을 포기하지 않은 채 정보를 취합하는데 전력을 기울였다.

호북 침공을 시작하기 오래전부터 취합한 정보에 의하면 이렇게 전격적인 천하맹과 무당천도 간의 연합은 있을 수 없었다. 자존심이 하늘을 찌르는 구산의 무당천도와 천하맹 간에 반드시 분열이 있으리라는 게 그들의 판단이었다.

장강을 넘기 위해 근 백여 년을 기다렸다. 이제 한발을 내딛었으니 그 다음을 걱정할 필요는 없었다. 어차피 천하맹과 반검맹같이 천하를 두고 쟁패할 만한 세력이 쉬이 맞붙을 순 없는 노릇이니, 조급해할 사항이 아니었다.

결국 천하를 경동시킨 양대 세력의 충돌은 점차 장기전의 형국을 띠었다. 무당장문 태화 진인과 무당제일도 태우 도장 간의 불화로 야기된 무당천도 내의 자중지란이 불러일으킨 호북의 혼란이 점차 천하 전체로 퍼져 나가기 시작한 것이다. 그리고 시간은 도도한 장강의 물결처럼 빠르게 흘러가기 시작했다.

용문의 수련생들에게 일 년 중 가장 힘든 때를 물으면 한결같이 여름이라 이구동성으로 소리칠 것이다. 그만큼 겨울 두 번을 나는 것보다 여름 한철을 나는 게 힘들다는 것이 용문 내의 정설이었다.

돌바닥에 금이 갈 정도로 강렬한 여름의 태양 아래 연신 강행되는 강훈련은 둘째 치고 수련생들을 괴롭히는 일은 하나 둘이 아니었다.

여름의 햇볕에 기대어 무럭무럭 자라는 신록, 일명 녹색 악마라 불리는 잡초를 제거하는 제초 작업은 해도 해도 끝이 없었다. 풀을 베고 돌아보면 다시 눈앞을 채우는 건 끝없이 펼쳐진 녹색의 대지였다. 여름 하루의 햇살은 비온 뒤의 죽순이 무색하리만치 빠르게 녹색 악마들을 양산해 냈다.

게다가 장마에 대비한 수로 공사와 연무장의 평탄화 작업은 자연스레 수련생들의 이를 갈리게 만들었다. 작업마저 수련의 일부로 승화시킨 교두들의 지독한 교육 일정이 만들어놓은 지옥이었다.

작업과 수련에 지친 수련생들의 입에서는 연신 한탄이 흘러나왔다. 천하맹의 잡역부가 되기 위해 용문에 입문했다는 말이 그리 틀리지 않은 나날이었다. 여름의 폭염이 깊어갈수록 수련생들의 얼굴은 검게 타고, 양팔의 근육은 더욱 탄탄하게 변하고 있었다.

그렇게 여름의 폭염도 한풀 꺾였을 때다. 슬슬 밤이 되면 찬바람이 불고 수련생들의 시커먼 얼굴에 조그만 여유가 돌기 시작했을 때 용문에는 괴상한 소문이 돌았다. 사람들이 모인 곳이라면 한둘쯤 있게 마련인 괴담이 아니라 용문의 상징이나 다름없는 연옥백강에 관한 사항이었다.

이 달의 마지막, 좀 더 정확히 말해 올해의 마지막 제초 작업을 끝마치고 돌아오는 일군의 수련생들은 지자조에서 차출된 작업 인원이었다.

교두에게 더 이상 기본 수련을 받지 않아도 된다고 인정받은 사 인조. 그들은 봄철 춘계쟁투지회를 통과한 단천엽 일행으로 이번 여름 내내 지자조의 작업 전담반으로 대단한 활약을 펼치고 있었다.

지자조 작업 전담반을 실질적으로 이끌어 온 단천엽의 입에는 풀잎 하나가 물려 있었다. 본래 풀피리를 부는 솜씨가 꽤나 좋은 그의 입은 연신 아련한 음률을 만들어냈다.

삐리리!

구슬픈 소리가 계속 이어지자 다섯 개나 되는 대겸(大鎌:큰 낫)을 어깨에 걸치고 앞서 걷던 안환의 입에서 나직한 탄식이 터져 나왔다.

"아아아, 옛날이 좋았다! 옛날이 좋았어!"

단천엽의 옆을 따르던 기소천의 검게 탄 얼굴에 웃음이 떠올랐다.

"옛날이라니, 어떤 옛날을 말하시는 거죠?"

안환이 기소천을 힐끔 바라보곤 나직이 코웃음 쳤다.

"아이가 어찌 어른의 깊은 마음을 알까! 기 소제가 그런 질문을 나한테 하려거든 십 년은 멀었느니."

"뭐가 십 년이 멀었다는 겁니까? 안 대형은 또 절 무시하는군요!"

기소천이 발끈해 소리치자 안환이 미미하게 고개를 가로저었다. 그의 얼굴에는 마치 어린아이가 떼를 쓰는 모습을 본 어른과 같은 표정이 떠올라 있었다.

"그렇다면 기 소제는 단 소제보다 어른이라는 건가?"

"천엽 형보다요?"

"그래!"

안환의 얼굴에는 밉살스런 표정이 떠올라 있었다. 그가 보통 이와 같은 표정을 지어 보일 때는 무언가 흉계를 꾸밀 때였다. 잠시 머뭇거리는 얼굴이 됐던 기소천이 고개를 가로저었다.

"저는 항상 천엽 형에게 배우고 있습니다. 어찌 천엽 형보다 어른이라 할 수 있겠습니까!"

"그렇지?"

짐짓 확인을 한 안환이 득의양양한 표정을 단천엽에게 던졌다.

"단 소제! 자네는 나보다 어른인가?"

안환이 어른 이야길 할 때부터 단천엽은 이미 짐작 가는 바가 있었다. 사실은 그가 옛날이야길 꺼낼 때부터 이와 같은 말이 나올 거란 예상을 하고 있었다.

자신을 바라보는 기소천에게 쓴 웃음을 던진 단천엽이 입 안의 풀잎을 뱉어내곤 대답했다.

"제가 어찌 안 대형보다 어른이 될 수 있겠습니까. 안 대형은 우리 중에 유일하게 어른이 되신 분이 아닙니까?"

"어, 어른······."

"제 교두님께 끌려갔던 그날······."

단천엽이 말끝을 흐리자 안환의 얼굴이 가볍게 붉어졌다. 마치 잘 익은 홍시 같았다. 그는 얼른 주변을 휘휘 둘러보곤 자부심이 느껴지는 얼굴로 고개를 끄떡였다.

"암! 나는 그날 어른이 되었지! 기루에서 도망치기 바빴던 단 소제나 기 소제와는 달리."

"그, 그건······."

기소천의 얼굴이 안환에 버금갈 정도로 붉어졌다. 그냥 웃음으로 받아넘기는 단천엽과 달리 그는 한참 동안 잊었던 기루에서의 일을 떠올리곤 멍청한 표정이 됐다.

그때 득의양양함을 넘어 어깨를 들썩일 정도로 대소를 터뜨리던 안환이 갑자기 머리를 부여잡고 주저앉았다. 어딘가에서 날아온 돌멩이에 머리를 얻어맞은 것이다.

"크윽! 도대체 어떤……."

"호오, 지자조에는 정말 인재가 없구나! 그 정도 암기도 피하지 못하는 녀석이 연옥백강의 후보에 오르다니!"

"…제 교두님?"

목구멍까지 튀어 올랐던 욕설을 얼른 눌러 삼킨 안환이 목소리가 들려온 방향을 향해 눈을 부릅떴다. 아니, 억지로 부릅뜨게 됐다. 어느새 그의 앞까지 다가선 제운영에게 얼굴을 붙들렸기 때문이다.

안환의 얼굴을 코앞까지 잡아당긴 제운영이 빙글 웃었다.

"어른이 됐다구?"

"그, 그게……."

"도대체 기방까지 들어갔다가 옷가지를 들고 허겁지겁 도망 나온 건 어디의 누구였지?"

안환의 얼굴이 울상으로 변했다. 얼큰히 취한 채 기방에 들어갔다가 놀라 도망 나온 일은 여태까지 그 자신만 아는 비밀이었다. 그 뒤 그는 어른이 됐음을 은근히 자랑하고 다녔었다. 그런데 제운영이 진실을 폭로하니, 낯을 어디에 둬야 할지 모르게 된 것이다.

"바보 녀석!"

제운영은 갑자기 몇 살쯤 더 나이를 먹은 얼굴이 된 안환을 뒤로 밀었다. 이미 머리 속이 하얗게 변한 안환은 더 이상 가지고 놀 재미가 없었다.

그녀는 키득거리기 시작한 기소천과 상명헌 등에게 한차례 눈을 흘기고 단천엽에게 손짓했다.

"단천엽 수련생!"

"예?"

"난다 긴다 하는 기녀들을 모두 놀라 달아나게 만든 진짜 사나이와 면담 좀 나눠볼까?"

난처한 기색이 된 단천엽을 향해 제운영이 미소 지었다.

단천엽과 둘만 남게 되자 제운영이 단도직입적으로 용건을 말했다.

"천엽도 요즘 용문에서 일어나고 있는 괴상한 사건에 대해 알고 있겠지?"

"괴상한 일이라면……."

"시치미는 용서할 수 없어!"

제운영이 주먹을 들어 올리자 단천엽이 움찔 놀라 뒤로 물러섰다. 그러나 그의 입가에는 평소 보이지 않던 장난스런 미소가 떠올라 있었다.

제운영이 눈을 흘기자 단천엽이 어깨를 한차례 으쓱해 보였다.

"연옥백강에 든 선배들 중 몇 명이 심하게 부상당했다고 들었습니다. 대충 다섯 명쯤 되는 것 같던데……."

"그 일 천엽하고 관련없는 거야?"

"그건……."

"대답하기 곤란하면 안 해도 돼. 어차피 그 망할 연옥백강 녀석들에게 지켜야 할 의리 따윈 내게 없으니까. 그 빌어먹을 못된 망아지들!"

갑자기 화가 치민 듯 이를 부드득 간 제운영이 한차례 한숨을 내쉬

곧 말을 이었다.

“그렇지만 지금 용문 내에는 이번 연옥백강 습격 사건의 배후로 천엽이 거론되고 있어. 하급 수련생들이야 내심 열화와 같은 응원을 보내고 있지만, 연옥백강에 든 상급 수련생을 중심으로 그냥 넘어가지 않겠다는 분위기가 조성되고 있어.”

“앞으로 생활하기가 좀 고달파지겠군요?”

“그 정도로 끝날 것 같으면 내가 천엽을 찾아오지도 않았을 거야!”

“그럼?”

“과거 이와 같은 일이 벌어졌을 때 상급 수련생을 중심으로 심각한 집단 따돌림이 있었어. 인간으로서 도저히 견딜 수 없을 정도로 심각하게.”

“그래서 그 당사자는 어떻게 됐죠?”

“결국 나무에 목을 매달고 자살했어!”

제운영의 목소리가 어두워졌다. 그 사건으로 인해 그녀는 용문의 교두를 그만뒀었다. 자살한 수련생을 담당했던 게 바로 그녀였기 때문이다.

단천엽이 담담하게 웃어 보였다.

“연옥백강 선배들을 암습한 건 제가 아닙니다. 죄가 없는데, 벌을 받을 걱정을 할 필요는 없지요.”

“죄가 없는 것과 별개로 그 악귀 같은 녀석들은 천엽을 찍었어! 녀석들은 여태까지 경험했던 어떤 것보다 비열한 행동을 서슴지 않을 거야!”

“그렇다면 선배들이 습격을 당한 건 그저 구실에 불과한 것이군요?”

“구실?”

“예, 눈에 거슬리는 상대를 제거하는데, 그 같은 사건만큼 좋은 구실은 없을 테니까요.”

제운영의 눈빛이 가볍게 떨렸다.

“그래, 그건 구실이야! 어쩌면 자신들의 자리를 위협할 가장 유력한 상대를 견제하기 위해 그 녀석들은 그런 사건을 일으켰을지도 몰라! 지난번에 자살했던 녀석도 천엽처럼 춘계쟁투지회에서 두각을 나타냈던 기재였어! 그러니까……”

말을 할수록 제운영은 흥분했다. 한번 잊고 있던 과거의 사건을 떠올리자 오랫동안 생각하지 못했던 의혹들이 연신 꼬리를 물었다. 그녀가 맡고 있던 수련생의 자살 역시 조작되었을지도 모른다는 생각이 들었다.

단천엽이 분노로 파들거리는 제운영의 어깨를 두 손으로 감싸 안았다.

“그렇다면 이쪽에서도 그냥 참고 넘어갈 순 없겠지요.”

“뭐?”

“도전에는 응전을 가하는 게 병법의 기본입니다.”

제운영에게 슬쩍 미소를 던지고 손을 뗀 단천엽의 얼굴엔 평소 보이지 않던 강인한 표정이 떠올라 있었다. 이제 더 이상 소년이라 부를 수 없는 표정. 세월은 어느새 소년을 굳건한 기상이 넘치는 청년으로 키워놓았다.

‘그래, 천엽이라면 안심할 수 있어! 천하의 대마두인 반검경혼과 맞섰던 그라면! 하지만 그는 언제 이렇게 성숙해진 걸까? 이젠 더 이상……’

여름을 넘기며 한결 성숙해진 단천엽이었다. 그의 늠름한 모습을 슬쩍 훔쳐보고 가볍게 안색을 붉힌 제운영이 천천히 머리를 쓸어 올렸다. 한줄기 불어온 바람이 그녀의 손길을 타고 흘러내렸다.

도전과 승전 2

밤의 용문은 푸른 달빛에 물든 채 침묵하고 있었다. 야간 수련이 없는 밤이었다. 연무장을 비롯한 요로와 중요 거점을 향하는 야간 근무자의 규칙적인 방문 외에 용문의 처처는 고요하기만 했다.

스으!

절대 고요 속을 제 집처럼 헤집고 나타난 단천엽은 다른 때와 달리 발길을 사자의 길 쪽으로 향하지 않았다. 오늘 그는 연공을 포기하고 따로 처리해야 할 일이 있었다.

'그동안 나는 안 대형이나 소천 등을 암습하려던 연옥백강 중 철권(鐵拳) 지상원과 단악귀수(斷嶽鬼手) 공지철, 구환도(九丸刀) 엽자강 등을 은밀히 제압했다. 그저 혈도를 몰래 제압하는 것으로 끝냈기 때문에 소문이 날 만한 일은 아니었다. 그런데 요 근래 암습을 당한 사람들은 그들과 달리 연옥백강에서도 상위 서열자들이니 앞서의 사건과 같은 선상에

놓고 평가할 수 없다. 그렇다면 도대체 어떤 사람이 있어 그만한 인물들에게 중상을 입힐 수 있는 걸까?

야천을 가로지르며 단천엽의 머리는 냉철하게 돌아갔다. 낮에 만난 제운영 앞에서 큰소리를 치긴 했으나 이번 일은 그리 간단하지 않았다. 요 근래 암습을 당한 자들은 여름 내내 춘계쟁투지회의 통과자들을 괴롭혔던 자들과 수준 자체가 틀린 괴물 급이었기 때문이다.

그들은 용문의 교두들마저 함부로 할 수 없는 연옥백강의 상위 서열자들이었다. 만약 그들을 암습한 게 단천엽으로 밝혀진다면 제운영의 순진한 말처럼 집단 따돌림을 당하는 정도로 끝날 문제가 아니었다.

'어쨌든 이번 일은 시간을 끌면 끌수록 내게는 불리해진다. 그들의 암수가 나한테 집중되는 건 상관없지만 안 대형이나 소천이 피해를 입게 할 순 없다.'

단천엽은 단단히 마음을 먹었다. 그는 이번 일을 해결하기 위해 그동안 용문 내에서 봉인한 채 사용하지 않던 본신의 무력을 몽땅 사용할 각오를 하고 있었다. 그만큼 이번 사태를 일으킨 범인에 대한 그의 평가는 높았다.

단천엽이 야천을 가로질러 도착한 곳은 용문산으로 향하는 방면에 조성된 청죽림이었다. 이곳은 가장 최근에 연옥백강 서열 십육위의 삼재검풍(三才劍風) 유진서가 암습을 당한 곳으로부터 얼마 떨어지지 않은 장소였다.

슥!

청죽림의 초입에 도착한 단천엽은 재빨리 주변을 한 바퀴 돌았다. 혹시 근처에 다른 누군가가 먼저 도착해 은신해 있는가를 확인하는 작업이었다.

단천엽이 이번 사태를 주목하기 시작한 건 꽤 오래된 일이었다. 그는 꼼꼼한 사전 조사 끝에 범인이 연옥백강을 암습할 때의 몇 가지 특징을 발견했다. 범인은 매 삼 일마다 암습했고, 암습의 장소 역시 최초 범행 장소에서 방원 삼십 장을 벗어나지 않고 있었다.

그러니 범인이 용문의 요소요소를 지키는 번의 눈을 피해 범행할 수 있는 장소를 파악하는 건 손쉬운 일이었다. 범행지를 점으로 찍은 후에 선을 그어 연결하자 해답은 금세 그 모습을 드러냈다. 오늘 단천엽이 이곳을 찾은 건 자신의 예상이 맞는지를 확인하기 위함이었다.

그러나 아직 단천엽에겐 한 가지 이해 가지 않는 일이 있었다. 범행 장소와 범행 시기, 범행 방법까지 모든 걸 짐작했으나 범행 동기가 불명확했다. 단지 용문 내에서 흔히 일어나는 연옥백강끼리의 암투라고 단정 내리기엔 무언가 석연치가 않았다.

게다가 또 한 가지! 암습당한 연옥백강이 어떻게 한결같이 범인이 노리고 있는 장소에 모습을 드러냈는지에 대해선 아직 뚜렷한 결론을 내리지 못한 상태였다. 만약 그와 같은 특이점이 없었다면 오늘 단천엽이 손수 이곳을 찾진 않았을 터였다.

그렇게 청죽림 주변을 돌며 꼼꼼히 요처와 요로를 확인한 단천엽이 다시 최초의 장소로 되돌아왔을 때다.

주변을 파랗게 물들이던 달빛이 일순 구름에 가려지자 주변의 어둠은 더욱 깊어졌다. 야풍에 흔들리는 청죽의 움직임은 귀호성이나 다름없었다.

스아아!

담이 약한 자 같으면 심장이 덜컥 내려앉을 만한 소음과 동시에 단천엽의 신형이 번개같이 회전을 일으켰다. 그는 펄쩍 공중으로 뛰어올랐다. 이미 그가 섰던 자리엔 대여섯 개가 넘는 투명한 재질의 그물이 쏟아져 내리고 있었다.

신법만으론 도저히 피할 수 없는 천라지망!

공중으로 뛰어오르던 단천엽의 몸 주변으로 흐릿한 광망이 연속적으로 솟아올랐다. 금속성의 물질이 빛을 반사하는 게 아니었다. 일종의 검기가 단천엽의 몸을 휘감더니, 투명한 그물들을 갈갈이 찢어버렸다.

촤촤촤촤!

잠시 공중에서 멈칫했던 단천엽의 신형이 다시 솟아올랐다. 그의 신형은 공중에서 두어 차례 맴을 돈 후 오륙 장 밖으로 떨어져 내렸다.

바로 그때였다. 그가 떨어져 내린 주변으로 대여섯 개가 넘는 검기가 솟아올랐다. 처음부터 최초의 함정에 단천엽이 빠지지 않을 것을 대비하고 있었음이 분명했다. 천라지망은 아직 끝난 게 아니었다.

그러나 단천엽은 이미 본신의 절기를 펼치기로 마음먹은 상태였다. 그의 쌍수가 움직인 순간 예의 흐릿한 검기가 다시 솟아오르더니, 곧 팔방(八方)으로 떨어져 내렸다.

팔방풍우(八方風雨)!

무림을 사흘만 굴러도 펼칠 줄 안다는 초식. 그러나 단천엽이 무형검기(無形劍氣)로 펼친 팔방풍우는 위력 자체가 달랐다. 순식간에 그의 코앞까지 파고들었던 검기가 이지러지더니 사방으로 팅겨 올랐다.

그렇게 벌어진 조그만 진형의 틈새!

스팟!

단천엽은 그 순간을 놓치지 않고 쌍수를 뒤집었다. 그러자 일어난 한줄기 강력한 기파가 그의 주변을 휘감았고, 연신 뒤로 밀려나던 암습자들을 휘몰아쳐 갔다.

따따따땅!

단천엽의 수장이 움직일 때마다 암습자들의 검기는 제멋대로 움직였다. 그들의 검은 단천엽을 공격하긴커녕 동료들에게 향했다. 이미 천라지망은 그 의미를 잃어버리고 있었다.

그 순간 바람같이 암습자들을 돌파한 단천엽의 발이 바닥을 뒹굴던 돌멩이를 걷어차 올렸다.

쇄액!

공기를 가르며 튀어 오른 돌멩이가 맹렬히 공중을 가로지르다 산산조각났다.

무언가 보이지 않는 벽에 부딪친 듯한 형국!

씩!

입가에 미소를 띤 단천엽의 몸 주변으로 흐릿한 검기가 연달아 여덟 개나 솟아올랐다. 방금 전 팔방풍우를 펼칠 때 선보였던 무형검기였다.

"사도 형은 그만 나오는 게 어떻겠습니까?"

크게 소리친 게 아닌데도 주변의 청죽림이 우수수 흔들렸다. 단천엽의 몸에서 발출된 구양구음검공의 공력이 일으킨 기변이었다.

그 순간 막 단천엽에게 달려들려다 주춤한 암습자들이 연달아 입에서 피를 토해냈다. 이미 단천엽이 발출한 무형검기에 내부가 진동된 상태에서 다시 공력이 담긴 일성이 터지자 내상이 심화된 것이다.

그러나 그들은 연신 피를 토하면서도 다시 진형을 갖췄다. 어느 정도 잘 훈련된 정예인지 짐작게 하는 모습이었다.

‘하긴 이 정도의 정예가 없었다면 연옥백강의 상위 서열자들을 연달아 일패도지시키긴 힘들었겠지. 아무리 암습으로 이뤄진 결과라지만.’

내심 고개를 끄떡인 단천엽이 다시 목소리를 높이려는 순간 방금 전 돌멩이가 박살났던 공간이 갈라지며 왜소한 인영이 모습을 드러냈다. 이미 단천엽이 예상했던 바와 같이 철검회 호화검수들의 대형인 용검 사도진명이었다.

“사도 선배……."

단천엽이 미미하게 고개를 끄떡여 보이자 사도진명이 진형을 갖춘 채 비틀거리고 있는 호화검수들에게 슬쩍 손을 휘저어 보였다. 뒤로 물러나라는 신호였다.

“못 본 새 내력이 더욱 고강해졌군.”

호화검수를 물린 사도진명의 눈이 어둠 속에서 유리알처럼 반짝거렸다. 심공의 일종을 운용하고 있는 게 분명했다.

스팟!

검기 하나를 날려 사도진명을 뒤로 물러나게 만든 단천엽이 안색을 가볍게 굳혔다.

“연옥백강에 든 선배들은 하나같이 사파의 사악한 심공을 익혔군요. 그러나 내겐 그런 게 통용되지 않습니다. 사도 형은 더 이상 내 인내심을 시험하려 하지 마시오.”

단천엽의 구양구음검공을 바탕으로 한 무형검기는 일반적인 검객들이 펼치는 검기와 전혀 차원이 다른 무공이었다. 일반 검으로 펼쳐 내는 검기가 검기성강으로 향하는 초입이라면, 무형검기는 이미 검강을 뛰어넘은 경지였다.

수련만으론 이룰 수 없는 경지!

흔히 검술의 대종이라 불리는 심검(心劍)이나 이기어검술(以氣馭劍術)과 단천엽의 무형검기는 별다른 위력의 차이가 없었다. 수련이 아닌 깨달음으로만 이룰 수 있는 무도상의 무공이었기 때문이다.

그 점을 평생 검을 닦아온 사도진명이 모를 리 없다. 그 역시 이미 나이답지 않게 일류검객의 경지를 오시하는 자였다.

"설마 했는데, 진짜 무형검기로군! 진짜 무형검기야!"

나직이 탄식한 사도진명이 스릉 하고 검을 빼 들었다. 이미 단천엽의 진신절기를 꿰뚫어 보기 위해 펼쳤던 심공은 거둬진 상태였다.

단천엽이 눈살을 가볍게 찌푸렸다.

"전날 사도 형은 나에게 직접 도전하지 않았습니다."

"패배해선 곤란하니까."

"그런데 오늘은 어째서……."

"생각보다 말이 많은 친구군."

사도진명의 애검인 비천용왕검(飛天龍王劍)의 검인이 빛으로 물들었다. 처음부터 검강을 펼쳐 낸 것이다.

빛을 뿜어낸 것과 동시에 대뜸 삼 척이나 늘어난 비천용왕검을 주시하며 단천엽이 내심 미미하게 고개를 흔들었다.

'창천검문의 뇌벽지존검이다! 그러나 사도 형은 아직 뇌벽지존검의 진정한 위력을 이끌어낼 만한 역량이 없다!'

그랬다. 천하삼대검법 중 하나인 창천검문의 뇌벽지존검은 검강을 기본으로 삼는 절정의 검법이었다. 위력만으로 따지자면 삼대검법 중 으뜸이라 할 수 있으나 익히기가 매우 까다로웠다. 검법 자체가 검강을 기본으로 삼는 만큼 막강한 내공은 기본이고, 특별한 깨달음이 있어야만 대성할 수 있었다.

당금 천하에서 유일하게 뇌벽지존검을 십성 대성한 사람은 창천무극검제 모문환이었다. 그가 외동딸인 모어언에게 뇌벽지존검을 전수하지 않았으니, 이제 갓 검강을 다룰 수 있게 된 사도진명이 펼칠 만한 검법은 아닌 게 분명했다.

우우웅!

반투명하게 형성된 검강으로 단천엽의 무형검기를 밀어붙이며 사도진명이 엄숙한 표정으로 소리쳤다.

"오늘 내가 발휘할 검법의 이름은 천하제일검인 창천검문의 뇌벽지존검이다! 본 문의 비학을 펼치는 만큼 자네 역시 무공 연원을 밝히는 게 옳을 것이다!"

단천엽이 슬쩍 뒤로 한걸음 물러섰다. 이미 전력을 몽땅 끌어낸 사도진명에게 조금쯤 여유를 주기 위함이었다. 그는 일곱 개의 무형검기를 단숨에 열여덟 개로 늘려 검막(劍幕)을 펼치곤 정중히 포권했다.

"금일 창천검문의 뇌벽지존검을 맞을 본인의 무공은 구양구음검공 중 신검(神劍) 편에 수록된 무형무극검(無形無極劍)입니다. 본래 태허도룡검(太虛屠龍劍)에서 파생된 검법이니, 사도 형은 조심하시기 바랍니다!"

"태허도룡검?"

사도진명의 눈빛이 가볍게 흔들렸다. 강호에서 금기시하는 것 중 무공명이나 별호에 얽힌 것이 많았다. 서로 상극인 상대와는 대결하지 않는 게 관례인 것이다. 그런데 용검인 사도진명이 태허도룡검에서 파생된 무형무극검을 만났으니, 바로 상극을 만난 셈이었다.

파파팟!

사도진명의 눈빛이 흔들린 순간, 단천엽의 전신을 휘감고 있던 무형검기가 가는 실처럼 줄기줄기 갈라졌다. 사도진명의 전신을 옥죄어 움직임을 봉쇄하려는 의도였다.

"어림없는 짓!"

사도진명이 이를 악물었다. 어느새 그의 전신을 휘감아오기 시작한 무형검기를 향해 그의 비천용왕검이 연달아 거센 벼락을 뿜어냈다.

하나하나가 검강에 버금가는 위력!

사도진명이 펼친 건 벽력과 광풍의 정령이 깃들었다고 전해지는 뇌벽지존검이었다. 단천엽이 소홀히 상대할 리 만무했다.

씩!

내심 뇌벽지존검이 펼쳐지길 기다리고 있었던 것이리라. 단천엽의 수장이 기쾌하게 뒤집힌 순간 수십, 수백 개로 나뉘어 있던 무형검기가 모습을 일신했다. 드디어 결전이었다.

철퍼덕!

식판 위에 떨어진 건 삶은 감자가 아니라 죽은 지 꽤 되어 보이는, 그래서 반쯤 부패한 쥐의 사체였다. 끔찍한 형상은 둘째 치고 냄새가 고약했다. 비위가 제법 강한 단천엽이나 은근히 속이 뒤틀리는 걸 느꼈다.

"…식사입니까?"

금일 식사 당번을 맡은 양인도(兩刃刀) 마걸의 두툼한 입술이 슬쩍 비틀려 올라갔다.

"아주 맛있을 거다! 특별히 살이 통통한 놈으로 골랐으니까."

단천엽 대신 이미 자기 몫을 받은 기소천이 화난 표정으로 항의했다.

"이런 걸 어떻게 먹으라는 겁니까!"

마걸이 퉁명스레 코웃음 쳤다.

"흥, 생존 수련에 들어가면 식량 하나 없이 보름이나 한 달을 버텨야 한다. 이만하면 감지덕지지, 어디서 음식 투정을 하는 거냐!"

"그렇지만 어째서 천엽 형만……."

"그렇게 안타까우면 네 몫을 나눠 주든가. 식사를 제때 못하면 오늘 수련을 견디기 제법 힘들어지겠지만 말야."

"이이……."

"다음!"

먹음직한 감자를 다음 수련생의 식판에 쏟아주는 마걸을 바라보는 기소천의 얼굴이 분노로 시뻘게졌다. 하나 식사 배분은 어디까지나 식사 당번을 맡은 상급 수련생의 재량이었다.

내심 한숨을 내쉰 단천엽이 기소천을 끌고 갔다. 그는 오늘 아침 일조점호가 끝나고 수련용 장검을 잃어버렸을 때부터 이와 같은 상황을 이미 예상한 바였다.

식당의 한 켠에 자리를 잡고 앉은 기소천이 여직 분이 풀리지 않은 목소리로 식식댔다.

"오늘 오전 수련에 안 대형과 사형들을 다른 조로 배속했을 때부터 알아봤어야 하는데!"

"상급 수련생들한테 나는 완전히 찍힌 모양이군."

"그게 말이 안 됩니다! 천엽 형은 그동안 가장 모범적으로 용문 생활을 했어요. 선배들한테 이렇게 괴롭힘을 당할 이유가 없어요!"

"요즘 연옥백강들이 암습당한 일로 어수선하니까 선배들이 후배들의 군기를 잡기 위해 날 찍은 걸지도 모르지."

"그렇지만 이런 식으로……."

“뭐, 시간이 지나면 수그러들겠지.”

기소천을 다독인 단천엽이 식판 위의 썩은 쥐를 바라봤다. 바라보기만 해도 구역질이 치밀지만, 자세히 살피자 딱히 못 먹을 것도 없다는 생각이 들었다. 마걸의 말대로 용문의 생존 수련을 견디려면 음식을 가려선 안 되는 것이다.

단천엽의 젓가락이 쥐를 집어 들자 기소천이 대경실색했다. 그는 얼른 단천엽의 식판을 뺏어 들곤 볼을 부어 올렸다.

“지금 뭐 하시려는 겁니까!”

“식사하려고…….”

“쥐를 먹겠단 말입니까!”

“사실 못 먹을 것도 없겠다는 생각이 들어서…….”

팍!

식탁을 손바닥으로 내려친 기소천이 단천엽의 식판을 바닥에 쏟아 버렸다. 그는 어느 때보다 더욱 사내다운 표정을 한 채 자신의 식판을 단천엽 쪽으로 밀었다.

“제 몫을 나눠 먹도록 하죠!”

“그래도 되겠어?”

“본래 저는 그리 양이 많지 않습니다.”

용문의 수련이 어느 정도 사람의 피를 말리는지는 단천엽이 이미 경험한 바였다. 아무리 양이 적고 체력이 좋은 사람이라도 꾸준히 식사량을 늘리지 않으면 도저히 견딜 수 없는 수련 과정이었다.

기소천의 말이 그저 호언장담에 불과하다는 걸 짐작하면서도 단천엽은 천천히 고개를 끄떡였다. 그의 희생을 거절한다는 건 자존심에 상처를 입히는 것이 될 터였다.

“그럼 신세를 지기로 하지.”

기소천의 얼굴이 다시 붉어졌다. 방금 전과는 다른 의미로 그는 흥분했다. 용문에 들어온 후 처음으로 단천엽에게 도움을 주게 된 것이다.

두 사람은 사이좋게 아침을 나눠 먹었다. 멀리서 보면 사이 좋은 형제가 식사를 나누는 것처럼 보였다. 그런데 식사가 절반쯤 끝났을 때였다.

휘릭!

갑자기 식탁 위에 놓여 있던 식판이 공중으로 솟아올랐다. 단천엽과의 식사에 잔뜩 흥분했던 기소천으로선 날벼락 같은 일이었다.

기소천이 식판을 잡기 위해 뛰어올랐을 때 단천엽은 다른 쪽에 신경을 집중했다. 그는 대번에 식판을 떠오르게 만든 자와 도구를 파악했다. 이런 경우 손을 쓴 당사자에게 손을 쓰는 게 일을 가장 빨리 해결할 수 있는 지름길이었다.

‘하지만 이렇게 이목이 많은 장소에서 대놓고 망신을 줄 순 없다.’

재빨리 마음을 결정한 단천엽의 손가락이 젓가락을 팅겼다. 젓가락은 바로 손을 쓴 당사자와 공중으로 떠오른 식판의 중간을 가로질렀다. 강철보다 강하다는 천잠사를 끊을 정도의 공력이 실린 채.

팅!

오직 단천엽과 천잠사의 주인만이 의미를 알 수 있는 소음과 동시에 공중으로 떠올랐던 식판이 바닥으로 추락했다. 갑작스런 변화였다.

그 순간, 이미 공중으로 떠올랐던 기소천의 신형이 뒤틀렸다. 그는 몇 번의 곡예 끝에 발끝으로 식판을 받아냈다. 아직 절반이나 남은 밥을 놓칠 수 없다는 집념이었다.

휘릭!

발끝으로 받은 식판을 슬쩍 차올린 기소천이 재빨리 뒤틀렸던 자세를 바로 했다. 식판을 받아낼 때와 같이 안정된 신법. 이곳 저곳에서 박수가 터져 나왔다.

갑자기 식전부터 관람하게 된 일 막의 고절한 곡예였다. 땅에 떨어진 낙엽이 굴러가는 것만 봐도 웃음을 터뜨리고 장난기가 발동할 나이의 하급 수련생들로선 박수쯤 못 칠 까닭이 없었다. 그들은 아직 돌아가는 상황 파악이 덜 된 채였다.

박수 소리가 잦아들 무렵 앞서 손을 썼던 천잠사의 주인과 몇몇 상급 수련생이 자리에서 일어섰다. 그들은 배식을 끝내고 앞치마를 푼 양수도 마걸과 무영귀사(無影鬼絲) 지규화, 독조(毒爪) 가진경을 주축으로 한 연옥백강 중 육 인의 하위 서열자들이었다.

신형을 일으키자마자 단천엽과 기소천을 품 자 형으로 에워싼 육인 중 우두머리는 서열 칠십삼위의 무영귀사 지규화였다. 이미 자랑하던 천잠사가 끊기는 낭패를 당한 그의 싸늘한 시선이 단천엽을 향했다.

"과연 춘계쟁투지회를 제패했다더니, 제법 숨겨놓은 한 수가 있구나! 하지만 아직 하급 수련생 주제에 건방을 떠는 걸 연옥백강이 용납하리라 생각한 건 아닐 테지?"

"……."

단천엽의 침묵 속에 슬금슬금 하급 수련생들이 식당 밖으로 빠져나가기 시작했다. 뒤늦게나마 상황 파악을 한 자들과 심약한 성격을 지닌 몇몇이었다.

그때 주먹을 불끈 쥔 기소천이 항의하듯 소리쳤다.

"천엽 형이 도대체 무얼 잘못했다는 겁니까! 아무리 연옥백강에 속한 선배들이라곤 하나 아무런 잘못도 없는 후배를 이렇게 겁박해도 되는 겁니까!"

"이런 건방진 녀석이!"

기소천에게 손을 쓰려던 독조 가진경을 양수도 마걸이 제지했다. 그는 퉁명스런 목소리로 말했다.

"저 계집애 같은 녀석은 천도각 소속의 소공자다. 이렇게 눈이 많은 곳에서 손을 보는 건 곤란해."

"천도각?"

"사실 지금은 저 단천엽이란 건방진 녀석의 애인 노릇을 하고 있지만, 사실이야."

"홍, 얼굴이 곱상하다 했더니, 음양인(陰陽人)이었나?"

결국 가진경이 냉소하며 뒤로 물러서자 기소천의 안색이 붉다 못해 진홍색으로 변했다. 단천엽에게 전수받은 천부경으로 안정됐던 살기가 다시 치솟아오른 것이다.

바로 그때였다. 기소천을 향해 연신 조소를 던지고 있던 가진경과 마걸의 안색이 창백하게 질렸다. 그들뿐 아니라 연신 단천엽의 빈틈을 노리고 있던 지규화와 나머지 삼 인 역시 안색이 변하긴 마찬가지였다.

차차차차창!

어느새 대다수의 하급 수련생들이 빠져나간 식당 안을 장악한 건 철검회 소속의 호화검수들이었다. 한 명 한 명이 연옥백강에 속한 그들이 검을 빼 들어 자신들을 에워싸자 지규화가 눈살을 가볍게 찌푸리며 목소리를 높였다.

"여기 있는 녀석들이 철검회 소속이었던가? 만약 그렇다 하더라도 이렇게 노골적으로 우리를 적으로 돌리는 건 철검회에 이익이 없는 일일 텐데?"

그때 식당 안으로 한 명의 왜소한 검사가 걸어 들어왔다. 검객으로는 치명적일 정도로 작은 키에 용암처럼 강한 열정이 깃든 눈동자. 그는 호화검수들의 대형인 용검 사도진명이었다.

"사, 사도진명!"

목소리를 더듬은 지규화가 입술 근육을 꿈틀거렸다.

"이번 일에 당신이 배후에 있는 것이오!"

사도진명의 강맹한 눈빛이 지규화를 더듬었다.

"네 녀석에게 그런 질문을 할 자격이 있느냐?"

"그, 그건……."

"돌아가라!"

"역시 당신이……."

숨을 헐떡이는 지규화에게 사도진명이 냉소했다.

"네 녀석들의 대형인 삼재검풍 유진서는 나와의 정당한 비무에 패한 것이다. 다른 녀석들과 마찬가지로."

"그게 무슨?"

"유진서와 다른 녀석들의 부탁을 받고 그동안 나는 비무에 대해 입을 다물고 있었다. 그들의 체면을 존중했기 때문이다. 그런데 오늘 너와 다섯 명의 얼간이들 때문에 유진서의 체면이 땅바닥에 떨어졌구나!"

"으!"

지규화를 비롯한 오 인이 동시에 고개를 땅바닥으로 떨구었다. 사도진명의 말대로 그들 덕분에 대형인 유진서가 정당한 비무에 패해 드러

누웠다는 사실이 용문 전체에 소문나게 된 셈이다. 앞으로의 일이 난감하지 않을 수 없었다.

그때 침묵하던 단천엽이 입가에 미소를 띤 채 나섰다.

"어차피 서로 간에 비밀을 지키기로 약속된 일이었습니다. 오늘 약간의 오해가 있었다곤 하나 약속을 어길 수는 없는 노릇이지 않습니까?"

지규화가 구원을 바라는 눈빛을 단천엽에게 던졌다.

"그럼 어떻게?"

단천엽이 주변을 둘러보곤 말했다.

"이곳에서 벌어진 일에 대해 모든 사람이 입을 다물면 되는 게 아니겠습니까? 마침 이곳에 모인 사람이 몇 명 안 되는 데다 서로 안면이 있으니 함부로 입을 열어 다른 사람의 명예를 욕되게 할 사람은 없을 것입니다."

"그게 가능할까?"

"약속을 받아야겠지요."

지규화에게 답한 단천엽의 시선이 사도진명을 향했다.

"사도 선배께서도 이번 일을 더 이상 크게 만들 생각은 없으시겠지요?"

"그렇다면?"

"사도 선배가 이번 일을 없었던 것으로 하자 명하는데, 감히 이곳에 따르지 않을 사람이 어디 있겠습니까?"

"자네……."

사도진명은 하려던 말을 참았다. 그가 오늘 일부러 이곳을 찾은 건요 근래 벌인 일 때문에 단천엽이 곤란을 겪지 않게 하려는 의도였다.

그래서 평소 성격답지 않게 요란을 떨며 등장했는데, 단천엽의 말을 듣고 보니 그동안의 걱정이 노파심이었다는 생각이 들었다. 이곳에 모인 어떤 사람도 단천엽과 지모를 겨뤄 이길 만한 자는 없어 보였다.

'후! 나로 하여금 안심하고 떠날 수 있게 만들어주는군!'

내심 쓴웃음을 머금은 사도진명이 지규화 등에게 묵직하게 고개를 끄떡여 보이고 단천엽을 손짓해 불렀다. 그가 오늘 이곳에 모습을 드러낸 데는 단천엽의 누명을 벗겨주는 것 외에 또 다른 까닭이 있었다.

"역시 그랬군요."

이미 짐작하고 있었다는 반응이었다. 단천엽이 고개를 끄떡이자 사도진명의 눈빛이 가볍게 흔들렸다.

"짐작했다는 투로군. 이번에 내가 용문을 나가는 일은 누구에게도 발설한 적이 없는데."

"모 소저에게도 얘기하지 않으셨습니까?"

"요즘 정신없이 바쁜 그분에게 걱정을 끼쳐 무얼 하겠나. 무쌍창 금난주가 어떻게 알았는지 대충 짐작한 듯해서 더 이상 얘기하지 않았네."

단천엽은 내심 탄식이 흘러나오는 걸 느꼈다. 눈앞의 사도진명은 굳건한 사내대장부였고, 무공 역시 고강했다. 그런 사람이 모든 것을 바쳐 충성하는 모어언을 생각하자니 마음 한 켠이 무거워졌다.

"내가 본 사도 선배는 모 소저에 대한 충성심이 강하고 자신의 가치를 아는 사람입니다. 그런 사도 선배가 갑자기 연옥백강의 상위 서열자들과 위험한 비무를 하고, 저를 유인해 직접 실력을 확인했습니다. 만약 사도 선배가 계속 모 소저 근처를 지킬 수 있다면 그런 일은 일어날 수 없었겠지요."

단천엽의 설명을 들은 사도진명이 천천히 고개를 끄떡였다. 그의 설명을 듣자니 자신이 요 근래 행한 일에 너무 많은 허점이 있었다. 수긍할 수밖에 없는 것이다.

단천엽의 설명이 계속됐다.

"게다가 사도 선배가 제게 펼친 뇌벽지존검은 완벽하진 않지만 기본이 훌륭하게 잡혀 있었습니다. 결코 허술하게 전수된 검법이 아니었지요."

"그래서?"

"예, 창천검문에서도 뇌벽지존검에 대한 연마가 허락된 사람은 극소수이고, 예외가 있다면 대단히 위험한 임무를 처리해야 할 때라고 들었습니다. 사도 선배의 뇌벽지존검이 그처럼 확실히 기초가 잡혀 있으니, 필시 근일 중에 용문을 떠나 중요한 임무를 수행하리라 짐작했습니다."

"그랬군."

사도진명은 단지 그 한마디밖에 꺼낼 수 없었다. 몇 마디 말을 내뱉는 순간 얼마나 많은 비밀을 단천엽에게 털릴까 두려웠다.

그때 단천엽이 다소 열의가 느껴지는 표정으로 말했다.

"모 소저는 제게도 소중한 사람입니다. 비록 사도 선배의 부탁대로 철검회에 가입할 순 없지만, 전력을 다해 그녀를 보호할 것입니다."

"정말 그래 주겠는가?"

"사나이끼리의 약속입니다. 어찌 두말이 필요하겠습니까!"

"그렇군."

고개를 끄떡인 사도진명이 문득 화제를 바꿨다.

"그런데 역시 그때 자네는 날 봐줬던 거로군?"

"그건……."

"하긴 아직 내 뇌벽지존검은 완벽하지 못하니까 어쩔 수 없었을지도. 하지만 내가 다시 이곳으로 돌아왔을 때도 그렇진 않을 것이야. 그때는……."

"즐거이 기다리겠습니다. 사도 선배가 완성한 뇌벽지존검을 다시 상대하게 될 날을."

사도진명의 말을 끊은 단천엽이 빙긋 웃었다. 전날 그의 뇌벽지존검을 완벽하게 무력화시키곤 신형을 돌려 달아날 때 보였던 바로 그 미소였다.

■ 제35장 ■
추국(秋菊)

추국(秋菊), ı

뇌벽지존검의 검강은 하나하나가 하늘에서 떨어지는 뇌전이었다. 삼 척의 검강이 움직이기 시작하자 단숨에 뇌강(雷罡) 십여 개가 단천엽에게 파고들었다. 사도진명은 처음부터 전력을 다한 공격을 감행해 왔다.

그러나 단천엽이 펼친 무형무극검은 구양구음검공의 음양지기를 기반으로 하고 있었다. 검법 자체는 중원의 태허도룡검이나 그 속에 담긴 힘은 전혀 상이했다. 검의 형태를 취하고 있던 무형검기가 순간 마치 살아 있는 생명체처럼 반응을 보였다.

카카카캉!

연달아 폭발한 뇌강은 자유자재로 모습을 바꾸는 무형검기의 벽을 뚫지 못했다. 몰아치는 파도는 굳건한 바위에 막혀 전진할 수 없었다. 공중에서 휘몰아치기 시작한 검기의 폭풍이 하늘의 벼락을 막아낸 것이다. 격렬한 폭풍의 끝이었다.

그 순간 잠시 멈칫했던 무형검기가 뒤이어 터져 나온 뇌강을 튕겨냈다. 이미 최초의 일격에 전력을 쏟은 뇌벽지존검은 크게 위세가 약해져 있었다. 그사이 방어에 치중하던 무형검기가 움직이기 시작했다.

파파파파파!

흡사 아름다운 춤사위와 같은 단천엽의 손짓을 따라 공중에서 다시 분산된 무형검기는 일제히 생명을 얻은 듯 크게 똬리를 틀었다.

하늘을 노니는 천룡(天龍)을 제압하는 검!

무형무극검의 원류인 태허도룡검의 변화가 시작되자 이미 위세가 약해진 뇌벽지존검은 전혀 상대가 되지 않았다. 억지로 세 번째 초식을 펼친 뒤부터 사도진명은 무형검이 떨어져 내릴 때마다 연신 뒤로 물러서기 바빴다. 이미 비천용왕검에 맺힌 검강은 일 척까지 줄어든 상태였다.

만약 평상시 같았다면 단천엽은 그쯤에서 손을 멈췄으리라. 이미 승부는 결정된 것이나 다름없었다. 사도진명의 검권 주변은 온통 무형무극검의 검기로 가득했다. 앞으로 나설 수도, 뒤로 물러설 수도 없는 형세였다.

그런데 잠시 공중에서 멈칫했던 무형무극검이 꿈틀거리는 변화와 함께 더욱 사도진명을 들이쳤다. 여전히 살아 있는 그의 눈을 발견한 뒤의 변화였다.

다시 시작된 무형무극검은 사도진명에게 물러설 기회조차 주지 않는 모습이었다. 모르는 자가 봤다면 불구대천의 원수를 주살하려는 듯 무형검에는 살기가 넘쳤다.

두 사람의 격전을 지켜보던 호화검수들의 이가 악물렸다. 사도진명의 엄한 명령이 없었다면 그들은 이미 단천엽을 협공해 들어왔을 터였다. 그만큼 현재 사도진명의 모습은 절체절명 그 자체였다.

"대형!"

호화검수들의 외침이 터진 것과 동시였다. 연이어 집중된 단천엽의 맹공을 더 이상 버티지 못한 사도진명의 비천용왕검이 하늘로 날아올랐다. 단천엽은 결국 사도진명이 도저히 변명할 수 없을 정도로 제압하는데 성공한 것이다.

"으으!"

비틀거리며 뒤로 물러서면서도 사도진명은 장세를 펼쳐 요혈을 방비했다. 아직 그는 포기하지 않고 있었다.

씩!

웃음과 함께 어느새 무형검기를 거둬들인 단천엽의 신형이 사도진명의 사각을 파고들었다. 끝마무리는 비권 천류영의 파권식(破拳式), 풍뢰난무(風雷亂舞)였다.

꿈질!

가부좌를 틀고 앉아 있던 단천엽의 감긴 눈이 미세한 움직임을 보였다. 그는 얼마 전부터 시작한 연상(聯想)의 방법으로 사도진명과의 일전을 세세히 살피던 중이었다.

몸을 단련하는데 중점을 둔 일반 수련과 달리 이러한 연상 수련은 세세한 움직임과 체험을 반복적으로 떠올려 학습을 극대화하는 효과가 있었다.

무공을 단숨에 한 단계 올릴 수도 있는 기회!

목숨을 걸었던 격전 시 얻었던 깨달음은 한줄기 바람과 같았다. 느끼는 것과 동시에 터득할 수 없다면 덧없이 놓치는 일이 비일비재했다. 그런 일에 대비하는 게 바로 연상 수련이었다.

연상 수련이 경지에 오르면 전날 얻었던 깨달음을 다시 느낄 수도 있고, 체내와 체외 모두 시간이나 장소와 관계없이 단련할 수도 있었다.

일류의 무공을 연마한 자가 절정으로 가기 위해선 모두 이와 같은 연상 수련의 단계를 거쳐야만 했다. 단천엽의 연상 수련이 이미 실제와 환상을 분간할 수 없는 경지에 이르렀으니, 더 이상 몸을 혹사해서 무공을 높일 필요가 없었다. 이제 그 같은 경지를 벗어났다고 볼 수 있었다.

그런 연상 수련이 중간에 끊겼다. 이변이 없고서는 있을 수 없는 일이었다.

눈을 뜨자마자 가부좌를 풀고 신형을 일으킨 단천엽의 주변으로 한 줄기 회오리바람이 일어났다. 자연스레 몸을 보호하며 외기가 발동한 것이다.

"선배들은……."

육무잠형대절진의 요처, 단천엽의 비밀 수련 장소인 사자의 길의 한 켠에 모습을 드러낸 건 일곱 명의 검수였다. 일제히 얼굴에 복면을 쓴 그들의 모습을 좀 전의 연상 수련에서 확인한 단천엽이 나직이 한숨을 토해냈다.

"후우, 사도 선배의 복수를 하기 위해 이곳을 찾은 겁니까?"

일곱 명의 검수는 철검회 호화검수 중 칠검(七劍)이라 불리는 사도진명의 사제들이었다. 일반적인 호화검수와는 격이 다를뿐더러, 하나같이 창천검문의 후기지수들이었다. 그들이 단천엽을 찾은 만큼 다른 이유는 찾기 힘들었다.

단천엽의 물음에 움찔 동요의 기색을 보인 칠검 중 첫 번째인 파쇄검(破碎劍) 사도진영이 한걸음 앞으로 걸어나왔다. 그의 기도가 낯설지 않다고 느낀 단천엽이 눈을 살짝 가늘게 뜨더니, 곧 고개를 끄떡였다.

"작은 사도 선배였군요?"

사도진영의 눈빛이 깊어졌다.

"형님께서는 어제 용문을 떠나셨소이다."

"역시……."

"형님께서 용문을 떠나시기 전에 단 소협을 만났다고 알고 있소이다. 그때 나눈 이야기를 내게 해줄 수 있겠소이까?"

사도진영의 태도는 당당했다. 풍기는 기도로만 보면 형인 사도진명보다 더욱 위압적이었다. 그가 사도진명이 떠난 철검회에서 어떤 위치에 서리라는 건 미뤄 짐작할 수 있었다.

'그러나 사도 선배가 지닌 걸 작은 사도 선배는 가지지 못했다. 지금은 그저 한 수 정도 뒤처져 있겠지만, 후일의 성취는 비교가 불가능하리라.'

내심 사도진영에 대한 평가를 내린 단천엽이 담담히 대답했다.

"사도 선배와의 대화는 비밀로 하기로 했습니다."

"비밀? 나는 그분의 친동생이고, 나머지는 사제이며 의형제들이오. 그런데도 말해 줄 수 없다는 것이오?"

"사나이가 한마디로 약속을 했는데, 일구이언할 순 없습니다. 오늘 외진 이곳까지 찾아주셨는데, 미안하게 됐습니다."

단천엽은 슬쩍 고개를 숙여 보였다. 이미 최초에 일으켰던 외기는 흔적도 없이 사라진 상황이었다. 사도진영과 칠검의 눈앞에 있는 단천엽은 평범한 용문의 하급 수련생 중 한 명일 뿐이었다.

'그런데 어째서 내 몸은 이리 떨리고 있는가!'

어느새 몸에 닭살이 잔뜩 돋았음을 직감한 사도진영이 짧은 침묵 끝에 다른 화제를 끄집어냈다.

"그럼 내 다른 걸 질문하겠소!"

사도진영의 눈이 그래도 되겠냐는 의사 타진을 하자 단천엽이 담담히 웃어 보였다.

"작은 사도 선배는 하문하십시오."

막힌 속이 뚫리는 기분이었다. 몸을 와들와들 떨리게 했던 위압감이 반감되자 사도진영이 마른침을 꿀꺽 삼켰다. 아직 그에겐 단천엽에게 들어야 할 말이 남아 있었다.

"단 소협은 우리 철검회에 들어오는 거겠지요?"

"그 점은 확답드릴 수 없습니다."

"설마 철검회가 아니라 낭인회나 반룡회에 들어가겠다는 건 아닐 테지요?"

단천엽이 고개를 가로저었다.

"철검회주인 모 소저는 이미 제 도움을 받지 않겠다고 했습니다. 이제 와서 제가 철검회에 들어갈 순 없지요."

"그렇다면……."

"하지만 앞으로 철검회와 모 소저에게 어려운 일이 생길 경우 저는 전력을 다할 것입니다."

단천엽의 얼굴엔 담담한 가운데 한 가닥 굳건한 기상이 흘렀다. 용문을 떠날 때의 사도진명과 겹쳐지는 모습이었다.

이러한 얼굴을 한 사람에게 재차 확답을 요구한다는 건 어려운 일이었다. 사도진영이 내심 한숨을 내쉬었다. 항상 형인 사도진명이 맡았던 일을 대신하자니, 피곤이 엄습해 왔다.

“형님은 용문을 떠나기 전 우리 칠검만 따로 불러 앞으로 단 소협을 따르란 명을 내리셨소이다.”

“그런!”

단천엽이 다소 놀란 기색을 띠자 잔뜩 긴장하고 있던 칠검 사이에 작은 파탄이 일어났다. 단천엽이 이번 일을 몰랐다는 점을 그들은 이해할 수 없었다.

사도진영이 급히 목소리를 높였다.

“설마 형님에게 언질을 받지 못했단 말입니까!”

단천엽이 고개를 가로저었다.

“만약 사도 선배에게 그 같은 말을 들었다면, 그 자리에서 바로 거절했을 겁니다. 어찌 연옥백강에 든 선배들을 하급 수련생인 제가 거둘 수 있겠습니까?’

“그 점에 관해서라면……”

잠시 말끝을 흐리고 단천엽의 고요한 안색을 살핀 사도진영이 결심한 듯 말을 이었다.

“형님이 떠나면서 연옥백강 서열 칠위의 자리는 공식적으로 공석이 됐습니다.”

“설마?”

“형님은 대교두 앞에서 단 소협과의 비무에 대해 설명했고, 저희 칠검이 공증인으로서 확인했습니다. 그러니 내일부터 단 소협은 더 이상 용문 지자조의 하급 수련생이 아니게 되었습니다. 정식으로 연옥백강의 서열 칠위 자리를 계승하게 됐으니까요.”

단천엽은 그제야 사도진영을 비롯한 철검회의 칠검이 오늘 자신을 찾아와 예의를 갖춘 까닭을 알 것 같았다. 사도진명은 용문을 떠나며 철검회주 모어언뿐 아니라 그 자신의 동생들마저 단천엽의 어깨에 짐 지워준 것이다.

천하맹 총단을 떠난 사도진명이 향한 곳은 근처의 주변이 한눈에 내려다보이는 이름 모를 야산이었다. 기껏해야 작은 동산을 이룰 정도의 야산이지만, 나무가 드문 황량한 바위산이라 사람이 찾지 않아 좋았다.

정상에 올라 멀리 보이는 천하맹 총단의 웅대한 모습을 바라보는 사도진명의 얼굴에 짙은 애수가 흘렀다. 떠나겠다는 그의 마지막 보고에 고개만 끄떡여 보이던 모어언과 옆에서 펄펄 날뛰던 금난주의 얼굴이 번갈아 떠올랐다. 고독한 미소 한 가닥이 그의 입가에 머물렀다 사라졌다.

천하맹, 아니, 창천검문에 입문한 뒤 사도진명이 무공 연마에 들인 노력은 타인의 상상을 불허하는 것이었다. 재질로만 보면 동생인 사도진영보다 못하나 그는 남들의 수배에 달하는 노력으로 이를 극복했다. 아니, 극복했다고 생각했다. 사련(邪戀)이 찾아온 건 오 년이 조금 덜 된 봄날의 어느 날이었다.

새벽부터 연무에 여념이 없던 사도진명은 근처에서 나는 신비로운 매화 향기에 취했다. 꽃을 봐도 아무런 감흥이 없는데, 하물며 꽃 향기에 취하다니!

사도진명은 그날 자신이 잠시 정신이 나갔었다는 생각이 들었다. 그렇지 않고서야 한낱 매화 향기를 좇아 한 번도 발을 들여놓은 적이 없던 검무각의 내원을 찾았을 리 만무했다.

하지만 사도진명은 결코 그때의 결정을 후회해 본 일이 없었다. 그렇게 찾아든 내원에서 연무에 몰두하고 있던 모어언을 처음으로 발견했기 때문이다.

하늘에서 내려온 천녀!

사도진명은 자신이 천녀의 춤사위를 몰래 훔쳐보고 있다는 생각에 죄 악감을 느꼈다. 자신의 속된 눈으로 모어언을 바라보는 건 있을 수 없는 일이라 생각했다. 설혹 그녀를 위해 목숨을 거는 날이 온다 할지라도.

'그렇게 오 년이 흘러 소년은 청년이 되었고, 조그만 천녀는 아름다운 여인이 되었다. 그런데 하늘에서 내려온 천녀의 곁에는 멋진 낭군이 있구나!'

사도진명의 입가에 고졸한 한숨이 매달렸다. 모어언과 스스럼없이 대화를 나누는 단천엽의 모습을 보고 살의를 느꼈던 자신과 그의 손 아래 처참하게 패배한 자신의 모습이 겹쳐 보였다. 그럼에도 더 이상 단천엽에게 분노를 일으키지 못하는 자신의 나약함에 진저리가 났다.

그때 어디선가 한줄기 바람이 불어오더니 사도진명의 몸을 후끈 달아오르게 만들었다. 사도진명은 언제 애상에 빠졌냐는 듯 벌떡 신형을 일으켜 세웠다. 강적이 나타났다는 생각이 그의 경계심을 잔뜩 끌어올렸다.

"누구냐!"

이미 내력을 극한까지 끌어올린 사도진명의 목소리는 그리 크지 않았다. 허를 찔린 이상 상대방의 허점을 노려야 했다. 본신절기는 최대한 숨기는 게 옳았다.

"내가 누군 줄 알면 어쩌려는 게지?"

사도진명의 배후에서 들려온 목소리에는 중후함과 묘한 자신감이 깔려 있었다. 적이 예상보다 더욱 대단하다는 생각을 한 사도진명이 신형을 돌리는 것과 동시에 발검했다. 용문을 나서자마자 살인멸구(殺人滅口)를 해야 할지도 몰랐다.

“파뢰참정(破雷斬頂)! 다음은 뇌광부동(雷光不動)으로 방어하고, 마뢰관일(摩雷貫日)로 반격하려는 것이겠지?”

움찔!

사도진명의 검은 과연 발검과 동시에 파뢰참정을 펼치고, 뇌광부동으로 넘어가려는 참이었다. 앞의 삼초식은 뇌벽지존검의 전 육식 중 그가 가장 자신하는 초식이었다. 그러니 사도진명이 자신보다 더욱 속속들이 뇌벽지존검의 초식을 파악하고 있는 사람의 정체를 눈치 채지 못할 리 만무했다.

털썩!

검을 거둬들인 것과 동시에 바닥에 오체투지한 사도진명이 고개조차 들지 못한 채 목소리를 높였다.

“창천검문의 십구대 제자 사도진명이 문주님을 뵈옵니다!”

사도진명의 바로 앞에 장대한 그림자 하나가 떨어져 내렸다. 얼굴이 태양 빛을 가려 흐릿한 윤곽밖엔 보이지 않는 사나이가 슬며시 고개를 끄떡여 보였다.

“앞으로 다시는 그런 말을 언급해선 안 되느니.”

“제자, 명심하겠습니다!”

“그럼, 그동안 천하맹의 총단에서 벌어진 일에 대해 들어보기로 할까?”

사나이의 말이 떨어진 순간 사도진명의 고개가 약간 들어 올려졌다. 입 모양을 숨긴 채 보고를 할 순 없었기 때문이다.

추국(秋菊) 2

천하맹 총단으로부터 십여 리 정도 떨어진 이름 모를 야산. 근동의
사람들에겐 대머리 산이라 불리는 곳의 정상에는 지금 바람이 불고 있
었다.

여름이 가고 가을이 오는 바람!

분명 그 바람을 타고 날아오는 건 여름을 재촉하던 황사와는 다른
맑고 투명한 가을의 냄새였다. 하늘은 끝없이 높고 파란빛으로 물들어
있었다.

바람, 그 자체에 몸을 맡긴 듯한 모습이었다. 대머리 산의 정상에 홀
로 선 채 바람과 노닐고 있던 중년인의 모습은 그토록 자연스럽게 바
람과 어울렸다.

바람에 몸을 맡기고 있으되 그 자체로 바람을 제압하고 있는 듯한
웅풍, 중년인을 천하무림은 천하제일패(天下第一覇) 창천무극검제 모문

환이라 했다.

반개하고 있던 모문환의 눈이 뜨여진 건 태양이 중천에 떠올랐을 무렵이었다. 천하의 어떤 것도 감히 그 앞에서 이름을 앞세울 수 없다는 패왕의 시선이 돌려지자, 그곳에는 세 명의 노승(老僧)이 모습을 드러내고 있었다.

"늦으셨소이다!"

모문환이 입을 떼자 세 노승이 일제히 정중하게 일수합장을 해보였다.

"아미타불! 빈승들은 맹주의 상념을 깨고 싶지 않았을 뿐이외다!"

세 노승 중 가운뎃자리, 백미에 어울리지 않게 청수한 얼굴을 한 노승의 목소리는 창노했다. 겉으로 보이는 모습은 그저 육순이 조금 넘어 보이나 그의 실제 나이는 이미 여든이 훌쩍 넘은 상태였다. 좌우에 거느린 노승들이 칠순으로 더욱 늙어 보이는 것과 대조되는 모습이었다.

모문환이 고개를 끄떡였다.

"다른 자가 만약 그같이 본인의 말에 토를 달았다면 무사하지 못했을 거요. 하나 그 사람이 파불의 회심 대사라면 한 수 접어줘야겠지요."

회심 대사! 혹은 회심 대선사라 불리는 이는 파불소림의 당대 장문인(掌門人)이며, 아미신창의 심수 사태, 종남선파의 일엽 도장과 더불어 구산 삼대고수로 손꼽히는 고승이었다. 아무리 모문환이라 해도 함부로 대할 만한 상대가 아닌 건 당연했다.

파라락!

회심 대사의 양옆을 지키고 있던 파불쌍금강(破佛雙金剛), 회구(悔垢)와 회진(悔瞋) 양 노승의 가사 자락이 강하게 펄럭였다. 노구임에도 그들의 눈빛은 강철조차 녹일 듯 강렬한 기운을 뿜어냈다. 당사자인 회심 대사의 태연한 모습과는 조금 차이가 있는 반응이었다.

"아미타불!"

나직한 불호성과 함께 회심 대사가 백설같이 하얀 눈썹을 슬쩍 치켜올리며 사제들을 제지했다.

"아무리 소림이 임제를 떨궈냈다곤 하나 우리는 불제자의 본분을 지켜야만 하느니. 어찌 나이 어린 시주의 한마디에 경망을 떨려 하는가!"

"장문 사형의 말씀이 옳소이다!"

"불제자가 죄를 알겠나이다!"

파불쌍금강은 재빨리 눈에 담았던 뜨거운 기운을 거뒀다. 회심 대사와 그들이 같은 항렬이긴 하나 지위가 달랐고, 깨달음 또한 차이가 있었다. 죄를 인정하는 그들의 모습은 흡사 사부나 불존을 대하는 것과 다름없었다.

모문환이 내심 고개를 끄떡이고 말했다.

"회심 대사가 이리 정정하시니, 파불은 아직 걱정이 없겠습니다. 바로 본론으로 들어가지요. 이번에 피불에 보내려 고른 아이가 금강동(金剛洞)에 들 만하겠소이까?"

"금강동이라고 하셨소이까?"

"금강동에 들이지 못할 바에야 전도가 유망한 녀석을 어찌 냄새나는 땡초들의 소굴에 집어넣을까요? 대사는 가부만 말해 주시는 게 좋을 것이오."

다시 파불쌍금강의 안색이 변했다. 무학이 극에 이르러 불법까지 깊이 참오한 회심 대사와 달리 그들은 일반 강호무인과 별반 다를 바 없는 성정을 지니고 있었다.

'쯧쯧, 나이를 그만치 먹었으면, 성질이 누그러질 만도 하건만.'

회심 대사가 내심 혀를 차고 모문환에게 고개를 끄떡였다.

"그 창천검문의 소시주는 근골이 제법 괜찮소이다. 굳은 의지만 있다면 금강동에 들 수 있으리라 보오이다. 그 안에서 얼마나 많은 공효를 얻을지는 전적으로 소시주의 의지견정함에 달렸겠으나."

"녀석의 재질이 최상은 아니나 참을성과 끈기로만 따지자면 천하에 둘을 찾을 수 없을 것이오. 파불의 금강동에 들 수만 있다면 출동 시 이 사람 못지않은 공효를 볼 수 있을 것이오."

"그건 대단한 일이로군요."

회심 대사가 얼굴에 놀란 기색을 띠자 모문환이 장대한 어깨를 가볍게 들썩거렸다.

"하하, 그거야말로 대단한 일이겠지요. 파불 역사상 금강동에서 가장 큰 공효를 본 건 바로 날 테니까!"

"으음, 그렇다면 어찌해서 소시주를 상천으로 보내려 하시는지?"

웃음을 멈춘 모문환의 눈빛이 깊어졌다. 갑자기 좋던 기분을 잡친 것이다. 그의 얼굴에 일시 가벼운 짜증이 떠올랐으나 곧 평온을 되찾았다.

"대사도 대충 눈치 챘을 거면서 확인할 필요 있겠소!"

"그럼 역시……."

"고자에게 창천검문과 천하맹을 맡길 순 없지 않겠소! 녀석에게 큰 기대를 품고 뇌벽지존검마저 전수했거늘."

잠시 화난 표정을 지어 보인 모문환이 나직한 한숨과 함께 말을 이었다.

"뇌벽지존검은 양기의 검! 파불의 금강동에 들어 기연을 얻는다면,

팔성이나 구성까진 연마가 가능할 것이오. 하지만 그 이상은 도저히 무리이니, 상천에 침투시켜 황제를 견제하는 방벽으로 삼는 게 무림으로선 최선일 것이오.”

“하긴 이미 양구를 잃었으니…….”

“소환관으로 들어갔다가 재주를 인정받아 황제의 측근에 들 수도 있겠지요. 녀석의 지닌 재주라면 별로 어렵지 않은 일일 것이오.”

말을 끝낸 모문환이 화제를 바꿨다.

“그건 그렇고, 사부 늙은이의 행방을 찾았소이다.”

“신승(神僧)의 행방을 찾으셨단 말씀이시오!”

표정을 읽을 수 없던 회심 대사의 얼굴에 다소 놀란 기색이 떠오르자 모문환이 고개를 끄떡였다.

“그동안 본 맹의 용문 삼십육방에 숨어 있었던 모양이오. 하긴 그곳만큼 천하의 이목을 속이고 그 늙은이가 숨어 있기 편한 곳도 없겠지.”

“그렇구려.”

버릇처럼 일수합장을 한 회심 대사의 눈빛이 파불쌍금강을 능가할 정도로 강렬해졌다.

“그럼 맹주께서는 앞으로 그분을 어찌하실 생각이십니까? 설마 사부였던 분께 위해를 가하진 않으시겠지요?”

“그건 모르는 일이지 않겠소!”

“맹주!”

“그렇게 날 짐승 보듯 하진 마시오! 나도 사부 늙은이에게 손을 쓰고 싶은 생각은 없소이다. 딱히 이길 자신도 없고.”

“그렇다면?”

"모든 건 현재 맹을 장악하고 있는 내 의동생과의 관계를 따진 후에 결정할 문제가 아니겠소?"

"흑의문상……."

"그 친구 너무 많이 컸거든. 이 모문환이 걱정이 돼서 폐관을 깨고 나와야 했을 정도로."

회심 대사가 일순 가볍게 놀란 목소리를 냈다.

"맹주께서 그동안 폐관을 하고 계셨소이까? 빈승이 아는 바론 변방을 돌아다니며 비무행을 했다고……."

"아아! 세상에는 그리 알리지 않았소이까! 세상의 이목이 있으니 폐관을 했다고 주장하는 게 옳지요."

"그렇지만 이곳에 있는 사람은 빈승과 빈승의 사제들뿐인데, 굳이 그렇게 불제자 앞에서 거짓을 말하는 것도 법도는 아닐 듯합니다."

"따지지 마시오! 고승이라 불리는 사람이."

"허허허!"

미소와 함께 농을 거둔 회심 대사가 드디어 마음에 담아뒀던 말을 끄집어냈다.

"그럼, 맹주의 거짓말에 대한 건은 넘어가기로 하고, 변방에 대한 이야기를 한번 해주시겠소이까?"

"변방?"

"그저 변방의 강호들에게 패배의 고통을 알려주기 위해 중원을 떠나셨던 건 아닌 줄 압니다만?"

"흐음."

"설마 중원제일의 패왕이라 불리는 분이 바보같이 일패도지하고 돌아오신 건 아닐 테지요?"

“그건 아니지만, 꽤 많은 일이 있었소이다.”

“많은 일?”

“그렇소! 생각했던 것보다 훨씬 많은 일을 나는 경험했소이다. 그래서 폐관의 기간이 이리 늦춰졌던 것이고.”

“그건 참 대단한 일이었겠소이다!”

“대단한 일이었지요! 나는 한 번도 상상하지 못했던 지옥을 보고 돌아왔으니까.”

모문환의 마지막 말은 혼잣말에 가까웠다. 하나 회심 대사가 듣지 못할 리 만무했다. 모문환의 얼굴에 떠오른 잔혹한 표정을 살피는 회심 대사의 입가에 가벼운 한숨이 내걸렸다.

모문환과 헤어져 대머리 산을 내려온 회심 대사와 파불쌍금강은 산 아래에서 기다리던 사도진명을 보고 발길을 멈춰 세웠다. 이미 모문환의 명령을 받은 바 있는 사도진명이 얼른 앞으로 나서며 세 고승에게 허리를 접어 보였다. 까마득한 무림의 선배이나 오체투지하지 않는 건 창천검문의 제자라는 자부심의 발로였다.

“후배 사도진명이 세 분 고승을 뵈옵니다!”

이미 사도진명을 멀리서 훔쳐봤던 세 고승이었다. 그중 사도진명처럼 체구가 작은 편인 파불쌍금강 중 회구 대사가 쓱 앞으로 나섰다.

“근골이란 겉으로 보이는 모습만 가지곤 알 수 없는 법!”

회구 대사의 손이 사도진명의 근골을 빠르게 훑고 지나갔다. 사도진명으로선 얼떨결에 낭패를 당한 셈이었다. 자연스레 발검의 동작을 취하려는 그의 맥문을 회구 대사의 손이 제압했다.

“감히 사조 뻘인 본 승에게 검을 빼들 셈이더냐!”

"무사는 목이 잘릴지언정 모욕은 당하지 않습니다!"

"무사라?"

회구 대사가 사도진명의 맥문에서 손을 떼고 뒤로 한걸음 물러섰다. 어디 발검을 해볼 테면 해보라는 도발이었다. 그러나 잠시 갈등 섞인 표정을 보이던 사도진명은 몸의 힘을 풀었다. 찰라지간 모문환의 명령을 기억해 낸 것이다.

"후배가 건방진 말을 늘어놨습니다! 고승께선 부디 벌을 내려주십시오!"

다시 허리를 접어 보이는 사도진명을 향해 회구 대사가 가볍게 고개를 끄떡여 보였다. 그의 얼굴엔 가벼운 만족감이 떠올라 있었다.

"자신의 잘못을 인정할 줄 아니 됐다! 이미 너는 시험을 통과한 셈이니, 더 이상 본 승에게 허리를 굽힐 필요가 없느니."

"예."

사도진명이 자세를 바로 하자 회구 대사가 확인하듯 질문을 던졌다.

"이제부터 네가 들어가야 할 곳을 알고 있느냐?"

"파불소림의 금강나한승(金剛羅漢僧)들이 들어간다는 금강동이라고 들었습니다."

"금강동이 어떠한 곳인지도 아느냐?"

"천하외문기공(天下外門氣功)의 총본산이라 들었습니다."

"총본산일뿐더러 성지라 할 수 있다! 네 의지가 금강나한승이 될 만큼 견정하기만 하다면, 큰 복연을 얻을 수 있으리라. 하나 만약 그곳에서의 고통을 견딜 수 없다면, 여태까지 얻었던 모든 것을 하나 남김없이 잃어버릴 수도 있느니."

"이미 각오한 바입니다!"

"알겠다. 그럼 숭산(嵩山)을 향해 떠나거라! 파불에 도착하여 국화(菊花)가 만발한 곳에 이르면, 네게 길을 인도하는 자가 나설 것이다!"

"가르침에 감사드립니다!"

회구 대사에게 다시 크게 배례한 사도진명이 뒤에 서 있는 나머지 두 고승에게도 연달아 허리를 접어 보이고 발길을 돌렸다. 이미 나아가야 할 방향을 알았으니, 그 걸음은 목적지에 이를 때까지 멈추지 않을 터였다.

"아깝도다! 아까워!"

떠나는 사도진명을 바라보며 회구 대사가 나직이 한숨을 토해냈다. 천천히 그에게 다가온 회진 대사가 조심스런 표정으로 말을 건넸다.

"사형, 역시 대단한 인재였던 게지요?"

회구 대사가 고개를 가로저었다.

"재질로만 따진다면, 일반 금강나한승들보다야 낫겠지만 서문휘강 그 아이에게 비하겠느냐!"

"그렇다면 어찌 그리 아까워하시는 겁니끼?"

"재질이야 서문휘강 그 아이에 비할 바가 못 되지만, 심지가 곧은 아이였다. 그런 아이를 정도(正道)로 이끌지 못했으니, 우리가 어찌 불존을 모시는 불제자라 할 수 있겠느냐!"

"그 일은 그렇게만 생각하실 게……."

"아니다! 설혹 이번 일로 모 맹주와 얼굴을 붉히는 일이 있어도 그 아이에게 외문기공만 전수해서는 안 될 일이야!"

"사형!"

난감한 표정이 된 회진 대사가 뒤에 우두커니 선 회심 대사를 바라봤다. 무언가 한마디 해주길 바라는 눈빛이었다. 그러나 회구 대사의 탄식에도, 회진 대사의 눈길에도 회심 대사는 별다른 반응을 보이지 않았다.

그는 사도진명이 떠나간 방향을 바라보며 나직이 중얼거렸다.

"그렇구나! 이젠 국화가 필 시절이야!"

"장문 사형?"

"올해도 벌써 가을 국화가 만개할 때가 된 게야! 그래서 이리 마음이 불안했던 게야!"

회심 대사의 말에 회구, 회진 두 파불쌍금강의 안색이 가볍게 흐려졌다. 그들 역시 추국(秋菊)이 만개한 날을 기억하고 있었다. 천하제일이라 자부하던 소림이 피로 물들었던, 아니, 천하무림 전체가 피의 강을 이뤘던 제이차 마성혈류하의 날을.

추국(秋菊) 3

금마부 내의 요처. 영환 도사 최필은 연신 애지중지하는 염소수염을 쓰다듬었다. 그가 수세에 몰리거나 마음이 다급해질 때 주로 보이는 반응이었다. 하루를 꼬박 넘어가는 반상 위의 대격전 끝에 그의 대마가 몽땅 죽기 일보 직전에 놓인 이후 보이기 시작한 모습이었다.

"저기……."

"안 되네!"

"생불(生佛) 어르신!"

"안 된다지 않던가!"

"저기, 저는 아직 특별히 뭔가를 부탁한 건 아닙니다만?"

"흐음!"

나직한 침음과 함께 반개하고 있던 눈을 떠 보인 간다르가 가사 자락을 살짝 흔들었다. 그의 앙상하게 마른 손이 가사 자락을 제치고 모습을 드러내자 최필의 얼굴에 움찔하는 표정이 떠올랐다.

"됐습니다! 됐어요!"

"뭐가 됐다는 겐가?"

최필이 얼굴에 진땀이 벤 상황에서도 입을 댓발이나 내밀었다.

"그냥 일수불퇴라고 하면 될 일을 가지고 폭력을 휘두르려는 거 아닙니까! 그냥 내가 수를 물리지 않고 말지 다시 그 뼈밖에 남지 않은 주먹에 얻어맞으면…….."

"허허, 꽤나 아팠던가 보지?"

"지난번에 한 대 얻어맞고 닷새를 앓지 않았습니까? 불존을 모시는 생불님이나 하늘의 천사대제를 모시는 이 몸이나, 사실 이웃사촌이나 마찬가지인데 너무 야박하게 구시는 게 아닙니다!"

"이웃사촌?"

"그렇지 않습니까? 결국 생불님께서야 불국정토를 목표로 하실 테고, 이 몸 역시 죽은 후에 천사대제의 시동으로라도 들어가기 위해 열심히 지상에서 봉사하고 있는 거니까요."

간다르의 입가에 미미한 미소가 떠올랐다. 천사대제 종규를 모시는 도사 주제에 보통의 세속인보다 훨씬 속물 근성에 투철한 최필의 말이 재밌는 것이다.

'그런데도 밉상은 아니니, 타고난 선풍도골이란 이런 자를 두고 하는 말이렸다!'

최필을 지그시 바라본 간다르가 앙상한 손을 휘휘 내저어 보였다. 흰소리 늘어놓지 말고 어서 돌을 던지거나 다음 수를 내라는 재촉이었다.

최필이 간다르와 각종 도박을 벌이기 시작한 건 꽤 오래된 일이다.

모든 도박에 깨진 후 최후로 도전한 게 바둑이었다. 이미 간다르의 손짓이 뜻하는 바에는 익숙해져 있었다.

"끄응!"

다시 한 번 몰살 일보 직전에 놓인 자신의 대마를 뚫어지게 바라본 그가 연신 염소수염을 쓰다듬으며 돌을 놓았다. 어떡해서든 수세에 몰린 중앙의 대마를 살리려는 몸부림이었다. 그러나 이미 그의 대마는 저승문에 한 발짝 내딛은 상황이었다. 바로바로 퇴로를 막는 간다르의 수에 중앙의 대마는 거친 숨을 몰아쉴 따름이었다. 이미 퇴로는 막힌 지 오래였다.

탁!

드디어 간다르에 의해 완벽한 포위망이 구축되자 자신의 대마를 뚫어져라 바라보던 최필의 생쥐같이 생긴 얼굴이 하얗게 변했다. 그는 어떡해서든 생로를 찾기 위해 연신 눈알을 이리저리 굴리다 고개를 절레절레 흔들었다.

"졌구나, 졌어! 이미 좌상귀에 이어 중앙이 모조리 제압당했으니, 어찌 이기길 바라리오!"

좌륵!

최필이 결국 돌을 던지자 간다르의 입가에 벙긋한 미소가 떠올랐다. 그는 바로 앙상한 손을 내밀었다.

"그럼 내게!"

"생불님!"

"어허, 어찌 천사대제와 같은 대신을 모시는 종 된 몸으로 허언을 하려는 것인가? 이 늙은 중을 속이는 건 큰 문제될 게 없으나 최 도사 자네한테 해가 갈 일이야!"

"빈도가 속이려는 게 아니라……."

간다르가 마냥 좋아 보이던 안색을 쓱 굳혔다.

"설마하니 이젠 품에 갖고 있는 법구가 떨어졌다는 것은 아니겠지?"

"생불님!"

여태까지의 모습과 달리 최필이 눈가에 눈물을 담았다. 기껏해야 모기 눈물만한 물기이나 그가 나이를 먹은 후 처음으로 흘리는 눈물이었다.

개봉의 밑바닥을 훑으며 밤의 황제라 불리었던 그이나 요 근래 간다르와의 대결에서는 연전연패였다. 수중의 많던 은자를 몽땅 털린 뒤엔 법구를 걸기 시작했고, 이제 그마저도 떨어진 상황이었다. 평생 애지중지했던 법구들을 생각하니 절로 서러운 생각이 들었다.

하지만 최필이 항상 개봉의 도박판에서 패자에게 마지막으로 중얼거렸던 말처럼 승부의 세계는 냉엄한 법이었다. 최필이 머뭇거리며 주머니 털 생각을 않자 간다르가 둥둥 소맷자락을 걷어 올렸다. 돈이나 물건이 없으면 몸으로 갚아야 하는 것이 도박판의 관례였다.

"최 도사 자네의 뼈마디가 그토록 여문 줄 이 늙은 중이 미처 몰랐네 그려. 지난번에 얻어맞은 후 아직 뼈마디 중 몇 군데가 많이 상해 있을 것인데. 흐음. 그러고 보니, 그새 자네가 모시는 천사대제께서 강림하여 환골탈태(換骨脫胎)시켜 줬는지도 모르겠구만."

간다르가 벌떡 자리에서 일어난 순간 최필의 안색이 썩은 변 색깔로 변했다. 그는 갑자기 풀썩 자리에 엎드리더니 죽는 목소리로 소리쳤다.

"아닙니다! 아닙니다! 어찌 천사대제께서 하계의 하찮은 일을 처리하려 강림하실 수 있단 말입니까! 이 불쌍한 도사의 뼈마디는 아직도 여기저기 부러지고 금이 가서 움직일 때마다 바람 새는 소리가 들립니다요!"

"그런가?"

"아무렴입쇼!"

간다르가 노안을 슬쩍 찌푸려 보였다.

"그렇다면 어째서 자네는 이처럼 늙은 중에게 뻗대고 있는 것인가? 지금 당장이라도 내기에 걸었던 법구를 내놔야 할 게 아닌가 말야!"

"그게, 빈도가 몸에 지닌 법구들은 지난 석 달 동안 생불님께 몽땅 잃어버렸고……."

"자네가 개봉에 가지고 있는 토지며, 가게의 지분 같은 것도 대부분 잃지 않았던가?"

"크흐!"

결국 최필의 눈가에 맺혀 있던 눈물이 주르륵 흘러내렸다. 방금 전까진 간다르에게 얻어맞는 게 두려웠는데, 이젠 살고 싶은 생각 자체가 없었다. 간다르에게 잃은 재물과 법구들은 그가 세상을 사는 이유 그 자체였던 것이다.

그때 그런 최필을 물끄러미 바라보고 있던 간다르가 슬쩍 목소리를 낮췄다.

"정 남은 법구가 없다면, 다른 방법이 없는 것도 아니네만."

"예?"

"모산파에 환환선법(幻幻仙法)이란 기환술이 있다고 아네만?"

"그런 게 있기는 합니다만……."

"그거면 된 거야!"

간다르가 여태까지 보였던 승부사적인 모습을 지우고 벙긋 웃어 보였다. 처음 최필에게 심심하니 중원의 도박에 대해 알려달라고 말했던 날과 비슷한 얼굴을 한 채.

　천하맹 총단에서 남으로 삼십 리를 가면 백류하(百流河)란 작은 하천이 나타난다. 개봉 주변을 지나는 수로들 중 하나의 지류인 이곳에 간다르가 모습을 드러낸 건 해가 뉘엿뉘엿 넘어가기 직전이었다.

　"허허, 오랜만에 세상에 나오니 하늘은 더욱 맑아 보이고 물빛은 더욱 푸르러 보이는구나!"

　간다르는 유유히 흐르는 백류하의 물줄기를 바라보며 너털웃음을 터뜨렸다. 용문 삼십육방이나 금마부나 밀폐된 공간이긴 마찬가지였다. 최필의 환환선법에 도움받아 오랜만에 탁 트인 곳에 나오니 절로 웃음이 흘러나왔다.

　오늘 같은 날을 위해 간다르는 지난 석 달 간 최필에게 꾸준히 암시를 걸었다. 그가 자기 자신을 상대로 수없이 많고 현란한 도박 기술을 펼치게끔 만들기 위함이었다. 천하제일의 도박꾼이나 다름없는 최필이 바보가 된 까닭이었다.

　그런데 한참을 웃음 짓던 간다르의 입가에서 슬그머니 미소가 사라졌다. 평온하던 가을의 백류하에 이변이 벌어졌음을 직감했기 때문이다.

　파라락!

　일순 청명하던 날씨에 어울리지 않는 거센 광풍이 간다르의 해진 가사 자락을 나부끼게 했다. 며칠 전 부근의 대머리 산에 모습을 드러냈던 창천무극검제 모문환의 등장을 알리는 바람이었다.

　"사부, 여전히 정정해 보이시니, 이 제자 크게 안심했소이다!"

정중하나 한 가닥 심술이 숨어 있는 목소리였다. 자신의 신분을 알고 있음에도 이처럼 버릇없이 구는 사람이 한 명밖에 없다는 사실을 알고 있는 간다르의 미간이 가볍게 찌푸려졌다. 며칠 전 천리전음(千里傳音)으로 자신을 부른 일과 더불어 모문환의 무공이 이미 천인합일의 경지에 이르렀다는 생각이 들었다.

"이 늙은 중을 아직도 사부라 부르는 것인가?"

간다르가 신형을 돌려세우자 공중에 한 자가량 부양해 있던 모문환이 천천히 바닥에 내려섰다. 그가 펼친 신법은 전설상의 능공허도(凌空虛渡)와 일맥상통하는 점이 있었다.

입가에 더할 나위 없이 어울리는 오만한 웃음을 매단 채 모문환이 고개를 가볍게 숙여 보였다.

"사부는 사부! 아무리 이 몸이 청출어람(青出於藍)하여 천하의 패왕이 됐다곤 하나 과거를 모른 척하는 소인배가 될 수는 없는 일이지요."

"여전히 광망하구나!"

"타고난 성격이 나이 조금 먹는다 하여 고쳐졌겠습니까?"

반문한 모문환이 큰 목소리로 웃어 젖혔다. 방약부도한 태도임에도 묘하게 기품이 느껴지는 모습이었다.

'중원을 떠나 뭇 열국을 돌며 또 얼마나 많은 사고를 쳤을꼬!'

내심 미미하게 고개를 가로저어 보인 간다르가 침중한 표정으로 말했다.

"어찌 이 늙은 중이 숨은 장소를 알아냈누?"

"보고 싶었으니까요."

"보고 싶다?"

"중원을 떠나 물 설고, 낯선 곳을 두루두루 돌아다니다 보니, 이미 오래전에 제자와 같은 길을 걸으셨을 사부님이 떠오르더군요."

"그래서 옛날에도 없던 존경심이 생겼다는 것인가?"

"그럴 리가요?"

"그럼?"

"내가 첫 번째가 되지 못한 점이 안타까웠을 뿐입니다."

말을 마친 모문환이 장대한 어깨를 한차례 으쓱해 보였다. 극히 평범한 동작이나 그의 몸에선 예의 광풍이 일었다. 마치 그 자체로 생명을 지닌 듯 바람은 그의 몸을 휘감고 돌았다.

"새로운 기우를 만났구나!"

춤을 추던 바람을 잠재운 모문환이 입가에 미소를 매달았다.

"사부님께서 무극지기(無極之氣)를 끝내 넘겨주지 않았으니, 다른 거라도 얻어야 하지 않겠습니까?"

"무극지기는……."

"아아, 압니다. 나처럼 십이마성과 같은 별의 기운을 받지 못한 자에겐 전수할 수 없다는 것이겠지요?"

"설마!"

모문환의 입가의 미소가 더욱 짙어졌다.

"맞습니다. 내가 얻은 광풍지력(狂風之力)은 십이마성 중 한 놈의 후예를 잡아 죽이고 뺏은 겁니다. 제법 고생하긴 했지만, 고생한 보람은 있었지요."

모문환의 몸에서 다시 광풍이 꿈틀거렸다. 그의 마음과 직접적으로 연결된 듯한 모습이었다.

간다르가 나직이 한숨을 토해냈다.

"허어, 십이마성을 건들다니, 앞으로 일어날 일을 어찌 감당하려고……."

"그러니 사부가 처음부터 무극지기를 내게 전수했으면 되는 일 아니었습니까?"

"그랬으면 더욱 많은 피를 뿌렸겠지? 너는 애초부터 만족이란 걸 모르는 아이였으니까."

모문환의 입가에 걸려 있던 미소가 사라졌다.

"그래서 사부는 단백경을 꼬여낸 것입니까?"

"그건……."

"지옥을 넘어 중원으로 돌아왔더니 난장판이 되었더군요. 만약 사부의 입김이 들어간 게 아니라면, 나는 하나밖에 없는 의동생의 의도를 의심해야 합니다."

"너는 한상월과 단백경 모두를 한꺼번에 상대하겠다는 것이냐?"

"마치 절대 있을 수 없는 일이라는 듯한 표정이시군요? 뭐, 그렇지만 사부님이니 이번 한 번은 넘어가겠습니다. 하지만 다음엔 각오를 하셔야 할 겁니다."

"그 말을 하려고 오늘 늙은 중을 불러낸 것이냐?"

"지옥에서 돌아왔으니, 인사 정도는 해야겠기에."

모문환이 발길을 돌리자 간다르가 급히 목소리를 높였다.

"십이마성의 후예는 어떻더냐?"

발길을 멈추고 고개를 돌린 모문환이 어깨를 으쓱해 보였다.

"지독히 강했습니다만, 날 이길 정도는 못 됐습니다."

"그랬더냐!"

"그랬습니다."

한차례 고개를 끄떡여 보인 모문환의 주변으로 다시 바람이 일었다.

처음 모습을 드러냈을 때에 버금갈 정도의 광풍. 바람이 모습을 감췄을 때 더 이상 모문환의 모습은 백류하에 없었다.

"허어! 그랬단 말이지……."

나직한 뇌까림을 토해낸 간다르가 다시 시선을 백류하로 던졌다. 그가 아는 바 모문환에게 당할 정도로 약한 십이마성은 없었다. 만약 모문환에게 당했다면, 십이마성의 후예라 자처한 이는 가짜임에 분명했다.

■ 제36장 ■

천무서각으로

멀리서 기상을 알리는 힘찬 구령 소리가 들렸다. 평소처럼 자리에서 벌떡 뛰어 일어난 단천엽은 주변을 둘러보곤 입가에 쓴웃음을 머금었다. 오늘부터 지자조의 하급 수련생 때처럼 일조, 일석점호나 집단 수련에 참가하지 않아도 된다는 사실이 생각났기 때문이다.

그의 몸은 이미 새벽의 활력에 잔뜩 긴장해 있었다. 근래 들어 나날이 차가워지고 있는 새벽 공기 때문이 아니라 그동안 몸에 익은 습관이 그 이유였다.

뿌득!

고개를 한차례 흔들어 보이곤 침상에서 벌떡 뛰어내려선 단천엽은 다시 자신에게 배정된 막사 내부를 둘러봤다. 그동안 그가 생활해 온 이십사 인용 막사의 절반쯤 되는 크기이나 일 인용이었다. 텅 빈 공간이 황량하게 다가왔다.

'사치스럽군!'

공동체 정신을 기른다는 취지와 인원, 장비 통솔이 쉽다는 실리적인 이유가 바로 이십사 인용 막사의 탄생 배경이었다. 하급 수련생은 거듭되는 수련과 함께 비좁은 장소에서 서로 부대끼는 법부터 몸으로 체득해야만 했다.

그런 곳에서 팔 개월 이상을 보낸 단천엽이 갑작스레 배정된 일 인용 막사에 거부감을 느끼는 건 지극히 자연스런 일이었다. 현재는 일단 막사 안의 텅 빈 공간을 어떻게 활용해야 할지도 감이 잡히지 않았다.

잠시 텅 빈 공간을 바라보며 미간을 좁히던 단천엽이 가볍게 어깨를 으쓱해 보였다. 그가 정식으로 연옥백강 서열 칠위가 된 이상 앞으로 직면하게 될 변화와 문제점은 한두 가지가 아닐 터였다. 그렇게 많은 일들을 놔둔 채 지금 이런 일로 고민한다는 게 우습다는 생각이 들었다.

그때 막사 밖으로 작은 기척이 전해져 왔다. 가벼운 발걸음에 비해 소리가 큰 걸로 미뤄 의도된 기척이라 판단한 단천엽이 눈살을 가볍게 찌푸렸다. 새벽부터 막사 앞으로 모여든 사람들의 정체를 그는 쉽사리 짐작해 냈다.

'설마 철검회의 칠검은 아침마다 사도 선배의 막사로 와 연무라도 했던 것일까?'

단천엽이 막사를 나서자 철검회 칠검의 수좌인 파쇄검 사도진영이 앞으로 나서 정중히 반례해 보였다.

"바뀐 숙소가 불편하진 않으셨는지요?"

사도진영의 바뀐 태도에 단천엽의 눈살이 더욱 찌푸려졌다. 그는 아직 연옥백강 서열 칠위라는 직위가 지닌 위력에 적응이 덜 된 상태였다.

"여태까지 스무 명이 넘는 인원이 뒹굴던 곳에서 텅 빈 막사로 옮겨왔습니다. 특별히 불편한 점이 있을 리 만무하지요."

"그렇다면 다행이로군요. 다른 불편한 사항이 있으면 앞으로 제게 말해 주십시오. 제 능력이 닿는 한 처리해 드리겠습니다."

"제가 새로 연옥백강에 들긴 했지만, 사도 선배의 후배라는 점은 변함이 없습니다. 어찌 후배에게 공대를 하시는 겁니까?"

사도진영이 정색했다.

"형님께서는 저희 칠검의 대사형일뿐더러 무공의 기초를 잡아준 사부나 다름없습니다. 그분이 단 소협, 아니, 단 대형에게 저희 칠검을 맡긴 이상 실례를 범할 순 없는 일입니다."

"그 말이 맞습니다!"

뒤의 말은 나머지 육검의 복창이었다. 각기 내력이 범상치 않은 자들이 입을 맞추자 궁상각치우(官商角徵羽) 오음(五音)이 어울려 웅장한 울림이 일었다. 마지 한 명의 절정고수가 사자후를 터뜨린 것이나 다름없었다.

육검의 외침에 귀가 멍해지는 것과 동시에 머리가 울려오자 단천엽은 재빨리 내력을 끌어올렸다. 지나칠 정도로 예의가 깍듯한 칠검이나 보이는 것처럼 좋은 뜻을 지닌 건 아니라는 생각이 언뜻 뇌리를 스쳐 갔다.

'차라리 그러는 게 나한테는 편하다!'

내심 쓰게 웃은 단천엽이 육검의 면면을 살피곤 사도진영에게 시선을 던졌다.

"한데 오늘 사도 선배가 저를 찾으신 게 바뀐 처소에 대한 사항만을 물으려는 건 아닐 테지요?"

"물론입니다."

"말해 주시겠습니까?"

사도진영이 잠시 주변을 둘러보곤 목소리를 낮췄다.

"오늘쯤 철검회의 무쌍창 금 소저가 단 대형을 찾아올 겁니다."

"금 소저가 어째서?"

"금 소저는 형님의 갑작스런 출문(出門)과 함께 저희 칠검이 철검회를 탈퇴한 일로 무척 화가 나 있습니다."

"철검회를 탈퇴하셨습니까?"

사도진영이 어깨를 한차례 으쓱해 보이곤 당연하다는 표정으로 고개를 끄떡여 보였다.

"저희 칠검은 철검회의 다른 호화검수들하곤 근본적으로 다릅니다. 호화검수들 대부분이 모 회주를 지키려고 철검회에 모였다면, 저희 칠검은 오직 형님 때문에 모인 사람들입니다. 형님이 용문을 떠난 마당에 철검회에 계속 머물 까닭은 없습니다."

"그렇다면 어째서 지난번에는 제게 철검회 입부를 권유하셨던 겁니까?"

"형님의 당부가 있었기 때문입니다. 물론 저희는 창천검문의 제자이니 모 회주를 남처럼 여기진 않습니다만, 단 대형이 철검회에 입부하지 않은 이상 그녀를 계속 따르긴 곤란합니다."

"그건 모 소저가 창천검문의 정식 제자가 아니기 때문인가요?"

"그걸 어떻게……."

사도진영의 얼굴에 놀란 기색이 떠오르자 단천엽이 담담한 표정으로 고개를 끄떡였다.

"역시 그런 사정이 있었군요."

단천엽이 넘겨짚었다는 걸 눈치 챈 사도진영이 눈살을 가볍게 찌푸려 보였다.

"나이답지 않게 교활하시군요!"

"본래 그렇습니다."

단천엽이 대수롭지 않다는 듯 웃어 보이자 사도진영도 계속 화를 낼 순 없었다. 가벼운 한숨과 함께 사도진영이 설명하듯 말했다.

"확실히 모 회주는 문주님의 영애이나 창천검문의 정식 제자는 아닙니다. 굳이 따지자면 가전의 무공을 이어받았다고 할 수 있지요."

"과거 모 소저와 함께 여행을 했던 일이 있습니다. 몇 차례 손속을 나눠봤기에 사도 선배나 칠검 선배들이 펼치는 검법과는 다른 유파란 걸 짐작하고 있었습니다."

"그랬군요."

사도진영이 납득했다는 듯 고개를 끄떡였다. 과거 단천엽의 무위를 모르는 상태인 그로선 단천엽이 그 당시 모어언 같은 고수와 손속을 겨뤘다는 의미 모두를 파악하긴 곤란했다.

단천엽이 말했다.

"그래서 칠검 선배들은 오늘 저에게 다시 철검회의 입부를 강권하기 위해 이곳을 찾은 건가요?"

"그렇진 않습니다. 저희 칠검은 이미 단 대형이 거절했는데, 다시 강권할 정도로 자존심이 없진 않습니다."

"그렇다면 금 소저와 제가 싸우는 모습을 구경하러 오신 거겠군요?"

"그건……."

사도진영은 말을 채 끝맺을 수 없었다. 마치 단천엽의 마지막 말에 화답이라도 하려는 듯 날카로운 금속성의 물체가 그의 귀밑머리를 통과했기 때문이다.

쒜쒝!

소리는 움직임을 따르지 못했다. 귀밑머리가 흩날린 것과 동시에 털썩 그 자리에 주저앉은 사도진영의 머리 위로 펄럭이는 연녹색 옷자락이 스쳐 지나갔다.

'이런!'

사도진영이 암기에 반응을 보인 순간 어느새 암습자는 그의 머리를 뛰어넘어 전면의 단천엽에게 쇄도해 들어가고 있었다. 마치 그의 대응을 짐작하고 있었다는 듯.

휘릭!

암습자의 정체는 연옥백강 서열 십위인 무쌍창 금난주였다. 그녀가 던진 암향표(暗香飄)를 재빨리 손가락을 튕겨 받아낸 단천엽의 신형이 땅에 닿을 정도로 확 뒤로 젖혀졌다. 어느새 전면으로 파고든 아미금창의 변화를 피하기 위함이었다.

그 순간 연달아 다섯 번을 찔러 들어온 금난주의 아미금창이 중간에서 휙 방향을 꺾더니, 철판교를 펼친 단천엽의 목을 노렸다.

살기가 깃든 일격필살의 수법!

철판교를 펼친 상태인 단천엽으로선 손을 들어 강하게 막아낼 수밖에 없었다. 그만큼 금난주가 펼친 수법은 강렬했다. 그러나 단천엽은 긴박한 상황 속에서도 그것이 바로 금난주가 노리는 바임을 직감했다.

'적이 노리는 대로 행동하는 건 병법의 금기!'

아미금창의 창인이 코앞까지 파고든 순간 단천엽의 손바닥이 벼락

같이 바닥을 때렸다. 이미 무인창을 연마해 본 경험을 살려 아미금창의 변화를 읽었고, 초식과 초식 사이의 틈을 틈타 뒤로 물러서는 걸 선택한 것이다.

휘리릭!

구사일생으로 바닥을 굴러 옆으로 빠진 단천엽의 주변으로 모래바람이 일었다. 이어지는 후수를 방어하기 위해 그의 몸에서 뿜어져 나온 외기가 일으킨 변화였다.

그러나 금난주는 두 번에 걸친 암습이 실패로 돌아가자 더 이상 단천엽을 쫓지 않았다. 그녀는 오히려 뒤로 한걸음 물러섰고, 아미금창 역시 뒤로 돌려세웠다.

'역시 제법이잖아!'

단천엽이 신형을 일으켜 세우자 금난주의 입가에 생글 미소가 떠올랐다. 연달아 펼친 암습 중에 그녀가 숨겨놓은 암수는 세 가지나 되었다. 하나같이 악독하여 아미신창과 같은 명문의 제자인 금난주로선 펼쳐선 안 될 것들이었다. 사문에서 안다면 치도곤을 당할 일이었다.

'그런데도 살기를 품고 암습을 펼쳤다는 건 그만큼 다급했다는 것일 테지?'

내심 방금 전 금난주와 나눴던 초수의 흉험함을 떠올리고 고개를 가볍게 흔들어 보인 단천엽이 정중하게 포권했다.

"전날 용문 삼십육방 앞에서 본 후 단천엽이 금 소저를 오랜만에 뵙습니다."

금난주의 눈이 반달 모양이 됐다.

"헤헷, 난주를 기억하는 거예요?"

"어떻게 하면 금 소저 같은 분을 잊을 수 있겠습니까?"

“그 말은 난주에게 반했다는 건가요?”

언제 살기 넘치는 공세를 취했냐는 듯 금난주의 얼굴엔 까불거리는 소녀의 치기가 넘쳤다. 뒤로 돌려놓은 아미금창만 없다면 방금 전 암습했던 이와 눈앞의 금난주를 동일시할 사람이 없을 정도였다.

그때 금난주의 배후를 사도진영을 비롯한 칠검이 에워쌌다. 퇴로를 막아선 것이다.

“금 소저! 어찌 단 대형을 암습한 것이오! 오늘 우리 앞에서 단 대형을 암습했다는 건 칠검을 너무 우습게 보는 게 아닙니까?”

금난주가 커다란 눈을 살짝 치켜떴다. 그녀는 사도진영과 칠검을 둘러보곤 생긋 웃어 보였다.

“철검회의 칠검이라 하면, 남의 무시를 당할 사람들은 아니었지요. 하지만 지금은 철검회를 떠난 칠검이니, 난주가 무시한다 한들 어쩌겠어요?”

“그 말뜻은…….”

사도진영의 말을 받아 나머지 육검이 소리쳤다.

“우리 칠검에게 도전하는 겁니까!”

금난주가 등에 돌려놨던 아미금창을 휘둘러 바닥에 꽂았다.

팍!

부르르 떨리는 아미금창에 몸을 기댄 채 그녀가 말했다.

“어차피 칠검 당신들도 내가 단 공자를 공격하는 걸 방조했잖아요!”

“그게 무슨!”

“그렇지 않았음 어떻게 난주가 칠검 모두를 뚫고 단 공자를 암습할 수 있었겠어요. 사전에 서로 짠 건 아니지만, 교감을 나눈 걸 부인할 순 없잖아요!”

“그, 그건······.”

사도진영이 말을 더듬자 금난주가 입가에 다시 애교 띤 미소를 담았
다.

“뭐, 됐네요! 어차피 증거도 없는 거. 앞으로 칠검에 대한 처우는 단
공자가 알아서 하시겠죠. 다만, 내내 가만히 있다가 단 공자와 난주의
사이가 화기애애해지니 끼어들어 방해하려는 건 무슨 의도인 거죠? 설
마 우리 두 사람의 사이를 질투하는 건가요?”

사도진영은 말로써 금난주를 이길 수 없음을 직감했다. 그동안은 같
은 편이었던지라 크게 신경 써본 일이 없었는데, 오늘 직접 공격을 당
하자 천 개의 칼이나 창날보다 그녀의 입이 더욱 무섭게 느껴졌다.

“이이······.”

“어머, 얼굴을 붉히는 걸 보니, 사실인가 보네?”

깔깔거리며 사도진영의 입을 단단히 봉합한 금난주가 다시 단천엽
에게 고개를 돌리곤 눈에 이채를 담았다. 사도진영과의 대화를 듣고도
단천엽은 별다른 표정의 변화를 보이지 않고 있었다.

‘헤에?’

단천엽의 모습에 더욱 호기심이 치솟는 걸 느낀 금난주가 기대고 있
던 아미금창을 빼 들며 하얀 치열을 드러냈다.

“근데 우리 어디까지 얘기했었죠?”

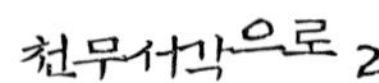

단천엽은 금난주를 막사 안으로 안내했다. 아직 진정한 의도를 짐작
키 힘든 칠검이 보는 앞에서 중요한 얘기를 나누긴 곤란하다는 판단이
었다.

막사 안에 들어선 금난주가 키득 하고 웃었다.

"침상 하나밖에 없네요?"

단천엽이 자신의 막사 내부를 둘러보곤 어색하게 고개를 끄떡였다.

"그렇군요."

"그렇군요?"

"침상에라도 앉으시겠습니까?"

단천엽이 정갈하게 정리된 침상을 가리키자 금난주가 갑자기 양손
으로 자신의 앞섶을 가로막았다.

"안 돼요! 난주는 아직 준비가 안 됐어요!"

“예?”

“단 공자가 비록 전혀 마음에 없는 건 아니지만, 아직 우리 두 사람은 서로 대화도 제대로 나눠본 적이 없잖아요! 남녀 관계란 물을 끓이듯 공을 들여야지 이렇게 갑작스레 진전시키면 곤란하다구요!”

단천엽은 어처구니없다는 표정으로 금난주를 바라봤다. 이미 특이한 성격의 여인을 만난 게 처음은 아니었지만, 금난주는 한 수 높은 경지를 보여주고 있었다.

“저…….”

“아! 됐어요! 아무리 난주를 유혹하려 해도 안 되는 건 안 되는 거예요!”

단천엽의 말을 끊은 금난주가 목소리를 높여 막사 밖의 칠검에게 소리쳤다.

“거기, 아직 밖에서 어정거리고 있을 거면 의자 하나만 가져다 주세요!”

“의자가 필요한 겁니까?”

“한 개면 돼요! 단 공자는 어차피 침상에 있을 테니까요!”

“알겠소이다!”

앞서 금난주를 제때 막지 않아 단천엽이 암습당했던 일이 마음에 걸렸던 것이리라. 막사 밖의 칠검이 일제히 복명하더니 급히 신형을 날리는 소리가 들려왔다.

단천엽의 막사 안으로 의자를 날라온 건 칠검 중 막내인 유운검(流雲劍) 진청림이었다.

“여기…….”

진청림이 내민 의자를 대뜸 받아 든 금난주가 애교 띤 얼굴을 한 채 손을 휘휘 내저어 보였다.

"됐어요! 그럼 나가봐요!"

"저……."

진청림은 단천엽의 눈치를 살폈다. 의자를 날라온 것을 기화로 두 사람의 대화에 끼고 싶은 눈치였다. 그러나 단천엽이 무어라 말하기도 전에 금난주가 두 사람 사이를 막아섰다. 그녀는 척 허리에 손을 걸친 채 생글거리며 말했다.

"지금 당장 안 나가면 제 손이 맵다고 원망하지 말기에요! 난주는 지금 그리 좋은 기분이 아니거든요!"

방금 전 단천엽을 암습했던 금난주의 매서운 손속을 이미 목도한 터였다. 금난주의 애교 띤 미소가 자신에 대한 살기로 느껴진 진청림이 더 견디지 못하고 막사 밖으로 물러났다. 연옥십강 중 둘이 대화를 나누겠다는 데 끼어들 수 있는 건 사성이나 가능한 일이란 자기 변명을 되뇌이며.

"에휴, 꼭 인상을 쓰게 만들어요! 이러다 젊은 나이에 주름 생기겠네!"

금난주가 의자에 털썩 주저앉으며 넋두리를 늘어놓자 단천엽의 입가에 슬며시 미소가 떠올랐다. 처음만 해도 금난주의 종잡을 수 없는 태도 변화와 언변에 휘둘린 감이 있었지만, 슬슬 적응이 되어가고 있었다. 그녀의 행동이 귀엽다는 생각이 들자 마음의 여유가 생겼다.

단천엽이 침상에 앉자 금난주가 눈동자를 데굴 굴렸다.

"어! 방금 웃은 거예요?"

"맞습니다. 웃었습니다."

“헤에, 처음 봤을 때 보이던 썩은 미소가 아니네요?”

“썩은 미소?”

“그 왜 떫은 감을 씹은 듯 억지로 웃는 그런 거!”

단천엽이 입가의 미소를 더욱 짙게 했다.

“처음에는 금 소저가 어떻게 행동할지 알 수 없어 마음이 떫었는데, 지금은 좀 편안해져 그런 가 봅니다.”

“마음이 편해졌다구요?”

“금 소저가 나이 어린 여동생처럼 생각되기 시작했거든요.”

“에!”

금난주가 의자에 앉은 채 앙증맞은 다리를 몇 차례나 흔들어댔다. 마치 골이 나 부모에게 응석을 부리는 어린애와 같은 모양새였다.

그러다 금난주가 얼른 다리를 조신하게 모아 내렸다. 여전히 입가에 미소를 띤 단천엽의 눈빛이 가을 호수와 같이 잔잔하게 가라앉아 있음을 발견한 직후였다.

“에휴, 난주같이 귀여운 아가씨가 애교를 부리는데도 돌부처마냥 웃고 있는 사람이 있다니! 난주도 이젠 나이 값을 해야겠구나!”

한숨과 함께 고개를 몇 차례 흔들어 보인 금난주가 막사 안에 들어오기 전 했던 질문을 다시 입에 담았다.

“그런데 우리가 어디까지 얘기했었죠?”

“기억이 안 나십니까?”

“난주를 보세요! 이렇게 정신없는 성격의 계집애가 그런 걸 일일이 기억할 수 있겠어요?”

단천엽이 다시 입가에 미소를 담았다.

“제가 모두 기억하고 있으니 금 소저는 안심하십시오.”

“그거 다행이네요!”

“그럼 금 소저가 오늘 이곳을 찾아온 까닭부터 듣도록 할까요?”

“예?”

“금 소저가 오늘 이곳을 찾은 이유를 알아야 암습에 대한 추궁 여부를 결정할 수 있지 않겠습니까!”

냉정한 단천엽의 말에 금난주가 일시 울상을 지어 보였다. 그러나 이곳에 있는 금난주는 한 명의 천진난만한 소녀인 동시에 철검회의 지낭인 무쌍창이었다. 단천엽으로서도 만만하게 상대할 생각은 전혀 없었다.

단천엽의 흔들림 없는 표정을 힐끔거리며 살핀 금난주가 맥 풀린 얼굴을 한 채 말했다.

“쳇, 회주 언니는 이런 멋대가리 없는 사람이 뭐가 그리 좋다고 그난린지…….”

“오늘 금 소저를 보낸 게 모 소저였습니까?”

“그럼 난주가 정말 밖의 칠검이 철검회를 탈퇴한 것 때문에 단 공자를 찾아왔다고 생각한 건가요?”

“칠검 선배들의 말에 의하면…….”

“바보들!”

금난주는 막사 밖을 향해 잔뜩 골난 목소리로 소리쳤다. 그러자 막사 안의 대화에 잔뜩 긴장하고 있던 칠검 중 몇 명의 얼굴이 벌겋게 변했다. 자신들이 훔쳐 듣는 걸 들켰다는 생각이 든 것이다.

물론 막사 안의 단천엽과 금난주 중 그런 일에 관심을 둔 사람은 아무도 없었다. 그들은 밖의 칠검이 황급히 뒤로 물러서는 소리에 서로를 바라보며 슬쩍 미소를 지었을 뿐이다.

금난주가 웃음을 멈추고 고개를 갸웃해 보였다.

"그래도 저 철검회의 칠검이라면 용검 사도 공자의 후광을 배제하더라도 한가락 하는 사람들인데, 용케도 저만치나 굴복시켰네요. 저 특권 의식에 사로잡힌 도련님들을."

"특권 의식이라……."

조그맣게 중얼거린 단천엽이 역시 미소를 거뒀다.

"제가 칠검 선배들한테 한 일은 아무것도 없습니다. 저분들이 제게 공대를 하는 건 모두 사도 선배의 명을 받드는 것에 불과합니다."

"헤헹, 과연 그럴까요?"

"그럼 칠검 선배들한테 다른 의도가 있다는 겁니까?"

"있지요!"

고개를 강하게 끄떡여 보인 금난주의 눈이 반짝거리며 빛을 냈다. 드디어 본론에 들어갈 때가 된 것이다.

"단 공자도 용문이 삼대세력으로 나뉘어 있다는 건 알고 계시죠?"

"모 소저의 철검회, 자미성 주천학 선배의 반룡회, 파군성 서문휘강 선배의 낭인회가 삼대세력인 걸로 알고 있습니다."

"맞아요. 그렇게 세 개의 세력이 용문의 주도권을 잡기 위해 암중으로 힘을 키우고 있죠. 용문은 천하맹을 비롯한 강북무림의 작은 축소판이나 다름없기 때문이에요."

단천엽으로선 이미 용문에 입문하기 전 속속들이 파악한 사실이었다. 그러나 밖에서 알고 들어온 것보다 용문 내의 암투와 파벌 싸움은 더욱 골이 깊었다. 용문에 받아들인 기재 대부분이 강호 유수의 명문 제자들이었기에 각자가 자파에서 받은 명령을 일차적으로 수행하고 있었기 때문이다.

‘그런 오랜 암투 끝에 정립된 게 삼대세력이다. 삼대세력의 주인들
이나 구성원이 뭇 수련생들을 압도했기에 용문은 오랜 분쟁에서 조금
쯤 자유로워진 것이고.’

내심 그동안 파악한 용문 내의 세력도를 떠올린 단천엽이 고개를 끄
떡이며 동조했다.

“확실히 용문 내의 수련생들은 미래 천하맹과 강북무림을 이끌어갈
동량들입니다. 다만 용문을 나서기 전 중대한 변수가 작용하지 않는다
면.”

“역시 단 공자도 직감하고 계셨군요. 요 근래 용문의 기류가 바뀌기
시작했다는 것을.”

“기류가 바뀌었다함은?”

“여태까지 용문의 수련생들은 삼대세력이 단단하게 버티고 있었기
때문에 별다른 피해 없이 연무에만 힘을 쏟으면 됐어요. 그런데 요 근
래 들어 삼대세력 간의 알력이 점차 심해졌고, 가장 친 천하맹적인 철
검회의 세력이 축소된 거예요.”

“제가 사도 선배의 자리를 대신한 것도 한 가지 이유가 되겠군요?”

금난주가 고개를 가로저었다.

“물론 용검 사도 공자와 칠검이 철검회의 꽤 큰 전력이었단 건 부인
할 수 없는 사실이에요. 일단 그들이 빠진 탓에 철검회 내의 연옥백강
서열자들은 열 명 안팎으로 줄었으니까요. 하지만 이미 그 이전부터
철검회는 반룡회나 낭인회에게 밀리고 있었어요. 좀 더 정확히 말하자
면 지난번 연옥대전이 끝난 후 얼마 지나지 않아 전대 철검회의 회주
가 실종되면서부터.”

“전대 철검회의 회주?”

"회주 언니의 사촌오빠인 천괴성 모회언 공자님이 전대 철검회의 회주였답니다. 그 당시만 해도 연옥오강은 오성이었지, 사성과 회주 언니가 아니었지요."

단천엽은 문득 얼굴이 굳는 걸 느꼈다. 실종됐다 말하는 천괴성 모회언이 당한 일을 그는 짐작하고 있었다. 부친인 문상 한상월과 여태껏 만나왔던 사성과 나눴던 대화를 통해서.

'그런데 어째서 설영 누님은 내게 모회언 선배에 관한 사항을 말해주지 않았던 것일까? 설마 내가 그의 대용품이기 때문인가?'

생각할수록 단천엽은 기분이 나빠졌다. 자신이 모어언의 사촌오빠인 모회언의 대용품이란 사실을 떠올리는 것만으로 욕지기가 치밀 것만 같았다.

"그래서……."

"예?"

"…모 소저는 모회언 선배가 이룩한 철검회를 지키기 위해 그토록 자기 자신을 학대하고 있는 것입니까?"

금난주가 눈을 살짝 치켜떴다. 어렴풋이 짐작하고 있던 모어언의 비밀을 단천엽이 대뜸 꿰뚫어 봤기 때문이다.

'와! 역시 사랑의 힘인가!'

불쑥 고개를 드는 소녀적인 상상을 얼른 내심 한 켠에 찍어 누른 금난주가 입술을 불쑥 내밀었다.

"그런 말을 해선 안 돼요!"

단천엽이 얼른 사과했다.

"미안하게 됐습니다. 다신 입 밖에 내는 일이 없을 겁니다."

"그럼 됐어요."

안색을 푼 금난주가 끊겼던 말을 계속 이었다.

"그러니 팽팽하게 당겨졌던 시위가 끊긴 다음에 어떤 일이 벌어지겠어요? 주변은 난장판으로 바뀌고 모든 일은 엉망진창이 되고 마는 거예요. 힘의 균형만이 평화를 보장해 주는 건 동서고금(東西古今)의 이치니까요. 아, 그렇다고 어떤 동서고금에 그런 내용이 있냐고 묻지 말아요! 난주는 역사를 무척 싫어하니까요."

"그래서 결국 금 소저가 제게 말하고 싶은 건 무엇입니까?"

"아, 그걸 깜박했구나!"

자신의 머리를 몇 차례 두드린 금난주가 평소답잖게 정색을 하고 말했다.

"단 공자는 용검 사도 공자의 서열과 철검회의 칠검을 계승받았어요. 하급 수련생들 중 연옥백강에 들 자격을 갖춘 네 명의 조력자도 곁에 있고요. 그러니 무려 열 명이 넘는 연옥백강의 서열자가 모인 셈이잖아요! 그건 현재의 철검회와 비슷한 수라구요."

"설마 제가 철검회와 연합하길 바라는 겁니까?"

"꼭 연합할 필요 있나요. 어차피 단 공자는 회주 언니가 위험에 처할 시 그냥 보고만 있을 분이 아닌걸요."

"그럼?"

"지금부터 단 공자는 삼 개월 동안 천무서각에서 폐관 수련을 해야 해요. 그건 처음 연옥백강에 든 수련생이라면 누구나 거치는 일이며, 특권이죠. 하지만 그동안 오늘과 같은 일이 발생하면 어쩌죠?"

"암습 말인가요? 그거라면 그냥 수련의 일부분이라 생각할 생각입니다만."

"다른 사람들은요?"

"안환 대형이나 소천 등을 말하시는 겁니까?"

"난주가 방금 전에 말했잖아요. 단 공자의 세력은 이제 거의 철검회와 맞먹는다고요. 하지만 그것도 단 공자가 단단한 구심점을 이뤘을 때의 일 아니겠어요?"

단천엽의 안색이 침중하게 굳었다.

"결국 제가 천무서각에 폐관하고 있는 동안 다른 분들의 안위를 철검회에 부탁해야겠군요?"

"단 공자 같은 미남자가 친히 고개를 숙여 부탁을 한다면 난주로선 거절하기가 어렵겠지요."

"그럼 그 뒤는?"

"뭐, 단 공자가 무사히 폐관을 끝마친 후 얘기하기로 하죠."

말을 마친 금난주가 홀가분해진 얼굴로 다시 생글거리며 웃었다. 마치 너무 오랫동안 진지한 대화를 나눴다는 듯.

천무서각으로 3

　구룡무각으로 호출된 단천엽은 용문 삼대교두인 태악일협 임천생과 철사자 장선홍, 다정쾌검 윤문환을 연달아 만났다. 그들이 각기 삼등분해 나눠 갖고 있던 육무잠형대절진의 파진결을 얻기 위함이었다.

　모든 스승이나 교두들이 그렇듯이 단천엽을 만난 삼대교두들은 그냥 파진결만 알려주진 않았다. 그들은 각기 다른 방식으로 시간을 끌었고, 꽤나 많은 설교를 늘어놨다. 앞으로 용문 내에 큰 영향력을 발휘할 것이며, 더 나가선 천하맹의 중추가 될지도 모를 단천엽에게 어떻게 해서든 자신의 존재감을 드러내고 공치사를 하려는 모습이 역력했다.

　물론 단천엽이 그런 공치사에 조금이나마 관심을 기울일 리 만무하다. 한여름 모기 떼가 날아가듯 윙윙거리는 잔소리를 그는 한 귀로 듣고 다른 귀로 흘렸다.

　꼬장꼬장한 임천생의 군자대로행(君子大路行)이나 장선홍의 호연지기(浩然之氣)에 대한 설교는 그런대로 들을 만했으나, 윤문환의 개봉기루섭렵기(開封妓樓涉獵記) 같은 건 일고의 가치도 느끼지 못했다. 특히 개봉의 몇몇 안면있는 누님들의 기명이 음담패설과 함께 언급될 때는 귀를 틀어막고 싶은 걸 억지로 참아야만 했다.

그렇게 단천엽이 육무잠형대절진의 완벽한 파진결을 입수한 건 구룡무각에 들어선 지 한 시진이 조금 넘었을 때였다. 삼대교두의 연이은 설교를 참아내고 그는 드디어 세 장으로 나눠진 양피지 조각의 탁본을 넘겨받는데 성공했다.

'후우, 지치는군.'

단천엽의 얼굴엔 과거 하급 수련생 시절 밤늦게까지 계속된 수련을 마치고 돌아올 때보다 더욱 힘든 기색이 떠올라 있었다. 마지막 윤문환의 벽은 의외로 높고 두터웠다. 솔직히 현재로선 다시 마주 하고 싶지 않다는 생각이 들었다.

구룡무각 밖으로 나서는 단천엽의 걸음은 자연스레 빨라지고 있었다. 그런데 막 구룡무각을 벗어나려던 단천엽의 안색이 일순 슥 하고 굳었다. 익숙한 목소리가 그를 붙잡아 세웠다.

"잠시만 기다려 보라구!"

'이런!'

단천엽은 바로 발끝에 내력을 모아 앞으로 치달리고 싶은 충동을 간신히 참아냈다. 그를 불러 세운 당사자가 바로 윤문환이었기 때문이다.

"부르셨습니까?"

단천엽이 어색한 표정으로 신형을 돌리자 어느새 근처까지 다가온 윤문환이 입가에 멋스런 미소를 매달았다.

“자네한테 한 가지 묻는다는 게 깜빡했네. 얘기를 하던 중 갑자기 너무 심하게 불타올라서 말야!”

물론 단천엽은 윤문환이 갑자기 불타오른 까닭을 충분히 짐작할 수 있었다. 목까지 치밀어 오른 쓴웃음을 애써 삼킨 단천엽이 천천히 고개를 끄떡여 보였다.

“하문하시지요.”

“어, 다른 게 아니라…….”

그답지 않게 잠시 말끝을 흐리며 안색을 가볍게 붉힌 윤문환이 슬쩍 품 안을 뒤지더니, 향긋한 꽃 내음이 풍기는 봉투 하나를 끄집어냈다.

“이건?”

윤문환이 입가에 활짝 미소를 머금었다.

“자네 같은 덜 자란 사람은 모르는 연애 편지란 거지.”

“연애 편지?”

“미인을 얻기 위해선 수많은 노력이 필요한데, 그중 하나가 뛰어난 명문(名文)과 다양한 사랑의 시구라 할 수 있다네. 자고로 미인들 중엔 재녀(才女)가 많고, 재녀치고 재사(才士)를 마다하는 법이 없거든.”

“그거하고 연애 편지하고 무슨 관련이 있다는 겁니까?”

“어허, 이만큼이나 본 교두가 말해 줬는데도 자네는 그 사이의 깊고 오묘한 관계를 간파하지 못하겠다는 건가?”

“모르겠습니다!”

단천엽은 단호하게 고개를 가로저었다. 생각 같아선 한시라도 빨리 윤문환에게서 벗어나고 싶었다. 그와 대화를 나누는 것만으로 온몸에 두드러기가 나는 것 같았다.

　　그러나 윤문환은 한 번 노린 여인을 포기한 일이 없을 정도로 집요하고 끈질긴 사람이었다. 단천엽의 얼굴에 떠오른 피곤함은 아랑곳 않고 나직이 혀를 찬 그가 친절한 표정으로 설명했다.

　　"쯧쯧, 역시 자네는 어린애로구만. 그럼 내 다시 잘 설명해 줄 테니, 귀를 씻고 들어보게. 자고로 재녀가 재사를 좋아하고 사모하니, 사랑의 시구와 명문을 갈고 연마해야 하는 건 당연한데, 어디에다 그걸 써먹겠는가?"

　　"연애 편지에 써먹는다는 말씀이십니까?"

　　"그게 바로 정답이야! 자고로 잘 써진 한 장의 연애 편지는 미인의 마음을 얻는 지름길이네. 그런데 그 연애 편지에 명문으로 된 사랑의 시구를 운치있게 깔 수 있다면 얼마나 그 향기가 오래가겠는가? 천 년이 가도 향기가 없어지지 않는다곤 말할 수 없어도 한 미인의 마음속에는 십 년이나 이십 년쯤 각인된단 말씀이야!"

　　"그렇군요."

　　"암! 고금의 진리이지!"

　　단천엽이 결국 한숨과 함께 크게 배례해 보였다. 아무리 어처구니없는 분야라곤 하나 윤문환의 여인에 대한 집착은 거의 도(道)의 경지에 이르렀음을 자인하지 않을 수 없었던 것이다.

　　윤문환이 득의의 표정으로 고개를 끄떡였다.

　　"과연 용문의 기재들 중에서도 손꼽히는 사람답구만. 다른 얼간이들보다 이해가 빨라서 좋아."

　　"그럼 이 연애 편지를 어떤 소저에게 전해주면 되는 겁니까?"

　　단천엽이 선수를 치자 윤문환이 다시 안색을 가볍게 붉혔다. 단천엽으로선 의아로운 모습이었다.

'도대체 누구기에 이 후안무치한 사람이 이처럼 부끄럼을 타는 걸까?

잠시 주저하던 윤문환이 단천엽의 귀에 살며시 속삭였다.

"이걸 가지고 천무서각으로 가주게나."

"천무서각에요?"

"그래, 그렇지 않다면 어찌 본 교두가 바삐 자네를 불렀겠는가."

"으음."

"그 소미녀는 지금 천무서각에서 잠심연무 중이야. 자네가 이번에 천무서각에 들게 됐고, 본 교두가 그 사실을 알았으니 이거야말로 하늘이 우리 두 사람의 가연을 맺어주려는 게 아니겠는가!"

'그녀다!

단천엽은 그제야 윤문환이 연애 편지를 전해달라고 한 당사자를 알 것 같았다. 그가 아는 한 천무서각에 드나들 수 있는데다, 윤문환에게 소미녀라 불리는 사람은 용문 내에 단 한 명밖에 없었다.

그때 잠시 생각에 잠긴 단천엽의 손에 윤문환이 재빨리 연애 편지를 쥐어주곤 신형을 돌려세웠다. 멀리서 몇 명의 교두들이 걸어오는 걸 발견한 것이다.

"그거 어서 품 안에 집어넣게!"

귓전을 때리는 윤문환의 전음에 수중의 연애 편지를 물끄러미 바라본 단천엽이 그것을 천천히 품 안에 갈무리했다. 나중에 발기발기 찢어버릴지언정 지금은 품 안에 넣는 시늉을 보여줘야만 했다.

'구룡무각으로 향하는 날 바라보던 금 소저의 얼굴이 그래서 그렇게 얄궂었구나!

내심 중얼거린 단천엽이 어느새 저만치 걸어간 윤문환을 향해 살짝 고개를 숙여 보였다. 천무서각에서의 삼 개월 폐관 동안 다시 그를 보지 않을 걸 생각하니, 마음 한 켠이 조금쯤 가벼워지는 기분이었다.

　점심 시간에 맞춰 식당으로 찾아간 단천엽은 주변을 살피다 기소천을 발견하곤 슬쩍 손을 들어 보였다.

　"소천!"

　"천엽 형!"

　기소천은 얼른 식사 집합 줄에서 이탈해 단천엽에게 달려왔다. 근처에 상명헌과 유현중이 있기에 줄을 이탈하는데 전혀 거리낌이 없었다.

　어느새 붙은 홍안자란 별명답게 기소천의 얼굴은 이미 붉게 물들어 있었다. 단천엽이 지자조를 떠난 건 이제 고작 사흘이 지났을 뿐인데, 그에겐 꽤나 길게 느껴졌던 것이리라.

　"안 대형은?"

　얼핏 눈가에 어린 물기를 재빨리 훔친 기소천이 슬쩍 화난 표정을 지어 보였다.

　"안 대형은 지금 한참 교두님들한테 들러붙어서 사전 작업을 하고 있을 겁니다."

　"사전 작업?"

　"연신 손을 비비면서 연옥백강 중 하위 서열자의 정보를 얻는 일이요."

　'아부하고 있구나!'

　안환에게는 그리 대수로운 일이 아니었다. 이미 안환의 성격을 파악하고 있는 단천엽은 그에 대해선 일단 무시하기로 했다. 그 같은 성격의 사람이라면 지옥에 빠지더라도 무사 생환이 가능할 거란 생각이 들었다.

“안 대형의 사전 작업은 그리 나쁜 건 아니야.”

“그렇지만 너무 노골적으로 그러니까…….”

“뭐, 그래도 어려운 일을 만났을 때 가장 힘이 되어줄 분이니까 실례는 범하지 말고.”

“알고 있습니다.”

기소천이 고개를 주억거리자 단천엽의 입가에 미소가 떠올랐다. 그와는 겨울과 봄을 거쳐 여름이 다 지나가고 있었다. 그동안 성격이나 몸이나 제법 강건해진 기소천의 모습에 마음이 흐뭇해졌다.

“나, 이번에 천무서각에 들게 되었다.”

“천무서각에요!”

깜짝 놀란 표정이 됐던 기소천이 얼른 양손을 모아 올리며 크게 소리쳤다.

“축하드립니다!”

“목소리가 너무 크다!”

단천엽의 타박을 들은 기소천이 다시 살짝 얼굴을 붉혔다. 그가 이처럼 크게 말할 수 있게 된 것도 단천엽 덕분이었지만, 주변의 이목이 있으니 자제해야 할 터였다.

살짝 목소리를 낮춘 기소천이 입가에 웃음을 매달았다.

“이젠 단 대형이라고 부르겠습니다.”

“왜?”

“단 대형은 이미 연옥 서열 칠위이고, 천무서각에도 들게 됐잖아요. 계속 이름을 부른다면 단 대형의 위엄에 거슬리는 일이 될 겁니다.”

“하하, 그럼 나도 이젠 소천을 기 소제라고 불러야겠군?”

“그건 싫습니다.”

“그건 또 어째서?”

“전 단 대형에게 계속 이름으로 불리고 싶습니다.”

단천엽은 대답 대신 미미하게 고개를 끄떡여 보였다. 기소천이 하는 말의 뜻을 모를 만큼 그가 무심하진 않았다.

어느새 그들 주변으로 몰려든 수련생들의 이목이 신경 쓰인 단천엽이 기소천에게 식당 뒤쪽을 가리켰다.

“잠시 좀 볼까?”

“예.”

식당 뒤쪽은 작은 채마밭이 일구어져 있었다. 식당에 배속된 상급 수련생 중 한 명이 일구어놓은 곳이었다. 이곳에서 나는 소채는 종종 배식 때 나오곤 했다.

채마밭의 거름 냄새에 눈살을 찌푸리는 기소천을 바라보며 빙긋 미소 지은 단천엽이 바닥에 쪼그려 앉아 손으로 흙을 매만지며 중얼거렸다.

“좋은 흙이야! 이곳을 일구는 사람의 마음이 느껴질 만큼.”

기소천이 단천엽 옆에 쪼그려 앉았다.

“흙에도 좋고 나쁨이 있나요?”

“물론 있지. 좋은 흙은 이처럼 생명력이 깃들어 검은빛이 돌고, 기름이 흘러넘쳐. 이런 곳에 곡식을 심으면 특별히 사람의 관리가 없더라도 가을이 되면 풍성한 소작을 내게 되지.”

“그럼 나쁜 흙은요?”

“나쁜 흙은 기름기가 안보이지. 푸석푸석하고 끈기가 없어 그런 곳에는 아무리 사람이 힘써 고생하더라도 소작을 내기가 힘들어. 밑 빠진 독에 물을 붓는다는 건 그 같은 경우를 두고 하는 말이지.”

“그렇군요.”

고개를 끄떡여 보인 기소천이 눈을 빛냈다.

“그렇다면, 사람도 흙과 마찬가지겠군요!”

“응?”

“사람도 근본이 바르고 기초가 튼튼한 자가 후일 커다란 성취를 보게 되잖아요. 반대로 근본이 바르지 않고 기초가 튼튼하지 않다면 아무리 좋은 스승을 만난다 해도 커다란 성취를 얻긴 힘든 것과 같이.”

“그것도 그렇군.”

단천엽은 자리를 털고 일어섰다. 기소천의 말을 듣던 중, 자신이 미처 생각하지 못했던 사실을 깨달은 것이다.

‘소천은 이미 처음 봤을 때의 어린애가 아니다!’

단천엽은 기소천이 더 이상 자신이 없더라도 천생의 살기를 일으키며 폭주하지 않게 됐다고 생각했다. 천무서각에 들어가기 전 반드시 확인해야 했던 일이 저절로 풀려 버린 격이었다.

“소천, 나는 삼 개월 동안 천무서각에서 폐관 수련을 한다.”

“삼 개월이나요?”

“그래.”

단천엽이 고개를 끄떡이자 기소천이 나직이 한숨을 토해냈다.

“단 대형이 절 찾았을 때부터 그런 일일 거라 짐작하고 있었습니다만, 삼 개월은 너무 기네요. 하지만 염려하지 마십시오. 이젠 저도 많이 강해졌으니까요.”

“그래. 그래서 말인데, 그동안 안 대형과 다른 사람들을 소천에게 맡겨도 되겠지?”

"제게요?"

"소천이야말로 적임자야."

단천엽의 얼굴을 뚫어지게 쳐다본 기소천이 의지가 느껴지는 얼굴을 한 채 천천히 고개를 끄떡여 보였다.

"단 대형이 폐관을 끝마칠 때까지 저희 네 명은 반드시 연옥백강에 들겠습니다! 단 대형이 앞으로 하시는 일에 폐를 끼치지 않기 위해서."

"그럼 믿겠다!"

기소천의 어깨를 강하게 한차례 두드려 준 단천엽이 신형을 돌려세웠다. 마음속의 거리낌이 해결됐으니, 더 이상 천무서각행을 뒤로 미룰 까닭이 없었다.

잠심연무(潛心鍊武)

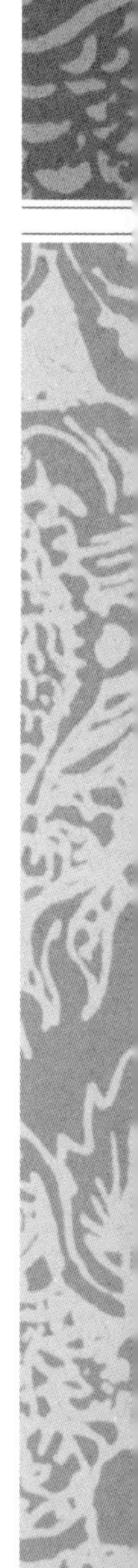

잠심연무(潛心鍊武) ,

천원 내 문상 집무실. 천하맹 외성 오당 중 천밀당, 내외의 정보를
담당하는 곳의 수장인 천밀당주 비천편복(飛天蝙蝠) 장지량과 천하맹
의 살림을 맡은 귀상(鬼商) 종리인걸은 어깨를 나란히 한 채 문상 한상
월에게 번갈아 보고를 올렸다. 각자 맡은 바 사안에 관련된 보고이나
듣는 한상월에겐 둘이 아니었다. 연이은 보고의 최종 목적지가 같았기
때문이다.

장지량이 정보 전문가라면 종리인걸은 재정 전문가였다. 서로 어울
리는 일이 별로 없는 두 사람을 모이게 한 한상월의 이마에 굵은 주름
하나가 생겨났다. 호북과 무당천도, 반검맹에 관한 장지량의 장황한
보고 중 끼어든 종리인걸이 전시 지출비의 예상 숫자를 늘어놨을 때의
일이다.

"흐음, 이미 가난한 호북지부에서 충당할 만한 전비의 수는 넘어선

지 오래라는 거로군?"

한상월의 질문에 종리인걸이 잠시 자신이 들고 있던 두툼한 장부를 펼쳐서 확인하는 시늉을 해보였다. 천하맹 최고의 재정 전문가답게 이미 그의 머리 속에는 완벽한 전시 지출비에 대한 숫자가 기록되어 있었다. 그의 어설픈 시늉은 상관인 한상월에게 잠시 고민하는 모양새를 보이려는 것에 불과했다.

"이대로 전시 상황이 한 달을 더 끌게 되면 본 맹은 호북지부를 버려야 할 겁니다."

"호북지부가 파산할 거란 뜻인가?"

"이미 호북지부는 파산한 거나 다름없습니다. 현재 호북지부 앞으로 된 부동산이나 토지, 사업체에 대한 지분은 거의 대부분 저당이 잡힌 상황이니까요."

"그런데도 한 달이란 숫자를 낸 까닭은?"

"호북지부장인 적양수(赤陽手) 염극빈은 돈으로 자리를 산 자입니다. 본래 만호후(萬戶侯)는 충분히 될 만한 재산을 지닌 자라 사재를 턴다면 다시 한 달은 버틸 수 있다고 본 것입니다."

"사재라……."

장지량이 슬쩍 끼어들었다.

"그러나 염극빈의 사재를 털게 하려면 총단에서 나름대로 성의를 보여야 할 겁니다."

"그건 장 당주의 말이 옳습니다!"

종리인걸이 얼른 찬동을 표하자 한상월이 눈살을 가볍게 찌푸려 보였다.

"반검맹을 밀어내기 위해 맹 최강의 고수와 최정예 부대를 보냈는데, 또 어떤 성의를 표시해야 한다는 건가?"

장지량이 물끄러미 한상월을 바라봤다. 무덤덤한 얼굴에 비해 생생하게 살아 있는 그의 눈이 일순 유리알같이 반짝였다.

"무상의 무위와 질풍, 영웅 양 부대의 파괴력은 본 맹 최강이라 해도 과언이 아닙니다. 그러나 그런 대부대가 출동했는데도 여태 호북 출정은 답보 상태이니……."

종리인걸이 보충하듯 말했다.

"본 맹과 반검맹과의 전황을 본 대다수의 사람들은 문상의 의도를 짐작하고 있을 겁니다."

"그럴까?"

장지량과 종리인걸이 동시에 대답했다.

"분명 그럴 겁니다."

한상월이 턱을 손가락으로 매만졌다. 그가 천하맹에서 가장 신임하는 두 사람이 동시에 입을 모았으니, 이 일은 더 이상 재론할 가치가 없다는 생각이 들었다.

"그건 곤란한 일이로군. 나는 적어도 내년 초까지는 반검맹의 세갈현빈과 바둑이나 두며 놀고 싶었는데 말야."

오지(五地) 중 제갈세가(諸葛世家)의 가주인 통천명(慟天命) 제갈현빈은 반검맹의 군사 역할을 하는 자였다. 그와 호북을 놓고 바둑을 두고 싶다는 한상월의 말에 장지량과 종리인걸은 서로를 바라보며 미미하게 고개를 흔들었다. 비록 천하 경략에 있어서 두 사람의 경륜이 한상월을 따를 순 없다 해도 한 부문에서 극한에 이른 전문가들이었다. 한상월의 참뜻이 어디에 있는지 짐작하지 못할 리 만무했다.

제갈현빈에 대해 손바닥 보듯 알고 있는 장지량이 얼른 부정적인 의견을 내놨다.

"그야말로 곤란한 일입니다. 어차피 반검맹 측에서도 문상의 의중을 읽고 시간을 끌고는 있지만, 이번 전쟁은 그들의 호북 침공이 원인입니다. 언제까지나 시간을 끌고만 있진 않을 겁니다. 그들이 현재 눈치를 보고 있는 건 어디까지나 상천의 의중을 살피고 있는데 불과하니까요."

"그들이 공격해 올까?"

"무상과 무당천도의 수뇌부들 간에 사이가 벌어진 시점이 될 겁니다."

"그거야 그렇겠지."

"그러니 지금이라도 먼저 선수를 치심이!"

"정말 그래 볼까?"

"문상께서 결단만 내려주신다면, 바로 무상께 속전을 보내겠습니다!"

자신의 가려운 곳을 긁어주는 듯한 장지량의 주장에 종리인걸은 얼굴을 가볍게 폈다. 만약 지금 당장이라도 호북의 군세가 움직인다면, 총단의 재정을 쥐어짜서라도 전비를 마련할 생각이었다. 이대로 공돈을 날리며 앉아 있는 것보단 확실하게 일을 매듭짓는데 돈을 쓰는 게 남는 장사였다. 이번 출정을 계기로 호북을 확실히 천하맹이 장악할 수만 있다면, 수년 내 전비 정도 충당하는 건 일도 아니었고 호북지부장인 염극빈도 꿍쳐 놨던 쌈짓돈을 기꺼이 내놓을 게 분명했다.

그러나 종리인걸은 곧 얼굴을 다시 일그러뜨려야만 했다. 장지량의 주장에 연신 공감의 빛을 보이던 한상월이 갑자기 고개를 가로저었기 때문이다.

"역시 무상은 계속 호북에서 놀도록 놔두는 게 좋겠어."

장지량이 다시 목소리를 높였다.

"하지만 문상, 속하가 취합한 정보에 의하면……."

"그 정보는 나도 검토해 봤어. 제갈현빈이 그동안 무당천도에 투자한 게 상당하더군."

"자칫 천하맹은 호북에서 반검맹과 무당천도의 합공을 당할 수도 있습니다."

"그 점도 고려해 봤어."

"그런데도……."

"그래, 그런데도 나는 무상을 계속 호북에서 놀게 할 생각이야. 적어도 내년 봄까지는."

"그럼 내년 봄 이후에는 어찌하시려는지?"

"제갈현빈이 반검맹의 군세를 장강 이남으로 완전히 되돌리거나 전쟁을 하는 거지."

"반검맹이 군세를 장강 이남으로 되돌리는 게 가능하겠습니까?"

"가능하게 만들어야지."

입가에 흐릿한 미소를 만들어 보인 한상월이 못마땅한 표정을 짓고 있는 종리인걸을 향해 한마디 덧붙였다.

"염극빈에겐 호북 정벌이 끝난 후 무당이 독점하고 있는 몇몇 사업체의 지분을 나눠 주겠다고 구슬리도록!"

종리인걸의 얼굴에 놀람의 기색이 떠올랐다.

"그게 가능하겠습니까?"

"가능하게 만들어야지."

"그런……."

"어차피 무당천도에 이미 제갈현빈의 입김이 깃들어 있다면, 좋게만 끝날 문제는 아니야. 반검맹의 군세가 물러가면, 무당의 말코도사들은 그 드높은 콧대를 꺾고 천하맹에 고개를 숙여야만 할 거야."

말을 끝낸 한상월이 손을 휘휘 저어 보였다. 최종 결정을 내렸으니 이만 물러가라는 뜻이었다. 한상월의 측근인 만큼 성미를 잘 아는 장지량과 종리인걸로선 그저 고개를 숙여 보일 수밖에 없었다.

"흐음."

한상월은 장지량과 종리인걸이 떠나며 떠넘긴 산더미 같은 결재 서류들을 바라보며 잠시 눈살을 찌푸려 보였다. 천하맹 내외에서 철인(鐵人)으로 통칭되는 그로서도 요 근래 쏟아진 업무는 과도한 것이었다. 이미 숱하게 밤을 세운 터라 기력이 조금 딸리는 걸 느꼈다.

그때 집무실 안에 사람의 그림자가 흐릿하게 나타나더니, 곧 선명해졌다. 장지량과 종리인걸이 떠나기를 기다리고 있던 귀비 유설영이 모습을 드러낸 것이다.

"마침 잘 왔군!"

"하명하실 일이라도?"

"내 대신 결재 도장 좀 찍어주지 않겠어?"

유설영의 입가에 얼핏 미소가 떠오르려다 사라졌다. 무상 단백경의 호북 출정 이후 꽤나 생기가 되살아난 한상월의 모습이 보기 좋았다. 하지만 그렇다 해서 수하된 자가 주인과 농을 섞을 순 없는 일이었다.

정중히 고개를 숙여 보인 유설영이 답했다.

"천비가 대주님의 고단한 어깨를 쉬게 해드릴 수 있다면 당연히 따라야겠지요. 다만 천비의 보고를 들으신 연후에 명을 받자옵겠습니다."

한상월의 얼굴에 재미없다는 표정이 떠올랐다. 유설영을 한번 웃겨 보려 했는데, 여의치가 않았다.

고단한 허리를 등받이 쪽으로 기댄 한상월의 시선이 천장을 향했다.

"보고하게나!"

유설영이 숙였던 고개를 조금 들어 올렸다.

"그전에 한말씀 올려도 되겠는지요?"

"장지량과 종리인걸에 관한 사항이라면 듣지 않겠다."

"그들은……."

"머리로 먹고사는 만큼 충성이나 의리 같은 것하곤 담을 쌓은 작자들이지."

"그런데도 그들을 신임하십니까?"

한상월이 입가에 미소를 담았다.

"나는 그런 자들이 좋다! 머리가 좋은 만큼 무모하지 않고, 능력이 있으니까. 충성이니 의리 같은 걸 내세우는 놈들은 대개 무능하고 쓸모가 없단 말야!"

"그러나 그들은 중요한 순간에 대주를 배신할 수도 있습니다!"

"내가 그 정도밖에 안 된다면 어쩔 수 없는 일이지. 그들에 대한 건 내가 알아서 할 테니, 용문에 대해서나 보고하도록!"

한상월의 단호한 명을 받은 유설영은 더 이상 장지량과 종리인걸에 대해 언급하길 포기했다. 이럴 때의 한상월은 남의 말을 들을 사람이 아닌 것이다.

"단 공자가 드디어 세력을 형성하기 시작했습니다."

"늦었군."

"그 세력이 철검회에 버금갈 정도입니다. 내년 초에 있을 등용문의 장에서 선전한다면 당장에 두각을 나타내리라 봅니다."

"등용문의 장에서 선전한 자의 세력이 증가하는 건 당연한 일이다. 용문에 속한 기재들은 나이도 어린 것들이 벌써부터 세상의 더러운 때를 타고 있으니까."

"단 공자에게 그런 용문을 장악하라고 하신 건 대주님이십니다."

"필요했으니까."

유설영의 반문을 한마디로 자른 한상월이 손을 휘저어 보였다. 계속하라는 의미였다.

유설영이 다시 보고를 계속했다.

"단 공자가 천무서각에서 폐관 수련을 하는 사이 철검회와 연합을 한 듯합니다. 서로 힘을 합쳐 다른 이 개 세력을 방비하자는 목적인 게 분명한데, 주동자가 무쌍창 금난주입니다."

"슬슬 구산 중 가장 속이 음흉한 사천의 아미가 움직이기 시작했다는 건가?"

"확실하진 않습니다만, 금난주가 여태까지 보인 모습은 철검회의 이인자가 취할 도리와는 조금 거리가 있는 듯합니다."

"그렇군."

"그녀에게도 감시의 눈길을 붙여두겠습니다. 그리고……."

"또 뭔가?"

한상월의 시선이 천장에서 떨어지자 잠시 보고를 멈췄던 유설영이 얼른 고개를 다시 아래로 떨궜다.

"단 공자의 명이 있어 천랑성 아난 수하르의 행방을 쫓았는데……."

"아, 그 아이! 지금쯤 서문휘강한테 붙잡혀서 죽도록 구르고 있을 테지."

"알고 계셨습니까?"

한상월의 입가에 흐릿한 미소가 떠올랐다.

"서문휘강 그 아이도 피가 펄펄 끓을 나이다. 계집애 한 명쯤 좋아할 수도 있지 않겠나?"

"그 정도가 좀 지나친 것 같습니다."

"그 녀석 좀 가학적인 성격이 있어서."

"자칫 천랑성이 이대로 망가질 수도 있습니다."

"그렇지 않으면 이번 일을 계기로 천랑성이 완전히 각성을 이룰 수도 있다."

"그건 너무……."

"위험하단 건가?"

유설영은 고개를 들어 한상월과 시선을 맞댈 수 없었다. 그와 시선을 마주치지 않아도 등에서 가벼운 소름이 일었다. 이런 말을 내뱉을 때의 한상월은 너무나 무서웠다.

한상월이 차갑게 웃었다.

"망가지면 버릴 뿐이다!"

"그럼……."

"녀석에게는 보고할 필요 없다! 어차피 내년 등용문의 장에 참가하게 되면 이번 일에 대한 결과는 알기 싫어도 알 수 있을 테니까."

유설영이 바닥을 향해 있던 고개를 더욱 깊숙이 숙여 보였다. 이미 한상월은 예의 표정을 거둔 채였으나 지금 그녀는 그의 얼굴을 볼 수가 없었다.

그때 갑자기 생각이 났다는 듯 한상월이 질문을 던졌다.

"그런데 지금 천무서각에는 철검회의 회주인 모어언도 있지 않던가?"

"그런 걸로 알고 있습니다."

"하! 그 녀석도 염복(艷福)은 타고났는걸? 수련이나 제대로 할지 모르겠군."

"염려되시면 조치를 취하겠습니다!"

"아, 그건 됐구! 보고 끝났으면, 이리 와서 도장이나 대신 찍어주게!"

"존명!"

유설영이 그제야 빙글거리며 웃고 있는 한상월과 눈을 마주쳤다. 지금 그녀의 주인은 평소의 모습 그대로였다.

잠심연무(潛心鍊武) 2

천하 각처 명문의 기재들이 용문에 들어오는 데는 두 가지 이유가 있었다. 첫째가 강북무림을 장악한 천하맹에 속해 입신양명(立身揚名)하려는 것이고, 둘째가 바로 천무서각에 들어 그 속에 가득한 천하절기를 취득하기 위함이었다.

천하에 소문나기로 천무서각에 쌓인 무공전적의 숫자는 전대 천하제일을 구가하던 소림의 장경각을 능가하고 상천의 황궁서고(皇宮書庫)에 필적한다 했다. 무공을 익혀 천하에 명성을 날리려는 자, 용문에 입문해 천무서각에 드는 걸 꿈속에서나마 열망하지 않을 리 만무했다.

용문 수련생들의 선망과 꿈이 서려 있는 곳!

또한 깊은 좌절과 도전이 서려 있는 곳!

그곳이 바로 육무잠형대절진이 펼쳐진 사자의 길의 끝에 웅장하게 자리잡은 천무서각, 강북무림 최강인 천하맹 최고의 비처였다.

'저곳이 바로 천무서각이로군!'

수없이 많이 발길을 향했던 곳이었다. 그럼에도 고작해야 진세의 초입에 무공 연마를 위한 은신처를 마련하는데 족할 수밖에 없었다. 자연의 법칙마저 거스르는 육무잠형대절진을 뚫을 수 없었기 때문이다.

육무잠형대절진을 통과하여 족히 일천 평이 넘어 보이는 택지 위에 자리잡은 고색창연한 건물 앞에 선 단천엽은 슬쩍 미간을 좁혀 보았다.

장방형의 모양에 삼 층으로 이뤄진 건물.

넓고 시원한 마당과 건물을 아우르는 청석 자갈길의 바로 앞에 세워진 커다란 대문 위에는 큼지막한 현판이 걸려 있었다. 다른 건물과 달리 주변을 두른 담벽은 없으나 현판에 일필휘지로 쓰인 천무서각이란 글자가 주는 위압감은 상당했다. 오히려 육무잠형대절진을 통과할 때보다 단천엽은 더욱 마음이 흔들리는 걸 느꼈다.

"후우!"

단천엽은 가볍게 숨을 골랐다. 여태까지 아무런 동요가 없던 마음이 흔들린 건 천무서각이란 글자가 가지고 있는 의미에 지나치게 집착했기 때문이다.

한차례 호흡과 함께 마음을 비우자 눈앞의 글자는 더 이상 단천엽에게 아무런 의미를 부여하지 못했다. 심리적인 저항감은 이미 소멸한 지 오래였다.

단천엽이 단숨에 활짝 열린 천무서각의 대문을 통과하자 가벼운 박수 소리가 귓전을 때렸다. 그가 사자의 길을 통과해 천무서각에 이르는 걸 몰래 훔쳐보고 있던 모어언이 자신도 모르게 손뼉을 친 것이다.

"모 소저?"

단천엽이 가볍게 놀란 표정을 짓자 모어언이 삼 층 건물의 바로 앞을 지키고 선 석사자 상에서 뛰어내렸다.

평소 단단히 몸을 가리고 있던 천은마갑을 벗은 그녀는 녹의무복에 허리까지 늘어진 머리를 녹색 띠로 단단히 묶고 있었다. 여느 용문의 여자 수련생과 다름없는 모습이나 타고난 미모가 어디 갈 리 만무했다.

얼굴로 흘러내린 몇 가닥 머리카락을 손으로 쓸어 올리는 모어언의 모습에 단천엽은 일시 넋이 달아나는 것 같았다. 요즘 들어 부쩍 성장한 그는 이미 소년이 아니었고, 모어언 역시 완연한 여인이 되어 있었다.

십전대각에서 함께 청소를 한 이후 거의 반년 만의 만남, 두 사람이 서로의 변한 모습에 관심이 가는 건 당연했다.

단천엽이 낯을 가볍게 붉히자 모어언이 추수 같은 눈빛을 반짝이며 입가에 가벼운 미소를 담았다.

"참 놀라운 일이에요!"

"놀라운 일?"

"천부서각에 들기 위해선 두 가지 시험을 통과해야만 해요. 첫 번째가 사자의 길에 형성된 육무잠형대절진이고, 두 번째는 방금 전 단 공자가 깬 불생미로진(不生迷路陣)으로 정신에 직접적으로 작용합니다."

단천엽은 방금 전 천무서각의 현판을 보고 마음이 거세게 흔들렸던 일을 떠올렸다. 그가 단백경과의 비무를 통해 무공의 깨달음이 가일층 높아진 상태가 아니었다면 짧은 시간 내에 마음의 평정을 되찾긴 쉽지 않았으리란 생각이 들었다.

단천엽이 미미하게 고개를 끄떡이자 모어언이 설명을 계속했다.

"첫 번째 시험인 육무잠형대절진은 연옥백강에 든 사람이면 파진결을 받게 되니, 의미가 없어요. 하지만 두 번째 시험인 불생미로진의 경우 파진결 따윈 아예 없다고 할 수 있어요. 정신력이 얼마나 높고 바른가에 따라 시험의 통과 유무가 결정되기 때문이에요.”

“그럼 연옥백강 중 천무서각에 들지 못한 사람도 있다는 말입니까?”

“아무도 그런 말을 하지 않죠. 명예에 관계된 일이니까요.”

“확실히 그런 얘기는 들어본 기억이 없군요.”

“하지만 연옥십강과 이십강, 그 밖의 서열자들 간의 무공 수준이 현격히 차이를 보이는 걸 보면, 두 번째 시험을 통과하지 못한 사람은 꽤 많다고 저는 생각해요.”

“…….”

“그런데 단 공자는 단숨에 불생미로진의 시험을 통과했으니, 정말 놀라운 일이에요. 어린 시절부터 천무서각을 드나들어 몇몇 통과자들을 봤지만, 정말 그들이 불생미로진을 만난 순간 보인 모습은 가관이었거든요.”

“그렇군요.”

고개를 끄떡인 단천엽이 미간을 가볍게 찌푸려 보였다. 두 번째 시험의 목적이 대충 짐작이 가기는 하나 좀 심하다는 생각이 든 것이다.

“연옥백강에 든다는 건 참 힘든 일입니다. 함께 생활하고 교육받았던 동료와 경쟁해서 이겨야 하니까요. 그런데도 수련생들이 연옥백강을 목표로 하는 이유 중에는 천무서각에 들고 싶은 게 커다란 이유일 겁니다.”

“천하맹 출신이 아닌 대다수 수련생들이 목표로 삼는 일이죠.”

“천하맹의 천무서각에는 천하 각문 각파가 오래전에 유실한 비전절기가 쌓여 있다는 소문이 있으니까요.”

"단 공자는 그들이 자신들 문파의 절기에만 관심이 있다고 생각하나요?"

"최소한 그것만을 목표로 하는 사람을 저는 한 명 알고 있습니다."

단천엽은 청성일수 안환을 떠올렸다. 그가 청성적하검의 잃어버린 초식 세 가지에 집착하던 모습을 떠올리자니, 가슴 한 켠이 아려왔다.

그러나 모어언의 태도는 냉정했다. 그녀는 단천엽의 안색을 지그시 살피고는 고개를 가로저었다.

"물론 그런 사람도 있겠지요. 그러나 대부분 천무서각을 찾는 수련생들의 목표는 여타 다른 대문파의 비전이나 희세의 무공기서에 있어요. 세상에 무공기서나 비전만으로 완성할 수 있는 무공은 거의 없다는 걸 모르고."

"최소한 그 문파의 사람이 아니라면 비전이란 종이 쪼가리에 불과하겠지요."

"그 차이를 아는 자는 천무서각에 그리 커다란 의미를 부여하지 않지요. 그리고 그 차이를 아는 자만이 불생미로진의 시험을 통과해서 천무서각에 들 수 있는 거예요."

"그렇군요."

단천엽은 결국 처음과 같이 고개를 끄떡였다. 여전히 천무서각 앞에 불생미로진을 펼쳐 놓은 것에는 불만이었지만, 그 속에 담긴 뜻마저 무시할 수는 없었기 때문이다.

결국 단천엽이 자신의 말에 수긍하자 모어언이 아름답게 미소 지었다.

"그럼 단 공자와 이곳에서 다시 만난 것도 인연이니, 제가 천무서각 안을 안내해 드리죠. 마침 오전 연공이 끝난 터이니까요."

"부탁드리겠습니다."

단천엽이 정중히 고개를 숙여 보이자 모어언이 슬쩍 손으로 입가를 가렸다. 처음 만난 날부터 여태까지 계속 싸워왔고, 마음속으로 순간순간 그리워했던 단천엽과의 만남이 그녀를 자꾸 웃게 만들었다.

천무서각은 삼 층으로 나뉘었는데, 일층에는 족히 삼만 권이 넘는 방대한 서적이 정리되어 있고, 이층에는 일만 권, 마지막 삼층에는 삼천 권이 있었다.

일층에 정리된 서적들이 대부분 제자백가로부터 시작된 유불도(儒佛道)의 경전, 이론서, 주석서 등과 사상서, 잡학 등이라면, 이층과 삼층에는 천하 각문 각파 각방회 등의 기초 무공과 구결, 심득 등이 잔뜩 널려 있었다. 공부에 전념하는 서생이라면 일층이 무릉도원이겠으나 무림인들에겐 이층과 삼층 외엔 별로 쓸데가 없는 공간이나 다름없었다.

'그러나 이층과 삼층에 있는 무공서만 해도 일만 삼천 권이 넘는다. 이중에서 자신에게 맞는 특별한 무공을 찾는 것만 해도 기연이라 할 만하겠구나!'

간단히 천무서각 안을 둘러본 단천엽이 가볍게 한숨을 짓자, 그의 내심을 눈치 챈 모어언이 나직이 속삭였다.

"정말 많지요?"

단천엽이 고개를 끄떡였다.

"정말 많군요. 이중에서 자신에게 맞는 한 가지 무공을 찾는 데만도 삼 개월은 부족할 것 같습니다."

"단 공자도 그렇게 생각하시나요?"

“대부분 이곳을 찾은 사람들은 그렇게 생각했을 것 같군요.”

“그러면 단 공자는 다른 생각을 했다는 건가요?”

“예, 저 역시 잠시 혼란스러웠지만, 대충 마음을 정했습니다.”

“어떻게요?”

“모 소저가 이곳에 들기 전에 가르쳐 준 방법을 따르기로요.”

“예?”

“이곳에 들기 전 모 소저가 말하길 천하의 어떤 무공도 비급만으로 익힐 수는 없다고 했습니다. 그런데도 이곳을 찾은 사람들은 타파의 비전절예나 희세의 무공기서만을 찾는다고.”

“분명 그렇게 말했지만……..”

“모 소저가 그런 말을 한 건 그런 식으로 행동했던 사람들이 대부분 실패했다는 걸 의미하지요. 그러니 제가 굳이 실패한 사람들의 방법을 따를 필요는 없지 않겠습니까?”

“아!”

모어언이 가볍게 탄성을 토해내자 단천엽이 씩 웃어 보였다.

“저는 이제부터 제가 익혔던 무공과 관련된 비급들을 찾아볼까 합니다. 특별히 이름도 모를 희세의 무공기서를 찾지 않아도 되니 시간을 단축할 수 있겠지요.”

“또한 단 공자가 이미 진수를 파악하고 있는 무공과 관련된 부분이니, 요점을 파악하기도 쉽겠군요?”

“그런 셈이지요.”

단천엽이 고개를 끄떡여 보이자 모어언의 얼굴에 만족스런 표정이 떠올랐다. 단천엽의 대답은 그녀가 예상했던 것보다 훨씬 훌륭했다.

슬쩍 입가에 떠오른 미소를 지운 모어언이 표정을 엄하게 굳혔다.

“그럼 뭐 하시는 거예요!”

“예?”

“시간이 아깝잖아요!”

“시간이…….”

“당장 무공을 찾는 거예요! 삼 개월이란 시간은 그리 긴 편이 아니니까요!”

“아, 예예!”

일순 장난스런 얼굴이 된 단천엽의 대답에 모어언이 주먹을 휘둘렀다.

퍽!

“큭!”

“단 공자는 장난이나 치려고 천무서각에 들어온 게 아니에요! 오늘 이후로는 아는 척도 하지 않을 테니까 무공 연마에만 주력하세요!”

“알겠습니다!”

여전히 장난스런 대답이었다. 그러나 모어언은 다시 주먹을 휘두르려다 손에서 힘을 뺐다. 단천엽이 싹싹 손을 비비는 모습에 더 이상 화를 낼 수 없었기 때문이다.

'바보!'

모어언이 신형을 돌려세우자 단천엽이 한차례 이를 드러내곤 시선을 이층으로 향하는 계단으로 향했다. 한차례 천무서각 안을 도는 동안 이미 눈여겨봐뒀던 장소, 바로 천하 각문 각파의 기초 무공들이 쌓여 있는 곳을 먼저 찾기로 마음먹은 것이다.

잠심연무(潛心鍊武) 3

단천엽이 천무서각에 들어간 사이 용문 내에선 몇 차례나 수련생들의 가슴을 펑펑 뛰게 만드는 대결이 벌어졌다. 바로 기존의 연옥백강과 춘계쟁투지회를 통과한 수련생들 간의 대결이었다.

그중 몇 차례의 대결이 하급 수련생들을 얼팡게 했는데, 연옥백강 서열 이십오위인 금룡쾌편(金龍快鞭) 소경섭과 봉황구전 연아상의 대결이 백미로 꼽혔다.

대부분의 기존 연옥백강들이 승리한 가운데, 그중에서도 상위 서열자인 소경섭과 천지인 삼 개 조 최강이라 불리는 연아상의 대결은 처음부터 최고의 대결로 관심을 끌었다. 누가 이겨 새로운 연옥백강에 오르냐만이 관심사일 뿐 치열한 공방전이 벌어지리란 게 대다수 수련생들의 예상이었다.

그러나 두 사람 간의 대결은 예상외로 빨리 끝을 맺었다. 소경섭이 비전의 금룡칠절편(金龍七絶鞭) 중 채 삼초를 끝내지 못하고 패배를 인정한 것이다. 그가 패배를 인정할 시 연아상은 단지 세 개의 황금봉황시를 시위에 걸었을 뿐이었다.

그 뒤 벌어진 몇 차례의 대결에서 기존 연옥백강의 압도적인 우위는 계속되지 못했다. 소경섭보다 높은 상위 서열자들이 나서지 않은 것도 한 가지 원인이겠으나, 연아상의 뒤를 이어 대결에 나선 도전자들의 기량이 결코 녹록치 않았기 때문이다. 연아상을 제외한다 해도 올해 춘계쟁투지회를 통과한 도전자들의 기량은 예년을 훨씬 웃돌고 있었다.

지자조 제삼 내무반 막사. 본래 이십사 명 정원을 꼭 채우고 있던 이곳에는 지금 몇 명의 수련생만이 모습을 보이고 있었다. 지자조의 영웅으로 등극한 사 인의 춘계쟁투지회 통과자들이 모여 심각한 토론을 하고 있었기 때문이다.

막사 한 켠에 거만한 자세로 걸터앉은 청성일수 안환이 살짝 눈살을 찌푸렸다. 이미 사흘 전 연옥백강 서열 팔십오위인 양수도 마걸을 백여초만에 누른 그는 짜증이 치민 상태였다. 그의 탁월한 선견지명과 상대에 대한 분석을 기소천은 무시로 일관하고 있었다.

"그러니까 결국 이 안 대형의 말을 듣지 않겠다는 거냐?"

안환이 결국 목소리를 높이자 기소천의 뒤에 기립해 있던 상명헌과 유현중이 얼핏 살기를 드러냈다. 두 사람은 이미 안환과 마찬가지로 기존 연옥백강과의 대결에서 승리한 상태였다. 이제 마지막으로 남은 기소천의 승리를 위해 모였기는 하나 안환의 기고만장한 모습은 참아내기 힘들었다.

그때 다시 안환이 기소천에게 목소리를 높이며 강압적으로 소리치자 참다못한 상명헌이 나섰다.

"안환 형, 말이 좀 심한 거 아니오?"

안환의 시선이 상명헌을 향했다.

"뭐가 심하다는 거요?"

유현중 역시 눈빛을 차게 가라앉혔다.

"기, 기 소제는 천도각의 소공자로 명예를 아는 분이시오. 그래서 권왕각의 노호권(怒虎拳) 강위령을 상대로 정한 것인데, 어찌 안환 형은 기 소제의 결정을 강압적으로 꺽으려 하시는 것이오?"

상명헌이 고개를 끄떡이며 동조했다.

"기, 기 소제는 명예를 아는 천도각의 제자이오. 이미 명예로운 결정을 내렸으니 우리는 따르는 게 당연한 일이오!"

"그게 맞는 일이오!"

상명헌과 유현중의 단호한 얼굴을 빤히 올려다본 안환의 얼굴에 얼핏 흐릿한 미소가 떠올랐다. 어찌 보면 단순한 미소에 불과하지만 상황이 문제였다.

그의 미소를 일종의 조소로 받아들인 상명헌과 유현중이 동시에 손을 도파(刀把:칼 손잡이)로 향했다. 기소천이 앞에 앉아 있지 않았다면 바로 발도에 들어갔으리라.

그때 기소천이 얼른 목소리를 높였다.

"두 분 사형, 그만두세요!"

"존명!"

"존명!"

얼른 도파에서 손을 떼는 두 사람을 바라보며 다시 입가에 미소를 띤 안환이 비꼬듯 말했다.

"기, 기 소제라고 더듬거리며 말끝에는 존칭을 붙이고, 또한 존명이라니! 당당한 연옥백강에 오른 두 사람이 할 만한 행동은 아니지 않을까요?"

상명헌과 유현중의 얼굴이 다시 험악해졌다. 안환의 말은 그들 두 사람의 가장 아픈 부분을 건드는 것이었다.

기소천이 안환에게 눈살을 찌푸려 보였다.

"안 대형은 제 사형들을 모욕하지 마십시오! 사형들은 본 문의 미래를 짊어진 분들일뿐더러, 절 위해 성심성의를 다 바친 분들이십니다!"

"그건 아는군?"

"예?"

어느새 안환은 방금 전까지 보였던 비꼬는 표정을 푼 상태였다. 평소처럼 남에게 확실히 호감을 줄 만한 얼굴로 그가 말을 이었다.

"기 소제는 분명 마음속으로 상명헌 형과 유현중 형에게 고마움을 느끼고 있을 거야! 두 사람은 작년에도 춘투를 통과했고, 잘했으면 연옥백강에 들 수 있었는데도 그걸 포기하고 올해를 맞았으니까."

"안환 형!"

"그런 말이!"

상명헌과 유현중이 동시에 목소리를 높였으나 안환의 시선은 요지부동(搖之不動) 기소천을 향해 있었다. 기소천만 제압하면 상명헌과 유현중의 분노야 자연스레 해결된다는 걸 그는 알고 있는 것이다.

기소천이 고개를 끄떡였다.

"맞습니다! 저는 여태까지 그 사실 때문에 마음속으로 괴로워하고 있었습니다. 사형들의 발전을 제가 가로막고 있는 듯해서……."

"기, 기 소제, 우리는 절대……."

"그, 그때의 일을 마음에 두고 있지 않으니까!"

말까지 더듬는 상명헌과 유현중에게 고개를 돌린 기소천이 담담히 웃어 보였다.

"알고 있습니다. 소제도 알고 있어요."

"그, 그럼 어째서?"

"알고 있지만 잊지는 않고 있다는 겁니다."

기소천의 대답에 상명헌과 유현중은 잠시 할 말을 잃었다. 그들은 일시 기소천에게 감동해 버리고 만 것이다. 순간 세 사형제 간에 어색한 침묵이 감돌았다.

그때를 안환은 놓치지 않았다. 나직한 헛기침으로 주변의 이목을 집중시킨 그가 다소 엄숙해진 표정으로 방금 전에 못 끝낸 말을 이었다.

"그렇기 때문에 올해 기 소제는 반드시 연옥백강에 들어야 하는 거네. 올해 기 소제가 연옥백강에 들지 못한다면, 자네의 두 사형은 다시 연옥백강을 사양할 테니까."

"그런……."

안환의 시선이 상명헌과 유현중을 향했다.

"그렇지 않소이까?"

상명헌과 유현중이 입을 꾹 다물었다. 안환의 말은 틀린 바가 없었다.

침묵의 의미를 깨달은 기소천의 안색이 살짝 붉어졌다. 단천엽의 말을 들은 후 조금쯤 성장했다고 생각했는데, 전혀 그렇지 못했다는 생각이 들었다. 타인인 안환마저 생각할 수 있었던 사실을 그는 미처 생각조차 못했던 것이다.

그러자 드디어 완전히 승기를 잡았다는 판단이 든 안환은 어깨를 한

차례 으쓱해 보이고는 다시 목소리를 높였다.

"그러니 한 단계 낮추는 게 정답이야! 연옥백강 서열 이십구위의 노호권 강위령보다 한 단계 서열이 낮을 뿐이지만, 염왕도(閻王刀) 채일평은 기 소제의 도법을 절대 이길 수 없을 테니까!"

"그건 어째서 그렇지요?"

"천하에 도법으로 천도각, 아니, 구천도문의 문하제자를 이길 수 있는 사람이 어딨겠어! 그것도 천도각의 소공자인 기 소제와 맞상대해서!"

"그렇다곤 해도……."

"자자, 그렇게 결정 내리는 거야! 그래야 단 소제가 폐관 수련을 깨고 나왔을 때 우리 모두 떳떳하게 맞을 수 있지 않겠어?"

"……."

기소천이 결국 고개를 끄떡이자 안환이 이를 드러내며 웃었다. 사흘 전 철저한 준비 끝에 맞상대한 양수도 마걸에게 패배를 인정받을 때 보였던 승리자의 미소가 그의 만면에 가득 떠올랐다.

"염왕도 채일평은 노호권 강위령에 못잖은 강자입니다. 이 년 전 벌어진 연옥대전에서 비록 서열 삼십위가 되긴 했으나 지금에 와서는 어찌 될지 알 수 없을 정도로."

"맞소! 특히 그의 염왕도법(閻王刀法) 중 염왕출천(閻王出天)의 초식은 매우 패도적이라 내외공이 함께 일류의 경지에 오르지 못했다면 막아내기 힘들 정도요."

연달아 터진 상명헌과 유현중의 질책에 안환이 소지로 귀를 연달아 후벼댔다. 혹시 기소천이 엿듣기라도 할까 봐 목소리를 낮춘 두 사람의 눈에는 사뭇 얄미운 모습이었다.

"그게 무슨 태도요!"

"정말 우리와 손속을 겨뤄보겠다는 뜻이오!"

안환이 그제야 소지를 귀에서 빼냈다. 그는 소지 끝에 묻은 허연 가루를 후후 불어내곤 씨익 웃었다.

"물론 염왕도 채일평은 강자입니다. 노호권 강위령보다 못하다곤 누구도 인정하지 않을 정도로."

안환의 말에 어폐가 있음을 눈치 챈 상명헌의 눈에 이채가 떠올랐다.

"채일평에게 문제가 있소이까?"

안환의 입가에 맺힌 미소가 더욱 짙어졌다.

"내가 힘들게 알아낸 정보에 의하면 며칠 전 채일평이 과도한 수련으로 인해 팔목 인대 쪽을 다쳤다고 들었습니다. 급히 치료를 받았긴 하나 염왕도법같이 힘을 위주로 하는 초식이 대부분인 무공을 펼치는 데는 반드시 허점이 노출될 겁니다."

"그거 확실한 정보인 거요?"

"내가 어떻게 양수도 마걸을 이겼다고 생각하시는 겁니까?"

"그럼 양수도 마걸 역시?"

"나는 마걸을 제압하는데, 청성적하검을 절반도 펼치지 않았소이다."

평소답지 않은 안환의 자신감 넘치는 표정을 빤히 쳐다본 상명헌과 유현중이 동시에 포권지례를 해 보였다. 두 사람에게 있어 기소천의 연옥백강 진입은 당면한 가장 시급하고 중요한 일임에 분명했다. 안환의 호언장담이 맞다면 한시름 놓을 수 있으니 의당 예의를 갖춰 보임이 마땅했다.

히죽!

입가에 만족스런 표정을 지어 보인 안환이 얼른 두 사람에게 연달아 포권을 해 보였다. 상대에게 이미 빚을 지웠으니, 이젠 돌아올 이득을 계산하기만 하면 될 터였다.

'역시 일이 그렇게 된 거였구나!'

기소천은 상명헌과 유현중이 안환을 데리고 으쓱한 곳으로 향할 때 부터 몰래 뒤를 밟았다. 단천엽이 전수해 준 천부경 덕분에 마음이 안정된 이후 그의 무공은 빠르게 진전됐기에 세 사람의 날카로운 이목에도 포착되지 않을 수 있었다.

세 사람의 대화를 몰래 훔쳐 들은 기소천의 안색은 어느 때보다 붉게 달아올라 있었다. 그들이 이처럼 신경 써주는 게 고맙기도 했으나 창피함이 더욱 컸다. 여전히 홀로 서지 못했다는 자괴감이 기소천의 마음을 우울하게 했다.

하지만 기소천은 곧 어깨를 당당하게 폈다. 천무서각으로 떠나기 전 단천엽과 나눴던 대화를 떠올리자 마음속 깊숙한 곳에 꿍쳐 놨던 웅심이 일어났다.

더불어 반드시 자신의 힘으로 연옥백강에 오르겠다는 생각과 함께 결코 남의 어려움을 기회 삼지 않겠다고 스스로에게 다짐했다. 정정당당한 사나이여야만 단천엽 앞에 떳떳할 수 있다는 판단이었다.

"세 분 대형!"

숨어 있던 곳에서 모습을 드러낸 기소천의 부름에 세 사람의 안색이 가볍게 질렸다. 여태까지 나눴던 말을 모두 기소천이 들었다고 생각하니 쥐구멍이라도 찾고 싶은 심정이었다.

세 사람 중 가장 얼굴이 두꺼운 안환이 어색하게 웃어 보였다.

"기 소제가 이곳에는 어떤 일이지?"

기소천이 마주 웃어 보이며 대답했다.

"산책 나왔다가 세 분 대형이 정답게 담소를 나누시는 걸 발견하고 저도 낄까 싶어 왔습니다."

"하하, 그거야말로 좋은 일이지! 우리 네 사람이 달밤에 담소를 나누는 것도……."

"그런데 한 가지 세 분에게 드릴 말이 있습니다."

안환의 말을 끊은 기소천이 상명헌과 유현중을 마저 바라보곤 선언하듯 말했다.

"세 분께는 죄송하지만, 내일 저는 노호권 강위령 선배에게 도전하기로 마음을 정했습니다."

"그건……."

"용문에 들어온 후 처음으로 제 스스로 내린 결정입니다. 설혹 내일 패해 한 해 더 잠심연무를 해야 할지도 모르지만, 그래서 두 분 사형에게 다시 폐를 끼치게 될지도 모르지만……."

"……."

"그래도 저는 내일 노호권 강위령 선배에게 도전하겠습니다. 그것이 저의 의지입니다."

말을 마친 기소천이 안환을 비롯한 삼 인에게 천천히 고개를 숙여 보였다. 여태까지 그를 보호해 줬던 것에 대한 보답이었다. 그리고 그는 소년으로부터의 이별을 고했다.

■ 제38장 ■
네 번째 세력, 패왕회(覇王會)!

네 번째 세력, 패왕회(覇王會)!

"구천도문, 천하 삼대세력이라 불리던 본 문의 최강절기는 내가 알다시피 음유함으로 이름 높은 구음진기와 구천현무도법(九天玄武刀法)이다. 극강의 패검인 창천검문의 뇌벽지존검과 대극에 위치한 구천현무도법의 음유함은 천하제일이라, 역시 음유한 내력인 구음진기와 더불어 천하에 명성이 높았다."

"……."

"그러나 당대에 이르러 천하맹에 귀속된 본 문은 창천검문이나 벽력권문에 비해 한 수 떨어지는 걸로 세상에 알려졌다. 창천검문에서 창천무극검제 모문환을 배출했고, 벽력권문에서 뇌정경혼 단백경을 배출한데 반해, 구천도문에서는 못난 아비대에 이를 때까지 천하에 명성을 드높인 절대고수를 배출하지 못했기 때문이니라!"

"아버님은 위대한 도왕(刀王)이시잖아요!"

“그래, 세상에선 나 기득렬을 구천도왕(九天刀王)이라 부르며 앙모
한다. 내가 구천도문을, 아니, 이젠 천도각이라 해야겠지. 내가 천도각
을 계승했기 때문이다.”

“아버님은, 아버님은…….”

“울지 말아라! 구천도문의 도객은 자신의 칼을 손에서 놓게 되는 때
가 아닌 한 절대 눈물을 보여선 안 되느니!”

“하지만…….”

“그래, 구천도왕이란 별호를 나는 결코 핏줄로 쟁취한 게 아니다. 목
숨을 건 수련과 노력, 끝없는 쟁투 끝에 나는 천도각과 구천도왕이란
별호를 얻었다. 그것 역시 쉬운 일은 아니었지. 하지만 그뿐이었다.”

“…….”

“나는 구천도왕이 됐고, 천도각을 얻었으나 창천무극검제도 뇌정경
혼도 될 수 없었다. 여기까지가 나 기득렬의 한계였기 때문이다.”

“으흐흑!”

“내가 울지 말라고 하지 않았더냐!”

“아버님, 하지만…….”

“그래, 네 눈물이 무얼 뜻하는지 안다. 알고말고. 하지만 오늘 이후
너는 남 앞에서, 그러니까 이 애비 앞에서도 눈물을 보여선 안 된다.
나 기득렬이 못 이룬 꿈을 네가 이뤄야 하기 때문이다.”

“하지만 어떡해?”

“너는 이룰 수 있다, 소천아! 내 아들아! 위대한 구천도문의 혈맥을
이어받은 아이야! 너는 반드시 이 애비가 못 이룬 꿈을 이룰 수 있을
것이다!”

우와와와!

귓전을 때리는 함성에 기소천은 흠칫 어깨를 떨었다. 용문에 입문하기 바로 전날 부친인 구천도왕 기득렬과 나눴던 대화를 잠시 떠올린 것만으로 그의 눈 주위는 붉게 물들어 있었다.

그러나 그뿐, 눈물은 맺혀 있지 않았다. 기소천의 손에는 어느새 애도인 월아(月牙)가 새하얀 나신을 드러내고 있었다. 그의 붉어진 눈에 자신의 모습을 각인시키려는 듯.

스으!

아릿한 도명(刀鳴)이 일었다. 그와 함께 기소천이 앞으로 나서자 이미 강력한 권기로 몸 전체를 보호하고 있던 노호권 강위령이 살짝 포권해 보였다.

"벽력권문의 제자 강위령이 구천도문의 소공자를 뵈오!"

기소천이 월아를 거꾸로 한 채 도례를 취해 보였다.

"구천도문의 제자 기소천이 벽력권문의 권사 강위령 선배에게 도전을 청합니다!"

"소공자의 예가 과하시오! 어찌 일개 벽력권문의 제자에 불과한 제게 선배라 칭하시는 겁니까?"

"용문에서는 제 선배가 되시는 게 맞습니다!"

"용문의 서열로 따지자는 겁니까?"

"그러는 게 옳다고 봅니다!"

강위령은 여태껏 기소천에 대해 가지고 있던 선입견을 버려야겠다고 생각했다. 그가 아는 기소천은 구천도문이란 배경만 믿고 있는 홍안자에 불과했다. 입문 후 들려온 소문이 그러했고, 종종 기본적인 용문의 수련에도 힘들어하던 모습에 내심 고개를 끄떡이곤 했다.

그런 그가 당당한 벽력권문의 권사인 자신에게 도전했다는 말을 듣고 내심 비웃었다. 다른 때와 달리 완벽할 정도로 예의를 차려 보인 속내에는 기소천과 구천도문을 크게 망신주려는 의도가 숨어 있었다.

'그러나 상대를 파악하는데 직접 손속을 맞대거나 기운을 나누는 것 이상 가는 건 없다고 했던가? 눈앞의 홍안자는 절대 쉬워 보이지 않는군!'

강위령은 다소 해이해졌던 온몸의 긴장을 되살렸다. 그는 눈앞의 기소천을 이미 호적수로 인정하고 있었다.

슈우우!

강위령의 몸 주변으로 몇 가닥이나 되는 아지랑이가 숫아올랐다. 그의 마음이 움직인 순간 일어난 권기가 주변의 찬 공기를 단숨에 수증기로 바꿔놓고 있었다.

우우웅!

권이 울었다. 그와 함께 포권을 푼 강위령이 묵직한 목소리로 기소천을 불렀다.

"기 공자, 이미 싸움은 시작된 것이오! 더 이상 예의 차리지 말고 덤비시오!"

"그럼 실례하겠습니다!"

기소천이 도례를 풀었다.

빙글!

순간 월아가 제자리로 돌아오자 만월형의 환도에는 이미 강한 빛덩이가 맺혀 있었다.

"도강(刀罡)!"

구경꾼 중 누군가의 입에서 경호성이 터졌다. 그리고 일순 바닥에

뿌리를 내린 듯 고정되어 있던 강위령의 신형이 바람같이 기소천에게
파고들었다.

선수필승(先手必勝)!

기소천이 만들어낸 도강을 본 순간 강위령은 선배로서의 체면 따윈
하늘로 내던져 버렸다. 살며시 쥐어진 그의 주먹은 맹렬한 권풍을 연
달아 뿜어냈다.

하나같이 기소천의 요혈을 향한 권격!

강위령은 신형을 날리며 도강이 깃든 구천현무도법이 펼쳐지기 전
에 승부를 결정짓기로 결심했다. 적수공권인 그로선 당연한 선택이었
다.

그러나 최초의 권격이 기소천의 면전에서 거센 폭발을 일으키기 바
로 직전이었다. 별호처럼 노호와 같던 강위령이 재빨리 권세를 되돌렸
다. 아니, 되돌릴 수밖에 없었다고 함이 더욱 옳으리라.

그의 권세가 도착하기도 전이었다. 기소천의 몸을 감싸며 부챗살처
럼 일어난 도강이 노룡(怒龍)처럼 하늘로 등천하더니, 곧 거센 폭풍으
로 변했다. 삽시간에 면전까지 피고든 강위령의 권풍을 단숨에 함몰시
킬 정도의 기세를 품고.

"하!"

안환은 자신도 모르게 주먹을 꽉 쥐었다. 등으로 식은땀 한 방울이
흘러내리는 걸 그는 전혀 의식하지 못했다.

그만큼 순식간에 강위령을 몰아붙이기 시작한 기소천의 도세는 무
시무시했다. 안환은 흡사 자기 자신이 연신 뒤로 물러서고 있는 강위
령이 된 듯 온몸을 부들부들 떨었다. 도저히 눈앞에서 펼쳐지는 기소

천의 폭풍 같은 도세를 막아낼 엄두가 나지 않았다.

그런 기분은 그의 양옆에 서 있는 상명헌과 유현중도 마찬가지였다. 그들은 이미 구천현무도법의 오의를 어느 정도 터득하고 있었기에 충격이 더했다.

평생을 두고 연마해 왔던 구천현무도법의 초수가 오늘 강위령을 맞은 기소천의 손에서 저와 같은 위력을 발휘하리라곤 상상조차 못한 일이었다.

"유수행운(流水行雲), 평안류하(平安流河), 수미상응(首尾相應), 잠룡침수(潛龍沈水)……."

"어찌 저와 같이 쓰일 수 있단 말인가! 하물며 수미상응과 잠룡침수는 전형적인 수비초식인데, 저와 같이 패도적일 수가!"

"이미 유수행운이 극쾌로 펼쳐졌고, 평안류하의 변화가 바닥에 바둑판을 만들어놨다. 수미상응과 잠룡침수가 공격초식이 되었다 한들……."

상명헌은 더 이상 말을 계속할 수 없었다. 십여 초식도 되기 전에 권세가 무너진 강위령이 어느새 나려타곤을 펼쳐 바닥을 뒹굴고 있었다. 권사의 하체가 무너졌으니, 이미 승부는 난 것이나 다름없는 상황!

스파팟!

기소천은 여전히 도세를 멈추지 않고 있었다. 그의 월아는 잔혹한 섬광을 줄기줄기 뿜어내며 바닥을 기는 강위령의 목젖을 노리며 떨어져 내렸다. 단천엽이 천무서각에 들어가기 전 걱정했던 상황이 벌어진 것이다.

순간 기소천의 도세를 늦추기 위해 상명헌과 유현중이 발도와 함께 달려들었다. 공격으로 사람을 구하는 위위구조(圍魏救趙)의 수법이었다.

번쩍!

환상이었다! 기소천의 도세가 수미상응을 만들어내자 상명헌과 유현중의 신형이 맹렬히 뒤로 튕겨져 나갔다. 그들 두 사람의 합격조차 기소천의 도세를 늦추기엔 무리였다. 이제 기소천을 막을 사람은 안환밖엔 없었다.

'이런 빌어먹을!'

안환은 내심 터뜨린 욕설과 달리 쾌속하게 검을 빼 들었다. 지금 여기서 기소천이 강위령을 죽여선 곤란했다.

그러나 안환이 달려든 것과 동시였다. 잠룡침수를 펼친 기소천의 월아가 공중에서 직각으로 꺾이더니, 벼락같이 강위령의 목젖으로 떨어져 내렸다.

'으아악!'

강위령은 내심 자신도 모르게 비명을 터뜨렸다. 죽을 때 보인다는 주마등 따윈 떠올릴 겨를도 없었다. 죽음이다, 죽음이 이미 눈앞까지 다가와 있었다.

주룩!

자신도 모르게 눈물 한 방울을 떨군 강위령의 안면이 부르르 떨렸다. 벼락같이 떨어져 내린 기소천의 도세가 목젖을 반 치가량 놔둔 채 멈춰 있는 게 보였다.

"이, 이게……."

휘릭!

시퍼런 살기에 젖어 울부짖던 월아가 돌아갔다. 강위령의 눈물 한 방울과 맞바꿔진 목숨을 뇌둔 채.

순간 가볍게 몸을 떤 기소천이 별명처럼 안색을 붉힌 채 강위령에게 손을 내밀었다.

"미, 미안하게 됐습니다! 아직 공부가 부족해서……."

'공부가… 부족하다고?'

강위령은 기소천이 내민 손을 뿌리치려 했다. 그의 마지막 자존심이었다. 그러나 곧 얼굴이 일그러졌다. 이미 그의 다리는 완전히 풀려 있었다. 스스로의 힘으로 일어설 수 없을 만큼.

"부탁하겠네!"

기소천이 내민 손을 붙잡으며 강위령이 눈을 감았다. 패자가 된 자신의 모든 것을 기소천에게 맡긴 채.

"저거……."

전각 위에 몸을 숨긴 채 기소천과 강위령의 대결을 지켜보던 거산이 꺼내려던 말을 꿀꺽 삼켰다. 어느새 유설영의 투명한 눈이 새파란 빛을 발하고 있었기 때문이다.

귀안!

유설영은 지금 귀안에 전력을 집중하고 있었다. 이러한 때는 마치 운기조식 중 절정에 이르렀을 때와 같았다. 부근에서 조금의 충격만 줘도 유설영의 정신은 큰 타격을 받을 수 있다.

그렇게 잠시의 시간이 지나자 파랗다 못해 진녹색으로까지 변해 있던 유설영의 눈빛이 평소대로 돌아왔다. 귀안이 거둬진 것이다.

유설영의 입에서 나직한 한숨이 토해져 나왔다.

"하아! 어찌 이런 일이……."

“뭐냐? 뭐가 어떻게 된 거야!”

거산이 소맷자락을 붙잡고 흔들자 유설영의 청백한 미간에 가벼운 노기가 떠올랐다.

“어딜 잡는 거예요!”

“아, 미안!”

거산이 화들짝 놀라 소매를 놓자 유설영이 다시 입가에 한숨을 담았다.

“하아, 미안해요! 너무 놀라운 모습을 본 탓에 애꿎은 당신한테 화를 냈군요.”

“뭐, 그거야 하루 이틀도 아니고…….”

“그동안 계속 마음에 담아두고 있었군요?”

“그럴 리가! 그럴 리가 없잖아!”

두 손을 연신 저어 보이는 거산의 놀란 모습에 유설영은 평소의 안정을 되찾았다. 언제든 변함없는 거암과 같은 거산의 존재가 미덥게 느껴진 건 이번이 처음이었다.

유설영의 인색을 몰래 훔쳐본 거산이 다시 물었다.

“이젠 대답해 줄 수 있겠어?”

유설영이 가볍게 고개를 끄떡여 보였다.

“당신도 아는 편이 낫겠지요.”

“…….”

“저 아이를 보고 뭘 느꼈나요?”

거산의 안색이 가볍게 굳었다.

“강렬한 살기를 느꼈다, 인간의 것이 아닌 것 같은.”

“그래요. 저 아이가 순간적으로 일으킨 살기는 인간이 일으킬 만한 성질의 것이 아니에요."

거산의 안면이 푸르르 떨렸다.

"그럼 진짜로 저 녀석이……."

"천살성(天殺星)! 오성과 달리 순수하게 별의 기운을 받은 여섯 번째 별을 오늘 발견했군요."

"어찌 그런 일이……."

"저도 어찌할 바를 모르겠군요. 마도병기를 제외한 진짜 별의 아이를 보게 될 줄이야."

평소답지 않게 흔들리는 모습을 보이는 유설영을 향해 갑자기 거산이 목소리를 높였다.

"귀비! 네가 흔들려선 안 된다!"

"거산?"

"네가 흔들리면 대주님께 위해가 간단 말이다!"

유설영의 얼굴에 일순 암영 하나가 떠올랐다 스르르 사라졌다. 그녀는 잠시 거산과 눈을 맞추고는 미미하게 고개를 끄떡여 보였다.

"염려하지 말아요. 저는 귀비예요."

"그래, 너는 귀비다!"

다시 한 번 목소리를 높인 거산의 시선이 수많은 하급 수련생들한테 둘러싸인 기소천을 향했다. 예상 밖의 인물. 그러나 지금이라도 알았으니, 앞으로 감시의 눈길을 떼어선 안 될 터였다.

"으하하하하!"

안환의 웃음소리는 그가 연옥백강에 정식으로 임명된 후 배정된 막사 밖까지 퍼져 나갔다. 그는 연신 가가대소를 터뜨리며 기소천의 어깨를 두드려 댔다. 누가 보면 기소천이 안환에게 큰 죄라도 진 줄 착각할 법한 모습이었다.

그러다 웃음을 멈춘 안환이 갑자기 흐트러졌던 옷매무새를 가다듬었다. 조사나 사부 앞에서 절을 하고 사문의 비전절기라도 전수받으려는 모습과 다름없었다.

"안 대형, 뭐 하시는 겁니까?"

기소천이 놀라 소리치자 안환이 짐짓 엄숙한 표정을 한 채 묵직한 목소리로 답했다.

"내가 지금까지 기 소제에게 잘못했으니, 정식으로 사과해야 하지 않겠는가!"

"예? 그게 무슨……."

안환이 정중히 고개를 숙여 보였다.

"그동안 내가 기 소제의 진면목을 보지 못했네! 진짜 눈이 있어도 보지를 못했으니, 소경이라 해도 반박하지 못하겠구나."

"안 대형……."

"하지만 정말 놀랐어! 기 소제가 지닌 무위가 그토록 대단하다니! 이럴 줄 알았으면, 연옥백강의 이십위권 내도 한번 노려볼 만했는데 말야!"

언제 엄숙한 태도로 사과를 했냐는 듯 안환의 얼굴과 목소리에는 활기가 돌아와 있었다. 사람이 바뀐 듯한 모습이었다. 그의 이와 같은 변신에 상명헌과 유현중이 동시에 가볍게 미소 지었다.

그들은 기소천의 일도를 막지 못하고 뒤로 나뒹군 이래 계속 안색이 굳어 있었다. 불가사의한 일을 만나 어쩔 줄 모르게 된 상태라고 할 수 있었다.

그러던 것이 안환이 홀로 만들어놓은 떠들썩한 모습에 웃음을 터뜨렸고, 안색마저 풀리는 계기가 되었다. 이미 당황스런 감정은 절반쯤 날아간 상황이었다.

안환을 바라보고 상명헌과 유현중의 변한 표정을 살핀 기소천이 내심 탄식을 터뜨렸다. 천무서각으로 떠나기 전 단천엽이 했던 말이 떠오른 것이다.

'힘들 때 가장 큰 힘이 될 사람은 역시 안 대형이구나!'

또다시 어깨를 두드리기 시작한 안환의 손길을 통해 스머든 따뜻함에 가볍게 안색을 붉힌 기소천이 슬쩍 한쪽 눈을 찌푸려 보였다.

“그만 두드리세요!”

“응?”

“아파서 팔이 떨어져 나갈 것 같잖아요!”

“아아, 내 팔 힘이 좀 셌던가?”

“맞아요. 너무 세서 팔뼈가 부러질 뻔했다구요!”

안환의 특기인 억지 엄살을 부려 보이고 입가에 미소를 담아 보인 기소천이 문득 표정을 엄숙하게 만들었다.

“한 가지 대형들에게 건의하고 싶은 일이 있습니다.”

오늘 낮에 연옥백강 서열 이십구위를 물리친 사람의 말이었다. 상명 헌과 유현중은 물론이고 안환까지 여태까지의 장난스런 표정을 얼굴에 서 지웠다.

“말해 보게.”

대표로 안환이 말을 받자 기소천이 품 안에 넣어놨던 깃발을 끄집어 냈다. 춘계쟁투지회 때 우승자를 가리기 위해 임시로 만들었던 패왕의 깃발이었다.

“그건?”

기소천이 고개를 끄떡였다.

“패왕의 깃발입니다. 단 대형이 차지한 후 제게 맡긴 것을 지금까지 소중하게 간직하고 있었습니다.”

“그걸 소중히 간직한 데는 까닭이 있을 것 같군?”

“예.”

“물어봐도 될까?”

기소천이 수중의 패왕의 깃발을 잠시 매만지곤 눈에 힘을 줬다.

“패왕회(覇王會)를 결성하고자 합니다!”

“패왕회?”

“예. 단 대형을 정점으로 저와 안 대형, 상 사형, 유 사형이 용문의 네 번째 세력을 만들고자 합니다.”

가장 먼저 반응을 보인 건 여태까지와 달리 안환이 아니었다. 상명헌과 유현중이 동시에 눈을 부릅뜨더니, 격렬한 목소리로 소리쳤다.

“공자님, 안 됩니다!”

“그건 있을 수 없는 일입니다!”

기소천은 다른 때와 달리 자신에 대한 호칭을 문제 삼지 않았다. 다만 그는 눈빛을 날카롭게 빛내며 상명헌과 유현중을 쓸어봤다.

“왜 안 된다는 겁니까?”

“그건…….”

주저하는 상명헌을 대신해서 유현중이 목소리를 높였다.

“그건 공자님이 천도각의 소공자이시기 때문입니다!”

“제 신분이 문제된다는 겁니까?”

“그렇습니다! 공자님께서 중심이 된 패왕회라면 저희가 성심성의를 바치겠지만…….”

“단 대형을 저는 친형처럼 생각합니다! 그런데도 안 된다는 겁니까!”

“단 공자는 물론 뛰어난 사람이지만…….”

“단 공자가 아니라 단 대형이라 부르십시오!”

목소리를 높여 유현중의 말을 막은 기소천이 벌떡 자리에서 일어섰다. 그의 몸에서 자연스레 강력한 기도가 솟아올랐다. 이미 발동이 걸린 몸 안의 살기는 이제 그의 독특한 기도로 변해 있었다.

‘웃!’

자신도 모르게 검파 쪽으로 손을 움직이려던 안환이 혀를 질끈 깨물었다. 여기서 약한 모습을 보일 순 없었다.

그때 기도를 약간 늦춘 기소천이 선언하듯 말했다.

"이미 저는 단 대형을 따르기로 마음먹었습니다! 제 의견에 반대하시는 분은 이 자리를 떠나십시오!"

"공자님!"

"공자님!"

상명헌과 유현중의 부르짖음에는 가벼운 흐느낌이 담겨 있었다. 오늘 본 기소천의 신위와 기도는 그들의 마음속에 희망의 불씨를 당겼다. 드디어 천하를 웅패할 주인을 섬길 수 있게 됐다는.

'그런데 이렇게 덧없이……'

'이렇게 어처구니없이……'

고개를 떨군 두 사람의 어깨를 기소천이 다독이듯 쓰다듬었다.

"제가 단 대형을 따르려는 건 그분을 스승처럼 생각하기 때문입니다. 그분이 아니었다면, 지금의 저는 있을 수 없을 테니까요."

"그렇다면……"

"예, 저의 공부가 끝나는 날 패왕회는 해산됩니다. 아니, 제가 패왕회를 떠나는 것이 되겠군요."

기소천의 말 중 어디까지가 진실인지 상명헌이나 유현중은 알지 못했다. 이미 기소천은 그들로선 넘볼 수 없는 곳을 바라보는 경지에 이르러 있었다.

'이렇게 된 이상 공자님을 따를 수밖에……'

서로의 눈을 살피며 이심전심(以心傳心)이 된 상명헌과 유현중이 결국 고개를 숙였다. 패왕회를 이루기 위한 첫 번째 관문을 넘긴 것이다.

내심 가볍게 한숨을 토한 기소천의 시선이 안환을 향했다.

"안 대형은 어떻게 하실 겁니까?"

안환이 기소천과 눈을 마주쳤다. 청명한 가을 하늘처럼 깊고 투명한 눈동자가 화답해 왔다.

"그래도 나는 단 소제라 부를 것이다!"

"두 분만 계실 때는 그렇게 하십시오."

"다른 사람들 앞에선 나 역시 단 대형이라 불러야 한다는 건가?"

"앞으론 그냥 대형이면 되리라 봅니다."

"대형?"

"예, 패왕회의 대형이십니다!"

말을 마친 기소천이 손에 들고 있던 패왕의 깃발을 활짝 펴 보였다. 지저분한 백포 위에 패왕(覇王)이란 글씨가 아무렇게나 흘려 쓰여 있었다. 글씨를 쓴 사람이 금강철권 철무심인 만큼 그리 잘 쓴 글씨는 아니었다.

"참, 글씨 한번 못 썼네!"

안환의 한마디에 잔뜩 굳어 있던 세 사람의 얼굴이 활짝 펴졌다. 용문의 네 번째 세력이 될 패왕회가 처음으로 결성된 한밤중에 벌어진 일이었다.

문상 한상월은 자리에 누운 상태에서 눈을 떴다. 그가 수면을 취하는 시간은 극히 짧아 하루에 한 시진을 넘지 못했다. 그만큼 다른 어떤 이의 방해도 있어선 안 될 시간이었다.

'그런데도 날 찾았다?'

한상월의 시선이 살짝 옆으로 움직였다. 그의 수면을 방해한 당사자를 찾기 위함이었다.

"대주님께 알릴 급보가 있어 찾아왔습니다."

찾은 이는 유설영, 그녀의 눈빛은 전혀 흔들림이 없었다. 현 상황, 한상월이 느낀 기분을 완전히 무시하는 처사였다.

한상월의 입꼬리가 치켜 올라갔다.

"급보란 무엇인가?"

유설영이 고개를 숙였다.

"신성(新星)을 발견했습니다."

"신성?"

"예, 멀지도 않은 용문 내에 숨어 있었습니다."

한상월의 입에서 가벼운 한숨이 흘러나왔다. 무언가 김이 빠진 듯한 음성이 그 뒤를 따랐다.

"그건 천도각의 기소천을 말하는 건가?"

유설영의 안색이 가볍게 흔들렸다. 주인인 한상월이 그녀를 놀라게 한 건 이번이 처음은 아니나 언제나와 같이 큰 파장을 몰고 다가왔다.

"알… 고 계셨습니까?"

"흥, 내가 천하맹에서 마도대법을 연구할 때 천도각을 빠뜨렸으리라 생각한 건가?"

"그럼?"

"자네가 발견했다는 신성은 사실 불완전한 존재라 할 수 있다. 마도대법으로 만들어진 다른 사성과 비교해 크게 손색이 있을 정도로."

"본성이 발휘되지 않는단 말씀이십니까?"

"그를 이끌어줄 별을 찾기 전엔 그렇지. 어차피 스스로 빛을 내지 못하는……."

한상월은 말을 잇던 중 눈살을 찌푸렸다. 무언가 마음에 걸리는 일이 떠오른 것이다.

'가만, 만약 천살성이 본성을 발휘하지 못한 상태라면 귀비의 눈에 뜨였을 리가 없지 않은가?'

한상월의 목소리가 차갑게 가라앉았다.

"기소천이 그 녀석과 가까웠던가?"

한상월이 말한 그 녀석이 누구인지 유설영이 모를 리 없다. 잠시 움찔했던 유설영이 얼른 대답했다.

"예, 그렇습니다."

"얼마나 가까웠지?"

"형제와 같다 알고 있습니다."

"형제와 같다? 그럼 천살성의 본성을 이끌어낸 건 녀석의 부추김이겠군."

"그건……."

"아, 됐어! 이젠 모두 이해가 됐으니, 자네가 대답할 필요가 없다!"

"그럼 그에 대한 처우는 앞으로 어찌할까요?"

"뭐, 어차피 녀석에게 이끌렸다면, 천살성도 제 빛을 온전히 발휘하긴 힘들 터! 다른 사성이 접근하는 것만 막는 선에서 일단은 놔두도록!"

"그것으로 충분하겠습니까?"

"어차피 천도각의 기득렬이 마음먹고 만든 괴물이다. 그 이상 손을 쓴다면, 천도각과 정면충돌을 해야 한다. 그건 곤란한 일이지."

"알겠습니다."

"이만 나가보도록! 난 조금이라도 눈을 붙여야 하니까."

"대주님의 단잠을 방해해 송구할 뿐입니다!"

무릎걸음으로 뒤로 물러서는 유설영을 향해 문득 한상월이 목소리를 높였다.

"날씨가 추워졌다! 이젠 눈이 내려도 이상하지 않을 날씨야!"

멈칫!

"귀비도 밖을 나다닐 땐 옷을 따뜻하게 입도록 해! 병이라도 들면 곤란하니까!"

"존명!"

다시 한 번 고개를 바닥으로 향한 유설영의 신형이 흐릿해지더니, 곧 어둠 속으로 스며들어 갔다. 과연 이젠 눈이 내려도 이상하지 않을 만큼 날씨가 쌀쌀해져 있었다. 동장군이 슬슬 기지개를 켤 때가 온 것이다.

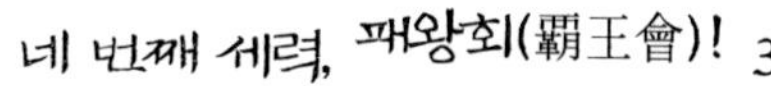

단천엽이 천무서각에 들어서고 며칠이 지나갔다. 한차례 천무서각 안을 둘러본 그는 곧바로 이층의 한 켠에 자리를 잡고 앉아 몇 가지 기초 무공을 습득하기 시작했다.

구양구음검공의 연공 중 튀어나온 검법 이론 중 이해하지 못했던 부분을 보충하기 위해 각파의 기본검들을 비롯해 삼재검(三才劍)과 오행검(五行劍) 등을 연구하고, 비권 천류영의 기본을 이루는 무한류, 팔극권을 다시 훑어봤다.

빠르게 무공을 상승의 경지로 끌어올리느라 간과했던 부분을 찾아 기본을 다지는 것만으로도 단천엽에겐 더없이 유익한 시간이었다. 무공이 상승에 이르러 연상 수련을 할 수 있게 된 터라 작은 허점을 발견해 되돌아보는 것만으로도 얼음이 무궁했다.

그런 단천엽을 위해 모어언은 수련 중간 중간, 매 끼니 때마다 벽곡단을 가져다 주곤 했다. 오직 무공에만 몰두할 수 있는 때란 일생 중 몇 차례 찾아오지 않는다는 걸 아는 그녀만의 섬세한 배려였다.

모어언의 도움을 받아 단천엽은 계속 용맹정진했다. 가끔 배가 고플 경우 벽곡단을 집어 먹으며 모어언에게 감사했으나 단지 그뿐이었다. 오직 무공만으로 머리 속이 꽉 찬 그로선 여인의 따뜻한 정과 배려를 깨닫는데 사용할 만한 마음의 여유가 부족한 상태였다.

그렇게 시간이 흘러갔다.

어느덧 단천엽의 코 주변과 턱에는 꺼끌거리는 수염이 모습을 드러냈고, 행색 역시 추레하게 변해 있었다. 벌써 두 달이 훌쩍 지나간 것이다.

구양구음검공상의 무형무음검을 열 손가락 끝에 모아 이리저리 움직여 보던 단천엽의 눈에서 현기가 번뜩였다. 여태까지 고민하고 있던 일 중 하나가 순간적으로 풀렸다. 오랜 고민 끝에 찾아온 깨달음이었다.

그는 검이란 반드시 형태를 이뤄야 한다는 사실 때문에 계속 고민하고 있었다. 무형무극검의 경우 형태를 이루지 않은 상태에서도 위력을 발휘할 수 있었다. 딱히 형태를 갖춰야 할 당위성을 그는 찾기 힘들었다.

그런데 잠시 발상을 전환하자 모든 것이 쉽사리 풀렸다. 무한류와 팔극권이 합쳐져 완성된 비권천류영에 생각이 미쳤을 때였다.

'무한류는 극도로 자유로운 권법이고, 팔극권은 엄격하고 절도가 넘치는 권법이다. 서로 어울릴 수 없는 두 가지 권법이 비권천류영으로 합쳐진 건 어디까지나 강중유유(强中有柔), 유중유강(柔中有强)이란 권의(拳意) 때문이다. 내외가 겸전되었기에 비권천류영은 자유로움과 엄격함을 동시에 획득할 수 있었다. 그러니 구양구음검공의 무형무극검 역시 마찬가지라고 보면 될 것이다. 무형검의 검의(劍意)를 따르며, 무극검의 형태 역시 존중한다! 그것이 비록 극의(極意)는 아니라 할지라도 한 단계 발전한 것만은 부인할 수 없는 사실일 것이다!'

지난 두 달간의 고뇌에서 벗어나는 순간이었다. 마음의 저울에 추 하나를 내려놓은 단천엽의 만면에 상쾌한 미소가 떠올랐다. 뱃속 가득 쌓여 있던 묵은 찌꺼기가 한꺼번에 배출되는 쾌감. 그는 온몸을 가볍게 떨었다. 불가에서 말하는 법열(法悅)의 기쁨을 슬쩍 맛본 듯한 느낌이었다.

그때 막 이층으로 올라온 모어언의 눈에 이채가 떠올랐다. 그동안 감히 단천엽의 근처에도 다가서지 못한 건 그의 고뇌가 같은 무인으로서 손에 잡힐 듯하였기 때문이다.

그런데 지금 눈앞에 보이는 단천엽의 맑은 얼굴은 무언가 깨달음을 얻은 자만이 보일 수 있는 표정을 하고 있었다. 반가움과 더불어 슬그머니 장난기가 발동한 모어언이 입가에 미소를 담았다.

"호오, 오늘은 웬일로 자리를 털고 일어선 거죠?"

"모 소저?"

"그동안 식사 때만 되면 제가 벽곡단을 가져다 줬어요. 그런데도 사람을 본체만체 하더니, 오늘은 대뜸 절 알아보시네요? 그토록 배가 고팠던 건가요?"

"……."

단천엽은 모어언의 입가에 매달린 장난기 어린 미소를 발견했다. 그녀가 자신에게 장난을 걸고 있다는 걸 쉬이 짐작했지만, 마땅히 대응할 방도가 떠오르지 않았다. 계속 무공일도에만 심력을 집중한 탓에 그는 잠시 멍청해져 있었다.

머뭇거리며 답을 못 내는 단천엽의 모습을 본 모어언이 내심 한숨과 함께 고개를 몇 차례 가로저었다. 괜히 그에게 장난을 걸었다는 생각이 들었다.

그때 마음이 다급해진 단천엽이 엉겁결에 소리쳤다.

"모 소저, 그럼 제가 토끼를 잡아드릴까요?"

"예?"

"그동안 모 소저가 제 식사 당번을 했으니, 이번엔 제가 식사 당번이 되어 토끼를 잡아드리겠단 말입니다!"

"식사 당번을 하겠다는 말인가요?"

"예."

"토끼를 잡아서요?"

"예."

모어언의 대답이 없자 단천엽이 뒤통수를 긁적였다.

"그런 걸로는 안 되겠습니까?"

모어언의 입가에 다시 장난스런 미소가 떠올랐다.

"이 부근에 토끼가 있다는 건 금시초문이에요. 설마 천무서각을 벗어나 토끼 사냥을 하겠다는 건 아니겠죠?"

"삼 개월간 천무서각을 벗어나선 안 된다는 규정 정도는 알고 있습니다."

"그렇다면 어디에서 토끼 사냥을 하겠다는 거죠?"

단천엽이 빙긋 웃었다.

"다 방법이 있지요."

천무서각을 뒤로하고 떠난 단천엽은 반 시진 정도 후에 돌아왔다. 그의 손에는 투실투실 살이 올라 있는 토끼 두 마리가 붙잡혀 버둥대고 있었다.

진짜 단천엽이 토끼를 사냥해 올 줄 몰랐던 것이리라. 모어언의 입이 가볍게 벌어졌다.

"어떻게?"

단천엽이 씩 웃었다.

"천무서각 근처에는 육무잠형대절진이란 기진이 펼쳐져 있습니다. 자연의 이치를 거부하니 부근에 야생 짐승이 없을 것 같지만, 토끼란 놈들은 생긴 모습과 달리 땅에 굴을 잘 파는 넘들이지요."

"굴을 파고 육무잠형대절진 안에 숨어들어 왔다는 건가요?"

"토끼들 중에 한 놈, 모험심이 강한 녀석이 시도한 이후 새끼를 쳤겠지요. 사실 인적이 거의 없고, 사시사철 기후가 온난한 이곳만큼 이놈들한테 살기 좋은 곳도 없잖겠습니까?"

단천엽이 불쑥 수중의 토끼를 모어언에게 내밀었다. 과연 모험심 강한 토끼의 후손들답게 여느 토끼들보다 얼굴에 심술기가 잔뜩 배어 있었다. 토끼로 치자면, 골목대장쯤 되는 녀석들 같았다.

그래도 토끼는 토끼였다. 재빨리 손을 내밀어 건방진 얼굴을 한 녀석을 받아 든 모어언의 입가에 함박웃음이 배어 나왔다. 손 안에서 버둥대는 토끼의 따뜻한 온기가 그녀를 웃음 짓게 만들었다.

'여태까지 중 지금의 모 소저가 가장 아름답구나!'

내심 가볍게 탄식한 단천엽이 다시 손을 내밀었다.

"그럼 내주십시오! 지금부터 제가 솜씨를 발휘해서……."

"안 돼요!"

모어언은 얼른 수중의 토끼를 뒤편으로 돌려놨다. 절대 내줄 수 없다는 모습이었다.

단천엽이 나머지 한 놈을 들어 보이며 미간을 찌푸려 보였다.

"그렇다면 같이 제 손에 잡힌 이 녀석한테 미안하지 않겠습니까?"

"뭐가 미안하다는 거죠?"

"같이 잡혀왔는데, 한 놈은 포악한 제 손에 잡힌 죄로 한 끼의 식사 거리가 되고, 다른 놈은 선녀 같은 모 소저에게 맡겨져 목숨을 건진 셈이 되는 게 아닙니까! 그야말로 모든 죄는 이 단천엽이 짊어지면 되는 거지만, 이 녀석이 속으로 부당함을 호소할 것 같군요."

단천엽의 다소 익살스런 모습에 모어언이 얼른 입가를 손으로 가렸다. 너무 쉽사리 단천엽의 행동에 동조하는 모습은 보이고 싶지 않았다.

그러나 잠시 생각해 보니 단천엽의 말에도 일리가 있었다. 그의 손에 붙잡혀 어깨를 축 늘어뜨리고 있는 토끼 역시 애처롭다는 생각이 들었다.

"그럼 그 놈도 제게 주세요!"

이번에는 단천엽이 수중의 토끼를 뒤로 돌렸다. 그는 단호한 표정으로 고개를 가로저었다.

"안 됩니다!"

"왜 안 되죠?"

"이놈마저 모 소저의 손에 넘어가면, 오늘 점심은 뭘로 때우란 말입니까?"

"벽곡단은 충분해요."

"그것 가지곤 모 소저가 그동안 제 식사 당번을 해준 일에 대한 사례가 되지 않습니다."

"두 마리 토끼의 목숨으로 그동안 단 공자에게 해줬던 일에 대한 사례는 끝난 것으로 하겠어요."

"그래도 되겠습니까?"

"그걸 노리고 이처럼 귀여운 놈들을 잡아온 건 아니고요?"

단천엽이 슬쩍 웃으며 뒤로 돌려놨던 토끼를 마저 모어언에게 내줬다. 그 역시 한 끼 식사를 위해 모험심 강한 토끼의 후예들을 잡아먹고 싶은 생각은 없었던 것이다.

토끼를 받아 든 모어언이 두 놈을 모두 가슴에 품었다. 아기를 품에 안은 어미와 같은 자세였다.

그녀의 입가에 떠오른 미소를 바라보며 머쓱한 표정이 된 단천엽이 문득 생각났다는 듯 소리쳤다.

"진세의 외곽에 눈이 조금 쌓여 있더군요!"

"눈이요?"

"예. 모 소저, 연무할 생각이 없으면 잠시 눈 구경이나 가지 않겠습니까?"

만약 용문의 수련생들이 들었다면 분노의 괴성을 토해냈을 소리였다. 자연의 법칙을 무시한 육무잠형대절진 내에 눈이 쌓였다면, 다른 곳은 눈 나라가 되었을 게 분명하기 때문이다.

모어언 역시 하급 수련생 시절에 눈을 치워본 기억이 생생했다. 살짝 단천엽에게 눈을 흘겨 보인 그녀가 슬쩍 안색을 굳혀 보였다.

"용문의 수련생이 눈 구경을 좋아할 것 같나요?"

"아!"

"단숨에 연옥 칠위까지 올랐다고, 개구리 올챙이 적 시절을 생각하지 않아선 곤란하죠."

단천엽의 얼굴에 무안한 기색이 떠오르자 모어언이 짐짓 굳히고 있던 안색을 약간 풀어 보였다.

"그렇지만 올 겨울의 첫눈이네요. 점심 시간을 이용해서 한번 구경하러 가는 것도 나쁘진 않겠지요."

"제가 앞장서겠습니다!"

"그전에……."

말끝을 살짝 흐린 모어언이 단천엽의 남루한 얼굴을 빤히 바라보곤 천무서각 뒤편으로 손가락을 가리켰다.

"단 공자는 두 달간 쌓인 몸의 곰팡내부터 닦아내도록 하세요!"

"곰팡내……."

자신의 몸을 이리저리 훑어본 단천엽의 얼굴에 난감한 표정이 떠올랐다. 확실히 자신의 모습이 절세미녀 모어언과 눈 구경을 나서기엔 무리가 있다는 생각이 들었다.

모어언이 말했다.

"천무서각의 뒤편에는 천연적으로 형성된 온천이 있어요. 그곳에서 때를 벗겨낸 뒤에 우리 다시 얘기하도록 해요."

"예, 알겠습니다."

단천엽이 점호를 받을 때처럼 정자세를 취하고 목소리를 높이자 모어언이 참지 못하고 다시 풋, 하고 웃었다. 요 근래 단천엽과 생활하는 동안 이상할 정도로 웃음이 헤퍼진 그녀였다.

"하하하!"

역시 모어언에게 웃어 보인 단천엽이 온천을 향해 달려갔다. 점심 시간이 끝나기 전에 목욕을 마치고 눈 구경을 해야만 했다. 무공광인 모어언이 그 외의 시간을 내줄 리 만무한 것이다.

'오라버니!'
단천엽의 뒷모습을 바라보는 모어언의 안색은 가볍게 달아올라 있었다. 그녀의 시선에 비친 건 단천엽이나 그 속에 담긴 그림자는 다른 사람의 것이었다.
천괴성 모회언!
어린 시절 공무로 바빴던 부친 대신 무공의 기초를 잡아주고, 모친 대신 놀아주었던 사촌오빠, 처음으로 느꼈던 이성. 그녀는 지금 성장한 단천엽에게서 모회언의 그림자를 더듬고 있었다. 그녀 자신도 의식하지 못하는 사이.

■ 제39장 ■
심통(心痛)

심통(心痛) 1

철그렁!

문이 열리자 파고든 강렬한 불빛에 아난은 눈을 크게 꿈질거렸다. 그에 따라 양팔과 다리를 휘감은 굵직한 쇠사슬이 작은 소음을 냈다.

그러나 아난의 피딱지가 내려앉은 눈은 쉬이 뜨이지 않았다. 그녀의 기력이 이미 예전에 한계에 달할 정도로 쇠한 상태임을 고려하더라도.

"누, 누구?"

결국 떠듬거리는 목소리를 낸 아난의 얼굴이 와락 일그러졌다. 흐릿하게 보이는 그림자의 거대한 덩치에 짐작되는 사람이 있었다.

"며칠 전에는 좀 심했던 것 같아 문병을 왔는데, 생각보다 상태가 괜찮은 것 같군."

익숙한 목소리와 함께 강렬한 불빛이 얼굴로 다가오자 아난의 턱이

가늘게 떨렸다. 눈앞의 거대한 사나이의 정체를 안 것만으로 그녀의
몸은 공포로 바들거리고 있었다.

사나이가 히죽 웃었다.

"상태가 이만하니, 다시 비무를 시작해도 될 것 같군."

"아, 안……."

"뭐?"

사나이가 들고 있던 횃불을 옆으로 치우고 귀를 아난의 입술 쪽으로
가져다 댔다. 그녀의 목소리를 좀 더 자세히 듣기 위함이었다.

바로 그때 아난의 바들거리던 턱의 떨림이 멈췄다. 그녀는 사나이의
귓불이 최대한 가까이 다가온 순간 눈과 마찬가지로 피딱지가 엉겨 붙
어 있던 입을 한껏 벌렸다.

으직!

피가 튀었다. 사나이의 귓불이 아니라 아난의 입 안에서 튀어나온
핏물이었다. 막 사나이의 귓불을 물려는 찰라 횃불로부터 자유로운 다
른 손이 아난의 입을 후려친 것이다.

딱! 딱딱!

아난의 턱이 덜그럭거리는 소리를 냈다. 방금 전 사나이가 휘두른
주먹에 담긴 힘이 결코 적지 않았음을 보여주는 모습이었다.

게다가 사나이는 거기서 멈추지 않았다.

픽!

사슬에 얽매인 아난의 작은 몸이 새우처럼 꺽였다. 사나이의 발이
그녀의 복부를 짓밟고 있었다. 그뿐이 아니었다. 다시 놀려진 발은 그
녀의 면상 역시 밟아댔다. 바닥에 떨어진 지렁이를 밟아 죽이는 동작
이었다.

펙! 펙! 펙!

말없는 구타는 한동안 계속됐다. 구타가 이뤄지는 동안 때리는 사람도, 맞는 사람도 입을 열지 않았다. 오직 때리는 것과 맞는 것만이 주변을 둘러싼 어둠 속에 존재하는 듯했다.

그러다 구타에 싫증을 느낀 것인가!

연신 아난의 복부와 얼굴을 넘나들던 사나이의 발이 움직임을 멈췄다. 발이 떨어지자마자 힘을 잃고 앞으로 주저앉은 아난을 바라보는 사나이의 입가에 굵은 미소가 떠올랐다.

"쓸데없는 짓을 하는 바람에 오늘 비무는 물 건너가 버렸군! 설마 이렇게 되는 걸 노렸던 건 아니겠지?"

"개… 자식!"

"욕할 기력이 남은 걸 보니, 한 사흘 지나면 다시 비무에 나설 수 있겠군."

"시, 싫어……."

"아까 그 말을 하려던 거였나?"

"싫……."

"그렇지만 네게 거부할 권리 따윈 없다. 아난 수하르! 나조차 들어가지 못했던 용문 삼십육방에 몰래 숨어들었을 때부터 네 운명은 결정된 거니까!"

슥!

아난에게 손을 뻗친 사나이가 두 개의 손가락으로 피투성이가 된 조그만 턱을 들어 올렸다. 그녀로 하여금 자신의 얼굴을 확인하게 하려는 의도였다.

그 순간 사나이의 손에 들린 횃불에 언뜻 강철 같은 얼굴이 드러났

다. 연옥 서열 이위이자 전 연옥대전의 우승자인 파군성 서문휘강의
얼굴이.

"다시 쓸데없는 짓 할 생각 하지 말고, 체력을 비축해라! 그래서 날
납득시켜라! 그게 바로 네가 이곳에서 살아 나갈 수 있는 유일한 방법
이다!"

"……."

스륵!

아난의 턱에서 손을 뗀 서문휘강이 장대한 몸을 일으켜 세웠다. 비
무를 할 수 없게 된 이상 그는 아난과 시간을 보낼 까닭이 없었다.

"처, 천엽, 천엽……."

서문휘강 앞에서 결코 끄집어낼 수 없던 이름을 중얼거리는 아난의
눈에서 참았던 눈물이 주르륵 흘러내렸다. 칠흑 같은 어둠만이 그녀의
눈물을 닦아줄 뿐 주변은 오직 고요 속에 잠들어 있었다.

휘오오오!

막사를 나서자 갑자기 불어닥친 찬 바람이 서문휘강의 옷자락을 펄
럭이게 만들었다. 며칠에 걸쳐 눈이 내린 만큼 냉기가 뼛속까지 파고
드는 바람이었다.

일순 옷자락이 펄럭이며 잠시 모습을 드러낸 우람한 근육의 꿈틀거
림. 한차례 약동을 보인 근육과 같이 서문휘강의 모습은 태산과 같았
다. 바람 그 자체가 서문휘강의 앞에 이르러선 봄날의 산들바람이나
다름없었다.

꿈틀!

매운 겨울바람에도 동요를 보이지 않던 서문휘강의 눈살이 가볍게

찌푸려졌다. 그의 눈앞에 모습을 드러낸 사람은 그만큼 뜻밖의 인물이 었다.

"이수민, 네가 이런 곳까지 어쩐 일이냐?"

같은 사성 중 일 인인 천추성 이수민을 앞에 두고 대뜸 튀어나온 하대. 그러나 서문휘강의 입에서 나왔기에 더할 나위 없이 어울렸다.

이수민이 흐릿한 미소를 입가에 담았다.

"요즘 신방을 차렸다지?"

"신방?"

서문휘강이 자신의 막사를 돌아봤다. 내심 짐작 가는 바가 있었다.

"내 나이 올해로 십팔 세! 곧 십구 세가 된다. 약관은 안 됐으나 당당한 사내대장부라고 할 수 있다."

"그러니 도둑장가를 가도 전혀 거리낄 게 없다는 거냐?"

"누가 도둑장가를 갔다는 거냐?"

이수민이 손가락을 들어 빙글 한 바퀴 돌리더니, 서문휘강을 가리켰다.

"바로 너지, 누군 누구냐!"

"네, 마음대로 생각해라!"

"인정하는 것이냐?"

"신경 쓰지 않겠다는 뜻이다!"

서문휘강은 고리눈을 부릅떴다. 일순 그에게서 일어난 한 가닥 무시무시한 기세에 이수민이 슬쩍 옆으로 한걸음 물러났다. 지금 그의 기세를 맞받는다면 손속을 나눠야만 했다. 쉽사리 대응할 수 없는 게 당연했다.

"흥, 겁이 많은 건 여전하군!"

서문휘강이 더 이상 기세를 올려 싸움을 걸길 포기하자 이수민이 이를 드러내며 웃었다.

"이미 이 년 전에 네 녀석과 나의 우열은 결정됐다. 이제 와서 다시 힘없고 패기도 없는 나 같은 패배자를 괴롭혀서 무얼 하겠다는 거냐?"

"힘없는 패배자라!"

"아니면, 이제야 나의 대단함을 깨달은 것이냐? 하긴 내 무공이 괴물 같은 네 녀석을 능가할 순 없다만, 다른 면을 보자면 그야말로 비교를 불허한다고 할 수 있지. 병법이나 의학, 환술같이 머리를 써야 하는 분야 말이야."

이수민의 이죽거림을 서문휘강은 그냥 흘려들었다. 그는 일순 한 사람의 그림자를 떠올렸다.

"힘없는 패배자란 자신의 패배를 설욕할 기회조차 박탈당한 사람을 두고 하는 말이다."

"너!"

"아아, 됐다! 네 녀석과 이런 얘길 나누긴 싫다. 그러니까 오늘 나를 찾은 이유나 빨리 말하고 꺼져라!"

서문휘강이 손을 휘젓자 이수민은 다시 몇 걸음 옆으로 물러서야만 했다. 그만큼 서문휘강이 자연스레 뿜어내는 기세는 가공했다. 만약 그의 손속을 감당한 당사자가 이수민이 아니었다면, 벌써 몇 차례나 종잇장처럼 구겨져 바닥을 나뒹굴었을 터였다.

"휘이!"

가볍게 휘파람을 분 이수민이 손을 들어 보였다. 더 이상 공격하지 말라는 뜻이었다. 그 순간 서문휘강의 주변을 감싸고 돌던 바람이 움직임을 멈췄다.

“말해라!”

이수민의 시선이 다시 서문휘강 뒤의 막사로 향했다.

“그나저나 내게 제수씨도 보여주지 않을 거냐?”

“말하라고 했다!”

서문휘강이 목소리를 높이자 이수민이 다시 이를 드러내며 고개를 끄떡였다. 더 이상 서문휘강을 화나게 할 순 없다는 판단이었다.

“용문에 네 번째 세력이 등장했다!”

“네 번째 세력?”

“패왕회라고 하더라만……”

서문휘강의 두툼한 한쪽 입술이 슬쩍 치켜 올라갔다.

“이름은 그럴듯하군. 그런데?”

“패왕회의 실질적인 우두머리가 문제인데, 아무래도 새로운 천괴성이 아닌가 생각된다.”

“뭣!”

멈췄던 바람이 다시 불었다. 이번에는 광풍이었다.

휘청!

순간 코앞까지 다가선 서문휘강이 뿜어낸 기파에 밀려 뒤로 세 걸음이나 물러선 이수민의 안색이 굳어졌다. 서문휘강에게 압도된 나머지 숨이 턱까지 차올랐다.

‘그사이 이 정도나 실력이 늘다니!’

스팟!

한계를 느낀 이수민이 벼락같이 삼권을 내뿜고는 옆으로 다섯 걸음이나 물러섰다. 그와 기세 싸움을 벌이지 않기 위한 어쩔 수 없는 결정이었다.

그러나 어느새 이수민이 물러선 만큼 서문휘강은 다가서 있었다. 진신절기를 발휘하기 전에는 그의 그물에서 벗어날 방도가 없었다.

일순 서문휘강이 뿜어내는 압력이 더욱 거세졌다.

"말해라!"

이수민으로선 맞서 싸우거나 입을 열 수밖에 없는 상황이 된 것이다. 그는 바로 결정을 내렸다.

"너 역시 녀석을 보면 내 생각이 틀리지 않았다는 걸 알 거다!"

"그게 무슨 뜻이지?"

"주천학과 내가 녀석을 보자마자 호감을 느꼈다. 아난 수하르는 처음부터 찰싹 달라붙었고!"

"아난이⋯⋯."

이수민은 순간적으로 흔들리는 서문휘강의 표정을 놓치지 않았다. 그는 이곳으로 향하기 전 짐작했던 게 맞다는 확신을 가졌다.

"그래, 나나 주천학은 그렇다 치더라도, 그 도도하고 제멋대로인 아난 수하르마저도 녀석을 보자마자 호감을 느꼈다!"

"⋯⋯."

"세상에 그럴 만한 녀석이 또 있겠냐?"

서문휘강은 우람한 몸을 가볍게 휘청거리더니, 손을 휘저어 이수민을 뒤로 물러서게 만들었다. 마음이 격동된 상황임에도 자연스레 취해진 방어였다.

'타고난 무골(武骨)이란 녀석을 두고 하는 말이겠지!'

내심 깊숙한 곳에서 치솟아 오른 살기를 웃음으로 얼버무린 이수민이 눈에서 힘을 뺐다.

"나 역시 확신할 수 없다는 생각에 녀석을 직접 시험해 봤다."

“그래서 확신을 얻었냐?”

“그건…….”

잠시 말끝을 흐린 이수민이 고개를 가로저었다.

“아직은 잘 모르겠다.”

“흠! 그 정도냐?”

“내가 제압하려 하자 강하게 반발했다!”

“그건 재밌군.”

이미 서문휘강에게선 방금 전 보였던 격동을 찾아볼 수 없었다. 다만 그의 몸 주변을 휘감고 있던 기파의 세력이 좀 더 강해져 있을 따름이었다.

‘저 괴물 같은 녀석에게 저 정도 격동을 준 것만 해도 대단한 일이겠지.’

나름대로 염두를 굴린 이수민은 서문휘강의 다음 행동을 주시했다. 그가 아는 서문휘강은 직선적인 남자로 이런 일을 만났을 경우 뒤로 미루거나 하는 성격이 아니었다.

과연 갑자기 서문휘강이 버럭 소리쳤다.

“조홍, 나와라!”

순간 이수민이 내심 짐작하고 있던 곳에서 조홍이 모습을 드러냈다. 그의 선병질적인 얼굴엔 가벼운 노기가 서려 있었다. 갑작스런 서문휘강의 호출에 화가 난 것이다.

“회주, 이곳엔 외인이 있소이다.”

조홍이 노골적으로 자신을 지목하고 나서자 이수민이 손을 휘휘 저으며 뒷걸음질쳤다.

“난 낭인회의 내정에 대해 염탐하고 싶은 생각은 없다구! 만약 내 잘

난 얼굴이 꼴 보기 싫다면, 이만 낭인회의 세력권에서 물러나도록 하
지."

서문휘강이 손을 들어 제지했다.

"그럴 필요 없다! 어차피 네 녀석이 마음먹는다면 낭인회의 십면매
복 정도는 어렵지 않게 파진할 테니까."

"그 말은 날 믿어주겠다는 건가?"

"널 두려워하지 않는다는 뜻이다!"

이수민의 말을 자른 서문휘강의 시선이 조홍을 향했다.

"패왕회에 대해 알고 있겠지!"

"알고 있소이다."

"그럼, 지금부터 하나도 빼놓지 말고 보고해 봐!"

"명을 따르지요."

여전히 화난 얼굴로 조홍이 고개를 숙이자 이수민의 시선이 다시 어
둠에 깃든 서문휘강의 막사를 향했다. 그는 오늘 어떻게든 서문휘강의
막사 안을 염탐하고 싶었다. 천랑성 아난의 행방불명이 서문휘강과 관
련되어 있으리란 자신의 예상이 틀리지 않았음을 확인하기 위해.

심통(心痛) 2

단천엽이 천무서각에 들어간 지 삼 개월, 드디어 천무서각에서의 폐관 마지막 날이 밝았다. 늦가을이었던 계절은 겨울로 바뀌었고, 용문 내부는 온통 백색으로 물들어 있었다. 원단으로부터 십 주야 동안 쏟아진 폭설의 위력이었다.

그래서인지 연옥백강을 제외한 일반 수련생들의 발길이 엄금된 천무서각으로 향하는 길목의 바닥에는 아직도 눈이 남아 있었다.

대낮의 용문에서는 보기 힘든 진풍경!

안환과 기소천은 꽤나 마음 편히 하얀 백설을 바라봤다. 그들은 이제 새벽부터 눈을 치워야 하는 하급 수련생이 아니었기에 보통 사람들이 눈 위를 걸을 때 느끼는 남다른 기분을 만끽하고 있었다.

사자의 길 앞에 이르기 전까지만 해도 쭈뼛거리며 투덜거리던 안환이었다. 여전히 그는 단천엽을 대형이라 부를 마음의 준비가 덜 되어 있었다.

그러던 안환이 눈 위를 이리저리 발자국을 찍어가며 히죽거리자, 기소천도 얼른 그 뒤를 쫓았다. 툭하면 안환과 티격태격 하는 기소천이지만, 하얀 눈에 처음으로 발자국을 남기는 유혹 앞에선 버틸 재간이 없었다.

그렇게 두 사람이 육무잠형대절진 앞을 온통 흉한 발자국으로 물들여 놓고 있는 사이, 일군의 검사들이 모습을 드러냈다. 철검회를 퇴부한 후 칠무검(七武劍)이라 이름을 고친 칠검이 역시 사자의 길 앞에 모습을 드러낸 것이다.

진세의 초입에서 놀고 있는 안환과 기소천의 모습을 훑어본 칠무검의 우두머리, 파쇄검 사도진영이 슬쩍 눈을 치뜨고는 미간을 좁혀 보였다.

"이곳에서 뭐 하는 짓인가!"

안환이 움직임을 멈추자 기소천 역시 그 옆에 멈춰 섰다. 오늘 이 자리에서 칠무검을 만나리라곤 두 사람 중 누구도 생각하지 못했던 일이었다. 서로를 바라보는 두 사람의 얼굴엔 다소 당황스런 표정이 떠올라 있었다.

그런 와중에 이미 본래 가지고 있던 청성일수란 별호와는 별도로 용문 내외에서 철면검객(鐵面劍客)이라 불리는 안환이 쓱 앞으로 나섰다. 안색을 가볍게 붉힌 기소천을 힐끔 곁눈질하곤 자신이 나설 때임을 자각한 것이다.

싱긋!

입가에 사교적인 미소를 머금은 채 안환이 사도진영에게 포권해 보였다.

"저희는 이번에 새롭게 연옥백강에 오른 패왕회의 일원입니다. 오늘 본회의 회주인 단 대형이 폐관을 마치고 출관하는 날인지라 이곳에 마중을 나왔는데, 칠무검 선배들은 어떤 일인지요?"

"패왕회?"

"이번에 연옥서열 칠위인 단 대형을 중심으로 새롭게 만든 세력입니다. 아직 회원이 많이 부족한 편입니다만, 남에게 무시받을 정도는 아니지요."

사도진영을 바라보는 안환의 눈에는 도전적인 빛이 담겨 있었다. 그는 사도진영을 비롯한 칠무검이 단천엽에게 패해 용문을 떠난―단천엽과 용검 사도진명에 대한 용문 내의 소문은 그러했다―사도진명의 복수를 하기 위해 오늘 이 자리에 나왔다고 미리 판단을 내리고 있었다.

순간 안환과 기소천을 빠르게 훑어본 사도진영의 입가에 가벼운 미소가 떠올랐다.

"이번에 새롭게 연옥백강에 든 사람들이 많다고 하더니, 자네들이 바로 청성일수와 홍안마도(紅顏魔刀)였군. 내 몰라봐서 미안하게 됐네."

"호, 홍안마도?"

기소천이 어리둥절한 표정을 짓자 안환이 히죽 웃어 보였다.

"기 소제의 별호다! 연옥 이십구위의 고수가 별호조차 없으면 곤란하잖아."

"그렇지만 마도라니……."

"기 소제는 안색이 너무 붉어서 자칫 남에게 약한 인상을 주니까, 별호라도 무시무시해야지 얕보임을 안 당한다구."

"그런가요?"

고개를 갸웃거린 기소천이 갑자기 안색을 더욱 붉히며 안환을 쏘아 봤다.

"어찌 안 대형이 제 별호에 대해 그리 자세히 알고 있는 겁니까?"

"어? 그, 그게……."

"설마, 안 대형이 지은 별호는 아니겠지요!"

"아하하하하!"

크게 헛웃음을 몇 차례나 터뜨린 안환이 슬며시 목소리를 낮췄다.

"마음에 안 드나?"

"마음에 들고 안 드는 문제가 아니잖아요!"

"마음에는 드나 보네! 이 안 대형이 정말 오랜 고심 끝에 지은 별호이니 당연하지!"

"그러니까 그런 게 아니라……."

"아아, 알았다구! 알았어! 내 다시 홍안신도(紅顔神刀)로 바꿔볼 테니까……."

"안 대형!"

안환과 기소천 간의 말싸움이 길어질 기미가 보이자 사도진영이 다시 눈살을 찌푸렸다. 사도진명 밑에서 엄한 격식과 수련을 수행해 왔던 그에게 눈앞의 두 사람의 행동은 자신을 무시하는 처사로밖엔 보이지 않았다.

'이런 녀석들과 함께 단천엽 대형을 모셔야 한다는 건가?'

내심 한숨을 토한 사도진영이 묵직하게 소리쳤다.

"두 사람, 계속 다투려거든 이곳에서 떠나는 게 좋겠네! 단천엽 대형이 폐관을 끝마치는 경사스런 날에 아랫사람들이 싸우는 건 불경스런 일이야!"

"단천엽 대형?"

"미처 알리지 못해 미안하네. 본인을 비롯한 칠무검은 이미 단천엽 대형을 모시기로 맹세했다네. 단천엽 대형이 자네들과 패왕회를 만들었다면, 우리 칠무검 역시 거기 입부하는 게 바른 수순일 거야."

뜻밖의 일이었다. 기소천이 멍해진 사이 안환의 눈이 반짝거리기 시작했다. 그는 사도진영을 비롯한 칠무검을 재빨리 살펴보곤 속으로 쾌재를 올렸다. 칠무검이 입부한다면 패왕회는 단숨에 용문 내 제사세력으로서의 위치를 공고히 할 수 있다고 판단 내린 것이다.

"사도 대형, 이렇게 만나뵙게 되어 소제 정말 기쁘옵니다!"

바로 사도진영에게 다가가 허리를 접어 보인 안환이 멀뚱하게 뒤에 서 있는 기소천에게 버럭 소리 질렀다.

"기 소제, 이분 사도 대형은 연옥서열 십오위의 강자일뿐더러, 단 대형을 모시기로 한 분이시네! 어찌 빨리 와서 예를 갖추지 않는 건가!"

"아, 예!"

얼떨결에 안환과 어깨를 나란히 하게 된 기소천이 고개를 숙여 보이자 사도진영은 천천히 고개를 끄떡여 보였다. 안환의 경우 호들갑스럽긴 하나 발걸음이 가볍고 내기를 품 안에 갈무리한 게 일류고수임을 알 수 있었고, 기소천에 대한 소문은 이미 들어 알고 있었다. 갑작스럽긴 하나 두 사람의 뛰어난 후배가 생겼으니, 기분이 나쁠 리 만무했다.

그때 허리를 바로 한 안환이 히죽거리며 시선을 나머지 칠무검에게 던졌다.

"그럼 사도 대형, 나머지 칠무검 선배님들도 소개해 주시겠습니까?"

"소개?"

"예, 앞으로 한가족이 될 분들인데, 패왕회의 총관격인 이 안환이 한 분, 한 분 인사를 드려야 하지 않겠습니까?"

"으음."

사도진영이 눈앞의 안환을 직시했다. 연신 헤실거리는 웃음이 마음에 안 들었으나 한가족이란 말이 걸렸다. 단천엽이 안환을 중시한다면, 그 역시 무시로 일관할 순 없었다.

단천엽은 표홀히 신형을 날려 육무잠형대절진을 빠져나오며 몇 차례나 고개를 돌려 천무서각을 바라봤다.

진세의 중심에 자리잡은 천무서각이 진을 빠져나가는 그에게 보일 리 만무하건만 고개는 자꾸 뒤를 향했다. 천무서각에 모어언이 남아 있었기 때문이다.

'같이 나가도 좋으련만!'

거의 이 년에 걸쳐 만남과 헤어짐을 반복하는 사이 단천엽의 모어언에 대한 마음은 점차 깊어졌다. 소년의 상상 속에 머물렀던 감정이 거듭된 만남으로 마음 깊숙이 뿌리를 내리게 된 것이다.

젊은 날의 열정 혹은 정념(情念)이라 해도 관계없었다. 현재 모어언에 대한 단천엽의 마음은 분명 여타의 소녀들에게 품었던 것과는 사뭇 다른 것이었다.

신형을 날리며 모어언의 정이 듬뿍 담긴 눈빛을 떠올린 단천엽의 가슴이 은은히 뛰었다. 그는 지금이라도 발길을 돌려 천무서각으로 돌아가고 싶었다. 헤어진 지금 모어언에 대한 감정은 더욱 사무치게 가슴속을 뛰놀았다.

그러나 단천엽은 고개를 가로저었다. 모어언에게 조롱당할 게 걱정되진 않았으나, 부친인 한상월에게 부여받은 사명과 용문 내에서 그를 기다리고 있을 동료들의 얼굴이 어깨를 짓눌러 왔다. 지금 함부로 발길을 되돌릴 순 없었다.

단천엽의 무공이 높아진 만큼 육무잠형대절진을 빠져나오는 시간은 들어갈 때보다 절반 이상 단축됐다. 그가 모어언에 대한 상념으로 고민하는 사이 어느새 사자의 길은 그 끝을 보이고 있었다.

'응?'

진세를 빠져나온 단천엽의 눈에 가벼운 이채가 떠올랐다. 진세의 초입에 낯익은 얼굴들이 잔뜩 도열해 있었다. 그것도 매우 친근한 사람들이 긴 채로.

"모두⋯⋯."

단천엽이 입을 뗀 것과 동시였다. 두 갈래로 서서 단천엽이 폐관을 깨고 나오기만을 기다리고 있던 안환과 사도진영이 동시에 목소리를 높였다.

"패왕회의 대형을 맞이합니다!"

"패왕회의 대형을 맞이합니다!"

단천엽의 얼굴에 미소가 떠올랐다. 두 사람의 모습을 본 것만으로 그는 전후의 사정을 대강 짐작할 수 있었다. 슬며시 마음 한 켠이 무거워졌다. 하지만 이 자리에서 속내를 드러낼 순 없었다.

그때 뒷자리에 서 있던 기소천이 안색을 가볍게 붉히며 다가왔다.

"단 대형, 그동안 고생 많으셨습니다."

"소천⋯⋯."

잠시 기소천의 얼굴을 살펴본 단천엽의 입가에 진심이 담긴 미소가 떠올랐다.

"그동안 공부가 진일보(進一步)했구나!"

"모두 단 대형 덕분입니다."

"삼 개월이나 천무서각에 틀어박혀 있던 내 덕분이라니!'그동안 답
보되어 있던 공부가 진일보한 건 모두 소천, 너의 노력이 빛을 발한 것
이다."

"그렇지만……."

"그게 맞대두!"

기소천의 머리를 한차례 눌러준 후 안환과 사도진영에게 눈길을 던
진 단천엽이 담담한 표정으로 말했다.

"패왕회라고 하셨던가요? 그럼 어떤 분께서 설명해 주시겠습니까?"

사도진영과 안환이 각기 서로를 바라봤다. 올해로 십팔 세가 된 단
천엽이 풍기는 기도는 여태까지 그들이 봐왔던 것과 사뭇 달랐다. 처
음 생각했던 것처럼 섣부른 보고는 씨도 안 먹히리란 생각이 들었다.

심통(心痛) 3

　새롭게 용문의 제사세력이 된 패왕회의 임시 거점은 안환의 막사였다. 회주인 단천엽의 막사가 침상 하나밖에 없는데 반해, 안환의 막사는 이미 그럴듯한 작전실을 방불케 하고 있었다. 패왕회에 대한 얘기가 나온 직후 안환이 얼마나 많은 공을 들였는지 심삭케 하는 모습이었다.

　하루 종일 안환과 사도진영에게 붙잡혀 있던 단천엽은 자신의 막사로 돌아가던 중 발길을 멈췄다. 어느새 뒤를 쫓는 꼬리가 달라붙어 있었다.

　"남이 내 뒤를 밟을 정도로 나는 대단한 인물이 아닙니다만!"

　단천엽의 시선이 향한 곳은 달빛을 받아 흐릿한 그림자를 만들고 있는 노송이 서 있는 부근이었다. 미행자가 은신한 곳을 눈치 챘다는 걸 자신이 시선으로 알려준 셈이다.

일순 흐릿하던 그림자가 분명해졌다. 작던 크기가 불쑥 커지더니, 다시 적당한 크기로 변했다. 고등의 은영술을 펼쳤을 때 보이는 현상이었다.

본 모습을 드러낸 그림자를 일별한 단천엽의 눈에 이채가 떠올랐다. 무쌍창 금난주임을 확인한 것이다.

"금 소저?"

"단 공자, 오랜만이에요."

"그래, 이번엔 무슨 일로 본인을 찾아온 거지요?"

"그게……."

금난주가 말끝을 흐리더니, 단천엽에게 다가와 속삭였다.

"이런 터진 곳 말고, 단 공자의 막사로 가죠!"

"밤중이라 곤란합니다만."

"밤중이니까 좋은 거예요!"

한마디 톡 쏘아준 금난주가 앞장서 신형을 날리자 단천엽이 얼른 그 뒤를 따랐다. 평소답지 않게 전혀 장난기가 없는 그녀의 태도가 마음에 걸렸다.

"아난이……."

단천엽이 말끝을 흐리자 금난주가 한숨과 함께 조그만 얼굴을 가볍게 도리질 쳤다.

"사실 단 공자에게 오기 전에 많이 고민했어요. 회주 언니를 생각한다면, 절대 단 공자에게 이런 사실을 알려선 안 되는 건데……."

"아닙니다!"

손을 들어 금난주의 말을 막은 단천엽이 정중히 고개를 숙여 보였다.

"오늘 금 소저는 제게 큰 선물을 주셨습니다. 아난의 행방을 몰라 그동안 노심초사했는데, 금 소저가 가르쳐 주신 셈이니까요."

금난주의 입에서 바람 새는 소리가 났다.

"피이! 역시 남자들이란 다 늑대구나!"

"그게 무슨?"

금난주의 얼굴에 화난 빛이 담겼다.

"그렇잖아요! 단 공자는 지난 삼 개월간 회주 언니랑 천무서각에서 함께 보냈어요. 그런데도 그동안 아난 언니를 생각했다니, 두 마음을 품은 거잖아요!"

"아난과 저는……."

"친구 사이란 건가요? 아난 언니는 전혀 그렇게 생각하지 않는 거 같던데요?"

단천엽은 할 말이 없었다. 실제로 그는 아난의 마음을 짐작하고 있었다. 그걸 몰랐다고 한다면 거짓말일 터였다. 용문에 들어온 후 아난과 만날 일이 없어 그동안은 잊고 있었지만, 결국 그녀가 있는 곳을 아는 날이 왔다. 이제 다시 재회하게 된다면, 모어인과의 관계를 어떻게 설명할지 난감한 기분이 들었다.

단천엽이 결국 아무런 답도 주지 못하자 금난주의 얼굴에 다소 성마른 표정이 떠올랐다. 그녀는 단천엽을 한차례 노려보곤 차갑게 코웃음 쳤다.

"흥, 됐어요! 오늘은 이만 하죠. 하지만 단 공자가 우리 회주 언니를 울리는 날이 온다면, 내 아미금창이 용서하지 않을 거예요! 그걸 명심 하라구요!"

"명심하겠습니다!"

“그럼 이만 가보겠어요. 쳇, 사실 이런 류의 부탁은 들어주고 싶지 않았는데…….”

‘이런 류의 부탁?’

내심 마음이 움직인 단천엽이 막 막사를 빠져나가려던 금난주를 붙잡아 세웠다.

“금 소저, 잠시만!”

“왜요?”

“누구의 부탁을 받고 아난의 소재를 제게 알려준 건지 물어도 되겠습니까?”

“대답할 수 없어요. 단 공자에게 절대로 자신의 정체를 밝히지 말라고 했거든요.”

“그렇습니까?”

“그래요. 그러니까 난주와 척을 질 생각이 아니라면, 더 이상 그 사람에 대해선 묻지 말아주세요.”

“알겠습니다.”

“그럼, 아난 언니를 부탁해요!”

그 말을 끝으로 금난주의 신형이 막사 밖으로 사라졌다. 혹시라도 단천엽이 정보 제공자에 대해 더 캐물을까 봐 걱정이 된 게 분명했다.

‘금 소저가 정체를 밝히기 꺼려할 정도의 사람이라…….’

내심 염두를 굴린 단천엽이 막사 한 켠에 아무렇게나 팽개쳐 둔 보퉁이를 집어 들었다. 용문에 들어온 첫날 지급된 야행복을 꺼내기 위함이었다.

스으!

야행복으로 갈아입은 단천엽의 신형은 빠르게 낭인회의 십면매복을 돌파했다. 이미 용문 삼십육방에서 십팔나한진을 상대해 봤던 그에게 십면매복은 커다란 위협이 되지 못했다. 단 한 가지도 발동하지 못한 기관함정과 마찬가지로.

그렇게 어둠에 녹아들듯 낭인회주 서문휘강의 막사 앞에 도착한 단천엽은 가볍게 숨을 골랐다. 끓어오르는 전의를 가라앉히기 위함이었다.

오늘 만약 이곳에서 아난을 발견한다면 단천엽은 사성 중 으뜸이라는 파군성 서문휘강과 격전을 벌여야 할지도 몰랐다. 그가 쉽사리 억류하고 있던 아난을 내줄 리 만무했기 때문이다.

'어차피 아난을 억지로 억류한 게 사실이라면, 그와 한 번쯤은 붙어야 한다!'

호흡이 가라앉자 단천엽의 마음속으로 수없이 많고 다양한 움직임이 아우성치며 달려들었다.

주변을 꽁꽁 얼려 버린 바람 소리, 땅밑에서 몰래 고개를 쳐든 쥐새끼의 민활한 움직임, 쥐새끼를 노리며 나무에서 훼를 치며 날아오른 밤부엉이의 날개짓까지…….

무수히 많은 움직임과 소리 속을 헤집은 끝에 단천엽은 자신이 찾고 있던 작은 움직임 하나를 포착해 냈다. 굵직하고 투박한 쇠사슬이 끌리는 소리. 그리고 미약하여 생명력이 느껴지지 않는 여인의 흐릿한 신음 소리.

'아난!'

단천엽의 신형이 서문휘강의 막사 앞을 떠나 동쪽으로 십여 장을 달렸다. 이미 십면매복을 뚫은 이상 그의 앞을 가로막는 건 아무것도 없었다.

그러다 신형을 멈춰 세운 단천엽의 눈앞에 모습을 드러낸 건 십 평 남짓한 강철 창고였다.

보통 수련생들의 병장기를 넣어두는 장소!

눈앞의 창고가 앞서 포착한 소리와 움직임이 가리키는 곳임을 직감한 단천엽의 수장이 가볍게 뒤집혔다.

스걱!

이미 자유자재의 경지에 오른 무형검기였다. 단숨에 창고문을 막아둔 강철봉을 두 쪽 낸 단천엽이 문을 열자 속을 뒤집는 악취가 밀려왔다. 무언가가 썩는 내음이었다.

'큭!'

재빨리 소매로 코 주변을 막은 단천엽의 눈빛이 가볍게 흔들렸다. 열린 문의 안쪽 깊숙한 곳, 쇠사슬에 휘감긴 채 늘어져 있는 사람이 누군지 그는 한눈에 알아봤다.

"아난?"

"처, 천엽?"

창고 안으로 뛰어들어 간 단천엽의 손에서 벼락같은 번뜩임이 연달아 일어났다. 아난의 몸을 휘감은 쇠사슬을 끊기 위해 무형검기를 검강의 형태로 전개한 것이다.

스륵!

몸 전체를 지지해 주던 쇠사슬이 한꺼번에 잘려 나갔기 때문이리라. 순간 힘을 잃고 외로 쓰러지는 아난을 단천엽이 얼른 안아 들었다.

'이럴 수가!'

안아보고 더욱 확실히 알 수 있었다. 새털보다 가벼운 아난의 몸은 이미 처참하게 망가진 상태였다. 근골이 십여 군데나 부러졌고, 근맥 역시 마찬가지로 심하게 훼손되어 있었다.

게다가 도저히 과거의 이국적인 미모를 알아볼 수 없을 정도로 망가진 얼굴까지!

아난을 안고 자리에서 일어선 단천엽의 가슴이 미친 듯이 두근거렸다. 모어언과의 이별 시 느꼈던 두근거림이 아니라, 자칫 심장 그 자체가 폭발할 듯한 통증이 밀려들었다.

심통(心痛)!

단천엽의 가슴은 죽을 것같이 아팠다. 자신의 품에 안겨 미약한 숨을 가쁘게 뿜어내고 있는 아난 때문에 그는 쓰러질 것만 같았다.

그때 부들거리며 한쪽 눈을 뜬 아난이 작게 속삭였다.

"처, 천엽, 여, 여깃는 거지?"

"아난, 나 여기 있어!"

"다, 다행이다! 다시 천엽을 만나게 됐어."

"아난……."

"그런데 천엽, 나, 나 지금 너무 미워 보이지 않아?"

단천엽의 손이 아난의 피딱지가 엉겨 붙은 머리를 매만졌다.

"솔직히 별로 보기 좋은 모습은 아냐!"

"아, 역시 그렇구나."

"그렇지만, 상처를 치료하고 깨끗이 단장을 하면 다시 예뻐질 거야."

"아!"

나직이 탄성을 토한 아난이 작게 헐떡였다.

“빠, 빨리 이곳에서 피해야 돼! 여기 주인 녀석은 정말 못된 괴물이
야!”

“알고 있어!”

단천엽은 재빨리 아난의 수혈(睡穴)을 짚었다. 순간 마음이 격동한
탓에 너무 그녀에게 많은 말을 시켰다는 자책이 일었다. 지금 그녀는
한시라도 빨리 명의(名醫)의 손에 맡겨져 치료를 받아야 했다.

‘설영 누님이 필요하다!’

단천엽은 귀비 유설영을 떠올렸다. 그녀의 의술이라면 아난의 상처
도 치료할 수 있으리란 판단이었다.

그런데 막 창고를 나서던 단천엽의 안색이 차갑게 굳었다. 어느새
창고 주변을 에워싼 십여 명의 황의인을 발견한 것이다.

“이게 바로 낭인회가 자랑하는 두 번째 십면매복인 십자혈풍조(十字
血風組)인가?”

황의인들 중 한 명이 화답하듯 대답했다.

“담이 크구나, 패왕회주! 낭인회의 안방까지 쳐들어왔다가 그냥 갈
셈은 아니었겠지?”

“당신은 조홍이로군! 서문휘강은 어딨지?”

단천엽이 황의인들 중 한 명에게 시선을 던지자 바로 답이 돌아왔
다.

“흥, 나 조홍이 있는데, 회주가 있으면 어떻고, 또 없으면 어떻겠는
가? 오늘 패왕회주, 자네가 이곳을 벗어날 수 없다는 사실은 변함이 없
을 것을.”

“대단한 자신감이로군!”

“감히 이곳을 단신으로 방문한 자네에 비하면 귀여울 정도이지 않

을까?"

"방수가 십자혈풍조뿐이진 않겠지?"

"이제야 무서워졌나? 용서를 받고 싶다면, 당장 품 안의 계집을 내려놔라! 그러면 내가 정상을 참작해서……."

단천엽의 눈이 차갑게 가라앉았다.

"조홍, 더 이상 잔소리하지 말고 덤벼라! 나는 여기 있으니까!"

"이 녀석이!"

일순 아난을 안아 든 단천엽의 몸에서 십여 겹이 넘는 무형검기가 일어났다. 천무서각에서 체득한 무형무극검의 정수를 처음부터 펼쳐 보인 것이다.

파앗!

단천엽이 십자혈풍조를 향해 달려들었다.

『천괴』 5권으로 이어집니다

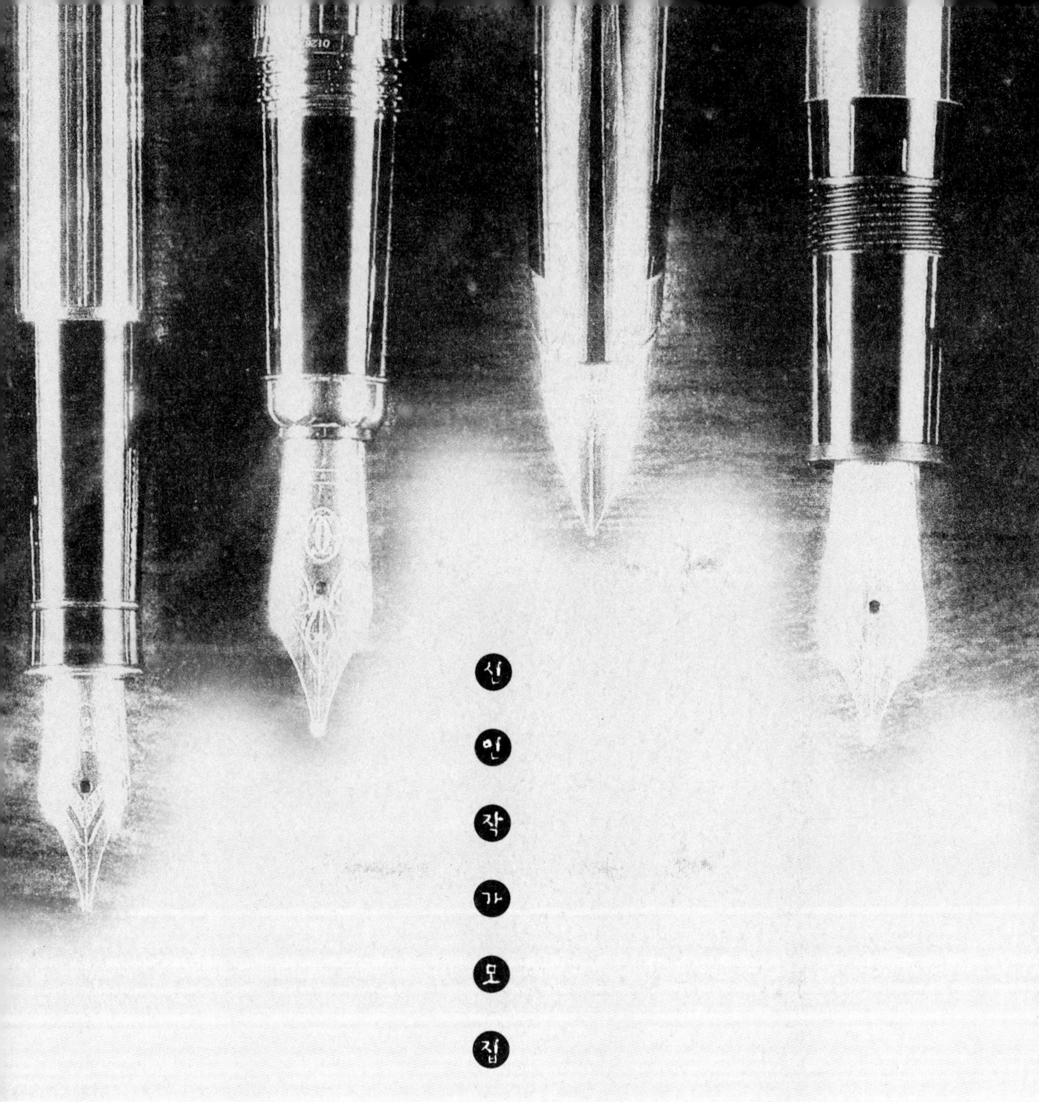

신

인

작

가

모

집